篠浦知螺

illustration 四志丸

5

黒猫ニャンゴの冒険

レア属性を引き当てたので、気ままな冒険者を目指します

2人の猫人
「三年後、正騎士になったオラシオに会えるのを楽しみにしてるぞ」
オラシオとガッチリ握手を交わし、歩き出す。
途中で何度振り返っても、
門の前でオラシオは手を振り続けていた。
トーレ
ルベーロ
オラシオ
ザカリアス
ニャンゴ

村を出て、自分の足で街道を北へ向かう。
何が正しいのか判断できるようになるために、
世界を知る必要がある気がするのだ。
ジェロ

凱旋と報告
「あぁ、大きくなった……
本当に立派になった。
ニャンゴは、私の自慢の孫だよ」
「婆ちゃん……」
カリサ婆ちゃんは、
しわくちゃな両手で涙を拭うと、
俺をギューっと抱きしめてくれた。
カリサ

篠浦知螺
illustration 四志丸
レア属性を引き当てたので、
気ままな冒険者を目指します
Adventure of
black cat "NYANGO"
黒猫
ニャンゴの
冒険
5

口絵・本文イラスト：四志丸

デザイン：ＡＦＴＥＲＧＬＯＷ

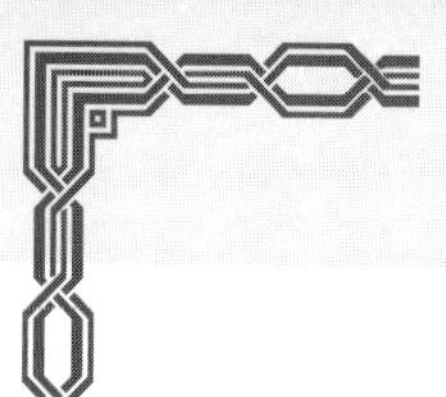
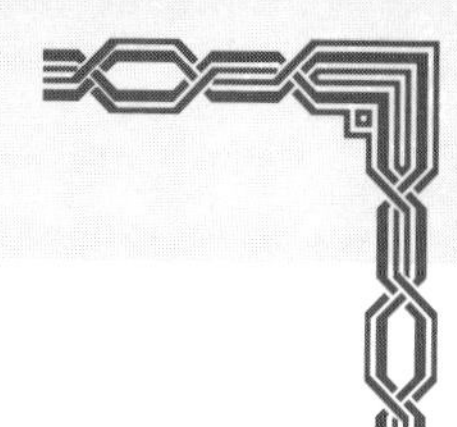

CONTENTS

第三十五話 ◆ 騎士候補生オラシオ 004

第三十六話 ◆ 王都見物 035

第三十七話 ◆ 王都の花見 067

第三十八話 ◆ 猫人騎士争奪戦 094

第三十九話 ◆ 使途不明の魔法陣 119

第 四 十 話 ◆ 凱旋 138

第四十一話 ◆ 魔力回復魔法陣 176

第四十二話 ◆ もう一人の黒猫(カバジェロ) 202

第四十三話 ◆ 上位個体 247

第四十四話 ◆ 深夜の激闘 272

第四十五話 ◆ 誇らしい気持ち(フォークス) 294

第四十六話 ◆ 後始末と村の未来 300

Adventure of
black cat "NYANGO"

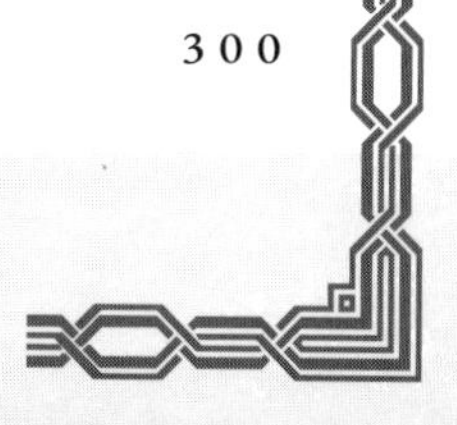

第三十五話　騎士候補生オラシオ

シュレンドル王国の王都は花の都とも呼ばれている。

人生の節目である『巣立ちの儀』を迎えるこの時期、街道沿いや王都の街のあちこちに植えられたヒューレィの花が満開の時期を迎えるからだ。

王家を象徴する薄黄色の大輪の花は、春の風景を彩ると共に街を爽やかで甘い香りに包む。

春はシュレンドル王国の繁栄を象徴する季節でもあるのだ。

『巣立ちの儀』が行われるこの時期、儀式を見物しようと周辺の地域から多くの観光客が王都へと足を運ぶ。

街には観光客を目当てにした市場が立ち、多くの行商人が訪れて出店を並べ、王都の人口は普段の倍以上になるそうだ。

秋の収穫祭、年越しの儀式などと比べても、一年で最も賑わうのは春分の季節なのだが、今年は少し様子が違っている。

毎年、王族や貴族も参加して、ファティマ教の総本山であるミリグレアム大聖堂で行われる『巣立ちの儀』が、反貴族派の暴徒によって襲撃を受けたからだ。

詳しい話は明らかにされていないが、魔道具によって空高くまで打ち上げられた大量の石礫が会場に降り注ぎ、儀式を受ける子供だけでなく見物人にも多くの犠牲者が出たらしい。

そして、襲撃の最中にシュレンドル王国の第一王子アーネスト殿下が暗殺されてしまった。

シュレンドル王国騎士団にとっては、痛恨の大失態と言わざるを得ない。

『巣立ちの儀』の警備には僕ら騎士候補生も動員されていて、例年ならば儀式の翌日からは休暇となるのだが、今年は襲撃の後始末に追われて休み無しの状況が続いている。

それでも一日ごとに街は平静を取り戻し、遅れていた『巣立ちの儀』も昨日行われ、ようやく明日からは僕らにも休暇が与えられることとなった。

「あー……ようやく休みか、疲れたなぁ」

「ザカリアス、自主練はどうする？」

「オラシオ、今日明日ぐらいは訓練の話はやめようぜ」

「それもそうだね」

僕の名前はオラシオ、ラガート子爵領アツーカ村出身の牛人で、王国騎士候補生だ。

故郷のアツーカ村を出て王都の騎士訓練所に入所してから、もうすぐ二年になる。

知り合いのいない心細さと厳しい訓練の続く日々に、入所した当初は毎日のように涙を流していたけど、ここでの暮らしにも慣れてきた。

訓練は厳しいけど食事は毎回お腹一杯食べられるので、自分でも驚くほどに体が大きくなった。

二年前に見上げていた父さんと今なら肩を並べるか、追い越しているかもしれない。

ザカリアスはラガート子爵領の隣、エスカランテ侯爵領出身の熊人で、僕と同室の候補生だ。

エスカランテ領は武術が盛んで、ザカリアスも幼い頃から色んな武術を学んでいるそうだ。

僕よりも背丈も肩幅も広いのに、身のこなしが軽やかでしなやかだ。

体が大きく目付きも鋭いので、初めて会った頃はちょっと怖いと思ってしまったけど、思いやりがあって面倒見が良い。

アッーカ村では武術なんて習う機会も無く不器用な僕に、体格を活かした大盾とメイスで相手を制圧する戦い方を一緒に考えて、手ほどきをしてくれているのもザカリアスだ。

「あれっ……トーレ、ルベーロは？」

「たぶん情報収集……」

「そっか」

トーレはレトバーネス公爵領出身の馬人で、背は高いけど僕やザカリアスとは違って細身だ。

足が速く、跳んだり、泳いだり、運動する能力が同期の候補生の中でもズバ抜けて高い。

飄々とした性格をしていて、自分から話し掛けてくることは少ないが、こちらから話し掛ければちゃんと応えてくれる。

体を動かすのが苦手だった僕は、トーレから走り方や泳ぎ方、体の鍛え方などを教えてもらい、なんとか訓練に付いていけるようになった。

ルベーロはトーレと同じレトバーネス公爵領出身の犬人で、僕らに比べるとすこし小柄だけど頭の回転が速くて機転が利く。

記憶力が良くて、僕やザカリアスが四苦八苦している座学の内容さえも、授業を聴くだけで殆ど覚えてしまうほどだ。

それと、どういう伝手があるのか知らないが様々な情報収集に長けている。

街で起こった事件や騎士団の手柄話、候補生の噂話から、怪しげな怪談話まで仕入れてくる。

ルベーロが姿を消している時は、そうした情報収集を行っていることが多い。

たぶん、今は例の襲撃事件に関する情報を集めているのだろう。

シュレンドル王国騎士候補生は四人一組が同室となって生活を共にして協力し合い、互いに切磋琢磨して正騎士を目指す。

僕ら四人は訓練所に入所してからずっと同室で、みんな個性は違っているけど正騎士になるという同じ目標に向かって一緒に頑張っている。

というか、僕は三人にお世話になりっぱなしだ。

「おぉ、やっぱ休みの前日って感じするな」

「うん、昨日みたいにピリピリしてないね」

ザカリアス、トーレと一緒に夕食を食べに行くと、食堂にはなごやかな空気が漂っていた。

昨日までは、何時になったら休みが貰えるのか、何時まで騎士団の手伝いに駆けずり回らされるのか分からず、みんな苛ついてピリピリしていた。

明日からの休みが決まって、みんなの張り詰めていた気持ちが緩んだようだ。

「それにしても、ルベーロ遅いね」

「心配ねぇよ。あいつは飯より情報だし、なんだかんだ飯も確保してるから大丈夫だ」

「そうそう、心配無い……」

二年も同室で過ごしていれば、気心も知れて家族同然になってくる。

ザカリアスやトーレが言うように、ルベーロだったら情報も夕食もしっかり確保するだろう。

そのルベーロが戻って来たのは、僕らが夕食を終えて部屋で一息ついた後だった。

「大ニュース、大ニュースだぜ！」

「ルベーロの大ニュースは当てにならないからな」

「と思うだろうが今夜は違うぜ、ザカリアス」

「ほう、どんな大ニュースなのか聞かせてもらおうじゃねぇか」

ルベーロが情報を持ち帰ってくると、今日みたいにザカリアスとの掛け合いが始まる。

僕とトーレは、二人のやり取りを聞いて頷く係だ。

「聞いて驚くなよ、シュレンドル王国名誉騎士様の誕生だ！」

「名誉騎士……なんじゃそりゃ？」

「名誉騎士ってのは、王国に多大な貢献をした平民に与えられる称号で、王国騎士と同等の地位と俸給が与えられるんだぜ」

「おい、それって俺達の訓練課程をすっ飛ばして、いきなり正騎士になっちまうってことか？」

「羨ましい限りだけど、五十年以上も与えられた人がいない希少な称号なんだから、そうそう簡単に手に入るものじゃないんだ」

「もしかして『巣立ちの儀』の襲撃に関係してるのか？」

「その通り！　石礫が雨のごとく降り注ぎ、混乱した観客が雪崩のように崩れ、血の臭いと悲鳴渦巻く会場で、可憐なエルメリーヌ姫をたった一人で守り抜いたラガート子爵家の騎士……」

「えっ、ラガート子爵家？」

「そう、オラシオの出身地の騎士で、どうやら俺達と同い年らしいぞ」

一人の騎士が大混乱に陥った会場で逸早くエルメリーヌ姫の下へと駆け寄り、降り注ぐ石礫を撥ね除け、襲ってきた反貴族派の賊を次々に排除し続けたそうだ。

その騎士が着込んでいた真っ赤な革鎧には、ラガート子爵家の紋章が染め抜かれていたらしい。

貴族の家の騎士は、王国騎士とは違って貴族としての身分を持たない。

騎士ではあるが、身分としては平民の扱いになるのだ。

「俺達と同い年で、そんな活躍をしたのか……凄ぇな」

「ザカリアス、驚くのはまだ早いぜ」

「まだ何かあるのか？」

「そのラガート家の騎士は、なんと隻眼の黒猫人だったらしいぞ」

ルベーロの言葉を聞いた瞬間、全身に震えが走った。

アツーカ村で共に育った幼馴染の黒猫人が、コボルトとの闘いで左目を失ったと手紙で知った。

それでも夢をあきらめずに、冒険者になると力強い文字で書かれてあった。

「ニャンゴだ、きっとニャンゴだ！」

「えっ、オラシオ知り合いなのか？」

「えええ……本当にニャンゴなの？」

「名誉騎士として叙任された人の名は、ニャンゴ・エルメール……って、どうした、オラシオ」

「えっ……？」

ルベーロに言われて気付いたけど、いつの間にか僕は涙を流していた。

「何だよ、泣くほど嬉しいのかよ」

「う、うん。だって、村で一番仲が良かった幼馴染だからね」

苦笑いしているザカリアスには頷いてみせたが、涙の理由は嬉しさだけではない気がする。

もちろん、ニャンゴが名誉騎士になったのは凄く嬉しいけれど、この二年間、僕だって毎日必死に頑張ってきた。

それこそ何度涙を流したか覚えていない程、騎士になるための訓練は厳しかった。

僕らが正式に王国騎士になるためには、まだ三年間も厳しい訓練を乗り越えないといけない。

そんな僕らをポーンと飛び越えてしまったニャンゴは凄いと思うけど、同時に追い越されて悔しいと思ってしまったのだ。

「それにしても、猫人でそれほどの活躍をするってことは、相当な魔法の使い手なんだろうな」

「仕入れた情報によれば、凄い火属性魔法の使い手らしいぞ」

「えっ？　ニャンゴは空属性だよ」

「はぁぁ？　空属性だと！」

「そんなはずは無いよ、色んな炎弾を使い分けて賊を薙ぎ倒したって話だぜ」

「でも、ニャンゴは間違いなく空属性だよ。『巣立ちの儀』の後、空属性魔法で固めた空気を触らせてくれたもん」

儀式に参加したイブーロの街からの帰り道、馬車の中でニャンゴはずっと魔法を使っていた。

村長の孫であるミゲルは空属性なんて使えないと馬鹿にしていたけど、ニャンゴは嬉しそうに魔法を使って空気を色んな形に固めていたようだった。

「じゃあ、オラシオの幼馴染とは別人なのか？」

「でも、隻眼の黒猫人で、ラガート子爵領のニャンゴという別人が居ると思うか？」

ザカリアスとルベーロは首を捻っているが、たぶん僕が知るニャンゴで間違いないと思うし、何かの工夫をして火属性の魔法も使えるようになったんだと思う。

「なぁ、オラシオ。明日、そのニャンゴって人に会いに行ってみないか？」

「えぇぇ！　でもザカリアス、どこにニャンゴが居るのか分からないよ」

「そりゃあ、ラガート子爵の御屋敷だろう」

「ラガート子爵の御屋敷が何処にあるのかも知らないよ。ルベーロ、知ってる？」

「いや、知らない。知らないけど、聞けば分かるだろう。行ってみようぜ」

「でも、子爵様と会ったことも無いし、突然行ったら怒られないかなぁ」

「大丈夫だろう。自分の領地から出た騎士候補生だぜ、そんなに酷い対応はされないと思うぞ」

「そうそう、ザカリアスの言う通りだよ。仮に怒られたとしても、外周三周ぐらいだろう」

「えぇぇ……三周はキツいよ」


訓練所の外周を走らされる罰則は、ただ走るのでなく金属鎧と同等の重りを背負い、重たい盾も持たされて走らされるのだ。

　一周するだけでもヘトヘトになるのに、それを三周だなんて冗談でも考えたくない。


「行こうぜ、オラシオ」

「いいだろう、オラシオ」

「俺も一緒に行く……」


　ザカリアス、ルベーロ、トーレの三人に揃って頼まれてしまったら断れない。

　結局、三人に押し切られる形で、ラガート子爵の御屋敷訪問が決定してしまった。

　まぁ、僕だってニャンゴに会いたいから賛成なんだけどね。

翌日、宿舎の食堂で朝食を済ませた僕らは、騎士候補生の制服に着替えた。

休日に街へ外出するだけなら身分証を持っていれば私服でも構わないのだが、当然だらしない格好だと怒られる。

今日は、貴族様の御屋敷を訪ねるのだから、キチンとした格好じゃないと駄目だと思い、四人で相談して制服に決めたのだ。

外出する時には、寮監に声を掛けていくのが決まりだ。

「ルベーロ、ザカリアス、オラシオ、トーレ、外出いたします」

四人を代表してルベーロが声を掛けると、寮監が僕らの身嗜みをチェックした。

「四人とも制服か、その制服に恥じるような行動はするなよ」

「はっ！　了解であります！」

四人揃って敬礼すると、寮監は満足そうに頷いた。

「うむ、お前達は大丈夫そうだな。さっき出掛けようとした連中は、あまりにも浮かれた格好をしていたから雷を落としたところだ。休日とはいっても、アーネスト殿下が亡くなられたばかりだから、羽目を外し過ぎないように気を付けろよ」

「はっ！　かしこまりました！」

「行って良し！」

寮監に許可を貰って訓練所の門を目指して歩き始めたところで、ルベーロが自分の額をぴしゃりと平手で叩いた。

「しまった！　寮監にラガート子爵の御屋敷の場所を聞いておくんだった」

「じゃあ戻るか？」

ザカリアスの問い掛けに、ルベーロは少し考え込(こ)んだ後で首を振(ふ)った。

「いや、第一街区に入る門の所で衛士(えじ)に訊(たず)ねよう。頼むぞ、オラシオ」

「えぇぇ！　僕が聞くの？」

「そりゃそうだろう、オラシオの幼馴染を訪ねるんだぞ」

「でも、何て言えばいいの？」

「自分はラガート領の出身で、友人を訪ねたいので御屋敷の場所を教えてくださいって言えば大丈夫だろう」

「そんなぁ……」

王都に来てから、アツーカ村に居た頃とは比べ物にならないぐらい沢山(たくさん)の人達と接するようになったが、それでも初対面の人と話すのは苦手だ。

ましてや、貴族街へ通じる門を守る衛士なんて怖そうで逃(に)げたくなる。

それでもニャンゴには会いたいし、本当に名誉騎士になったのかも確かめたい。

何よりも、この二年間頑張ってきたことを直接会って伝えたい。

覚悟(かくご)を決めて訓練所を出ようとしたら、門の脇(わき)にある受付に歩み寄る猫人の姿が目に入った。

「ニャンゴ！　ニャーンーゴォォォォォ！」

アツーカ村に居た頃とは服装が違っていたけど、僕がその姿を見間違えるはずがない。

大声で呼び掛けながら、全速力で駆け寄った。

「ニャンゴ、ニャンゴだ……えぇぇぇぇ！　ニャンゴが小さくなっちゃった！」

「落ち着け、オラシオ。お前が大きくなり過ぎなんだよ」

驚きながら見下ろす僕を、ニャンゴは呆れたように苦笑いしながら見上げている。

「まったく、何を食ったらそんなに大きくなるんだよ」

「えっと、訓練が凄く大変で……だから凄くお腹が空いて……一杯食べても良いって言われたから……ニャンゴ大きくならないね」

「ほっとけ……でも、元気そうで良かった」

「うん、ニャンゴと約束したから頑張ってるよ」

嬉しそうに笑い掛けて来るニャンゴは、やっぱり僕が良く知っているニャンゴだった。

「さぁ、オラシオ、王都を案内してくれ！」

「えっ？」

「俺が訪ねて行ったら、王都を案内してくれるって約束したよな？」

「あっ……えっと……」

確かに、『巣立ちの儀』が終わった後でイブーロの街を見て回った時に、そんな約束を交わした覚えがあるけど、案内できるほど王都の地理に詳しくない。

とにかく毎日の訓練が厳しくて、休日は寝ているか自主練かで、街に出るとしても訓練所の近くにある大盛りが自慢の食堂に行くぐらいなのだ。

約束を守れないと気付いて、冷や汗が噴き出してきた。

「どうした、オラシオ。俺、イブーロの人達にお土産を買って帰らなきゃいけないんだ。どこで何を買ったら良いんだ？」

「ごめん、ニャンゴ。まだ、王都の何処に何があるのか全然分からないんだ！」

どう頑張っても誤魔化しようがないから、ガバっと頭を下げて謝った。

「そっか……ところで、オラシオは何処に出掛けるところだったんだ？」

「えっ、ニャンゴに会いに行こうと思って……」

「それじゃあ、今日は休みなんだな？」

「うん、やっと休みがもらえたんだ」

「それじゃあ、一緒に迷子になりに行くか。なぁに、迷ったら誰かに聞けば良いだけだ」

「うん、そうだね」

「じゃあ、まずは冒険者ギルドに行くぞ！」

くるりと背を向けて歩き出そうとするニャンゴを慌てて引き止めた。

「ちょっと待って、ニャンゴ。友達も一緒に行ってもいい？」

「友達？」

「うん、訓練所に入ってから、ずっと同室の仲間なんだ」

少し離れた場所で僕らを見守っていた三人をニャンゴに紹介する。

「エスカランテ領出身のザカリアスと、レトバーネス領出身のルベーロとトーレだよ」

「どうも初めまして、ラガート領イブーロギルド所属の銀級冒険者ニャンゴです。オラシオがお世話になっているようで、ありがとうございます」

ニャンゴは姿勢を改めると、三人に向かって深々と頭を下げた。

それを見てザカリアス達も慌てて頭を下げたけど、頭を上げた後で顔を見合わせている。

「どうしたの、ルベーロ」

「いや、情報では聞いていたけど……」

「でも今、銀級冒険者って言ったぞ」

ザカリアスが言う通り、確かにニャンゴは銀級冒険者だと名乗った。

冒険者ギルドのランクは初級から始まって、鉄級、銅級、銀級、金級、白金級と上がっていく。

銀級ともなれば、世間からは腕の立つ冒険者として認められる。

冒険者のランクはギルドに実力と実績を認められないと上がらないし、僕らの歳では鉄級に上がれば良い方なはずだ。

「ニャンゴ、本当に銀級冒険者なの？」

「そうだぞ、ほら銀級のギルドカードだ」

ニャンゴがポケットから取り出してみせたのは、確かに銀級のギルドカードだった。

「偽物じゃないよね？」

「馬鹿、ギルドカードの偽造は重罪だぞ。二度と正規の登録が出来なくなるし、そこまでして見栄を張る意味無いだろう」

ニャンゴの言う通り、ギルドカードは持ち主の身元と実績を保証するものなので、偽造すると重い罪に問われるし、そもそも偽造するのは難しい。

「ねぇニャンゴ、『巣立ちの儀』の会場でエルメリーヌ第五王女様を襲撃から守ったのは、ラガート子爵家の隻眼の騎士……って、ニャンゴ左目をコボルトに潰されたって……」

「あぁ、左目はエルメリーヌ姫様に治してもらったんだ。姫様の治癒魔法は凄いぞ、きっと歴史に名を残すような活躍をされるはずだ」

　今になって気付いたが、ニャンゴの左目にはコボルトの爪痕こそ残されているが、青く色が変わった瞳はちゃんと見えているようだ。

「でも、ニャンゴ、いつの間にラガート家の騎士になったの？」

「あぁ、それは会場で警備がしやすいように、子爵様がラガート家の紋章入りの革鎧を用意して下さっただけで、俺は護衛の依頼を受けて一緒に来た冒険者だぞ」

「じゃあじゃあ、名誉騎士様になったって本当なの？」

「なんだ、そんな話まで伝わっているのか……本当だぞ」

「す、凄いよ、ニャンゴ！　やっぱりニャンゴだったんだ、凄い、凄い！」

「ふみゃぁぁぁ、馬鹿……下ろせ、オラシオ！」

　思わずニャンゴを抱え上げて高い高いをしてしまったが、僕のはしゃぎっぷりとは対照的にルベーロ達は首を捻っている。

「あれっ、みんなどうしたの？」

「いや……何て言うか、仕入れた情報と比べると……なぁ？」

「うむ、身のこなしは、なかなかのレベルだと思うが……」

「判断に困る……」

　どうやら三人ともニャンゴの話を信じていないようだ。

「みんな。ニャンゴが嘘をついているとでも……」

「よせ、オラシオ」

二年間寝食を共にした仲間だけれど、ニャンゴの話を信じてもらえないなら抗議しないといけないと思ったのだが、ニャンゴに止められてしまった。

「手柄を信じてもらえないのには慣れてる。どんな噂話が流れているのか知らないけど、俺以外の猫人にできるとは、オラシオだって思わないだろう？」

確かに、昨晩ルベーロが仕入れてきたニャンゴの活躍は凄まじいものだった。

たった一人でエルメリーヌ王女様や他の貴族の子息を守りながら、襲って来た反貴族派達を次々に返り討ちにするなど、王国騎士でも難しいだろう。

それを、こんなに小さなニャンゴがやり遂げたとは、信じられなくても当然だ。

「それは……そうかもしれないけど……」

「いいから、ここで突っ立ってても時間の無駄だ。とりあえず冒険者ギルドに行くぞ」

「うん、分かった……って、ニャンゴが浮いてる！」

手を離して降ろそうとしたのだが、ニャンゴは僕と目線を合わせる高さで空中に立っている。

「どうだ、これが俺の空属性魔法の一端だ。こうでもしないとオラシオがデカくなりすぎて、見上げていると首が痛くなりそうだからな」

「うん、僕もこっちの方が喋りやすいよ」

ニャンゴは冒険者ギルドの場所を聞いているそうで、二年近くも王都で暮らしている僕らが案内される形で、第三街区へ出る南西門へ向かった。

「王都の役所は第二街区にあるって聞いたけど」

「あぁ、冒険者には胡乱な人物もいるから冒険者ギルドは第三街区に設置されたらしいぞ」

第三街区に出る門では、ニャンゴはギルドカード、僕らは騎士候補生の身分証を提示した。

ここでも銀級のギルドカードが本物か入念にチェックされていたが、ニャンゴはいつものことだと気にする様子も見せなかった。

「ねぇ、ニャンゴ。ギルドには何の用事なの？」

「国王様から新しいカードが支給されるから取りに行けって言われた……って、オラシオ？」

ニャンゴは何でもないように話したが、僕は驚いて足を止めてしまった。

ルベーロ達も顔を見合わせている。

「どうしたんだ、オラシオ」

「ニャンゴ、国王陛下に会ったの？」

「あぁ、昨日の晩餐会で言われた……って、オラシオ？」

「ニャンゴ、お城に入ったの？」

「入ったけど、それがどうかしたのか？」

「どうかしたのかじゃないよ。僕らお城になんて入れてもらえないし、国王陛下にも会えないよ」

僕ら騎士候補生の身分は、貴族の子息を除けば平民のままだし、国王陛下や王族の方々なんて遥か雲の上の存在だ。

「王国騎士候補生の入団式に陛下はいらっしゃらなかったのか？」

「うん、入団式にいらしていたのは騎士団長だよ」

僕らが会った一番偉い人は、シュレンドル王国騎士団長のアンブリス・エスカランテ閣下だ。

会ったと言っても壇上から祝辞を述べられただけで、直接言葉を交わした訳ではない。

「あぁ、アンブリスさんにも会ったよ」

「ア、アンブリスさんって……」

「姫様と一緒に、騎士団長の息子も助けたから、お礼を言われた……って、オラシオ？」

「ニャンゴが……ニャンゴが遠くに行っちゃった」

「待て待て、確かに凄い人達と知り合いになったけど俺は俺だからな、良く見ろ俺を」

鼻面を寄せて来たニャンゴの顔をじっくりと確かめる。

「うん、ニャンゴだ……」

「だろう、色々気にしすぎだ」

「そうかなぁ……」

ニャンゴはニャンゴのままに見えるけど、それでも国王陛下や騎士団長と言葉を交わすなんて、僕ら騎士候補生からしたら普通ではない。

でも、よく考えてみたら、ニャンゴはアツーカ村の村長とか、イブーロのレストランの店主さんとも物怖じせずに話していた。

今はまだ王都の街に出る機会も少ないけど、僕ももっと色んな人と話せるようにならないといけないのだろう。

ニャンゴに案内される形で辿り着いた冒険者ギルドは、立派だと感じたイブーロのギルドの何倍も大きな建物だった。

大通りに面した大きなドアからは、引っ切り無しに大勢の人が出入りしている。

「オラシオ、カウンターまで人除けになってくれ。俺だと跳ね飛ばされそうだ」

「ええ……」

「ほら、早く」

「ちょっ、押さないでよニャンゴ」

ニャンゴに後ろから肩を押されて、僕が先頭になる形でギルドの中へと入った。

ギルドの建物の中では更に多くの人が気忙しげに動いていて、ざわめきが天井や壁に当たって全ての方向からぶつかってくる。

人の多さに圧倒されて立ち尽くしていると、ニャンゴに肩を押された。

「オラシオ、突っ立ってると邪魔になるから一旦端に行こう」

「えっ……う、うん、凄い混雑だね」

「これでも一番混んでる時間は過ぎてると思うぞ」

「そうなの？」

「イブーロのギルドでも朝の依頼の取り合いは凄まじいからな」

「ニャンゴも取り合いに参加するの？」

「俺はパーティーのメンバーが取って来てくれるから参加しないな」

「そうなんだ」

「よし、オラシオ、あっちが依頼を出すカウンターみたいだから、あっちに行こう」

またニャンゴに肩を押されて、比較的空いているカウンターの方へと向かう。

二人ほど待ってから、僕らに順番が回ってきた。

「いらっしゃいませ、本日はどのようなご用件でしょうか？」

「え、えっと……えっと……」

美人な犬人の受付嬢に訊ねられて、僕が返答に困っていると頭の後ろからクスクスとニャンゴの笑い声が聞こえてきた。

「ごめん、ごめん、用事があるのは俺です。新しいカードを受け取りに来ました」

「新しいカード？　ギルドカードの再発行でしょうか？」

「いえ、再発行ではなくて、受付でカードを出せば分かると言われたのですが」

「はぁ……少々お待ちください」

ニャンゴからギルドカードを受け取った受付嬢は、背後の席にいる上司と思われる羊人の男性に確認に行き、物凄い勢いで戻って来た。

受付嬢に声を掛けられた羊人の上司も、どこかへと急ぎ足で向かっていく。

「失礼いたしました、エルメール卿。ただ今、別室にご案内いたします！」

「よろしくお願いします」

驚いた様子も見せず返事をするニャンゴを見て、また遠くに行ってしまったように感じた。

「ニャンゴ、本当に貴族様になったんだね」

「気にするな、形だけの名誉騎士だ。それに、オラシオだって王国騎士になって貴族の仲間入りするんだろう？　俺と約束したよな？」

「う、うん……約束した」

「だったら、そんなにビクビクするな」

「でも……」

「住む場所や立場が変わっても、俺はアツーカ村で生まれ育ったニャンゴだ。お前は誰だ？」

「僕は……アツーカ村で生まれ育ったオラシオだよ」

「だろ？　せっかく久しぶりに会えたんだ、余所余所しくしないでくれ」

ちょっと寂し気に笑ってみせるニャンゴは、やっぱり僕が良く知るニャンゴだ。

「ごめん、僕もニャンゴに会えて嬉しい。でも、ビックリしすぎて……」

「まぁ、俺自身ビックリの連続で、ちょっと麻痺しちゃってる感じだけどな」

「そうだよ、ビックリさせすぎだよ」

「悪い悪い……そうだ、オラシオ」

ニャンゴはポリポリと頭を掻いた後で、何かを思い出したように手を叩いた。

「どうかしたの？」

「俺、この前、ワイバーンを仕留めたんだぜ」

「へぇ……えっ？　えぇぇぇぇぇ！」

「にゃははははは」

ワイバーンは騎士団やベテラン冒険者が十人以上で立ち向かわないと倒せない、とても危険な魔物だと聞いている。

猫人のニャンゴに倒せるものなのかとザカリアス達を振り返ったが、三人とも嘘か本当か判断が出来ないようだ。

受付嬢に案内されて向かったのは階段を上がった二階にある部屋で、ドアの前には先程の上司らしい羊人の男性が待っていた。

「ようこそいらっしゃいました、エルメール卿。どうぞ、お入りください」

「失礼します」

ニャンゴは羊人の男性に丁寧に頭を下げてからドアを潜って部屋へと踏み込んでいった。

部屋の中で待っていたのは、四十代ぐらいに見える灰色狼人の男性で、僕から見ても只者ではない雰囲気を纏っている。

「王都の冒険者ギルドへようこそ。ギルドマスターを務めているベートルスと申します」

ベートルスさんは芝居掛かった動きで、優雅に右腕を回してから胸にあてて頭を下げたが、上目遣いの鋭い視線は僕らを捉えたままだった。

「初めまして、イブーロギルド所属のニャンゴと申します」

ニャンゴもキッチリと頭を下げながら、視線はベートルスさんから離していないようだ。

一見すると友好的な挨拶を交わしているみたいだが、空気が張り詰めている。

「さすがは第五王女殿下お気に入りの名誉騎士様、四人も護衛を連れておいでですか」

「えっ、違いますよ。このオラシオはアツーカ村で共に育った幼馴染で、『巣立ちの儀』でスカウトされて今は御覧の通り王国騎士候補生です。今日は久しぶりに会って、この後は王都の街で遊ぼうと思ってます。他の三人はオラシオと同室の騎士候補生ですよ」

「護衛ではないのですか?」

「はい、守りに関しては、この四人に頼るまでもないです」

「ほう……さすがは二百人以上の死者を出した戦場で、王女殿下に毛筋ほどの怪我もさせなかった『不落』のエルメール卿、たいした自信ですな」

「そうですね、過度の謙遜は時には失礼ですよね」

ベートルスさんの鋭い口調にも、ニャンゴは怯んだ様子も見せずに平然と対応している。

やっぱり僕の知らない間に、冒険者として色々な経験を積み重ねているのだろう。

話し方も以前に比べて凄く大人びている。

そんなニャンゴに気圧された訳ではないのだろうが、ふっと表情を緩めた後でベートルスさんは頭を下げてみせた。

「試すような真似をして申し訳ございませんでした。どうぞお掛けになってください」

「ふぅ……あまりイジメないでもらえますか。最近は王族や貴族の方々にオモチャにされて大変なんですから」

「はっはっはっ、さすがは国王陛下が目を付けるだけのことはございますね。その歳で、その落ち着き……どうです、王都のギルドに移籍しませんか？」

「大変ありがたいお誘いですが、今はまだイブーロから動く気はありませんよ」

「今は……ということは、いずれは考える……かもしれない？」

「そうですね、先のことまでは分かりません」

ベートルスさんは僕らにも席を勧めて、受付嬢にお茶を淹れるように指示した。

直接応対したニャンゴが落ち着いた様子なのに、僕ら四人はガチガチに緊張している。

お茶を淹れてもらっている間に、ザカリアスがルベーロに小声で訊ねた。

「なぁ、『不落』って何のことだ？」

「反貴族派の激しい攻撃に晒されても、難攻不落の砦のごとくエルメリーヌ王女殿下を守り抜いた姿を称えて、国王陛下から贈られた二つ名だそうだ」

「国王陛下直々に？　マジか……」

冒険者や騎士が仲間から二つ名で呼ばれることは珍しくないが、国王陛下から賜るなんて異例中の異例だろう。

「『不落』の他に、前騎士団長のアルバロス・エスカランテ様からは『魔砲使い』の二つ名を贈られたらしいぞ」

　ザカリアスとルベーロは内緒話をしているつもりだろうが丸聞こえで、ニャンゴは照れくさそうに頭を掻き、ベートルスさんは微笑みながら一度席を立った。

　ベートルスさんは壁一面に設えられた書棚の一角に据え付けられた小さな金庫の鍵を開け、中から銀色のトレイを取り出して戻ってきた。

「エルメール卿、本日ご足労頂いたのは、こちらのカードをお渡しして、それに関わる説明をいたすためです」

　トレイに載せられていたのは、翼を持つ金色の獅子の紋章が刻まれたカードだった。

「これは、王家の紋章ですよね？」

「そうです。こちらが名誉騎士様のための特別なギルドカードとなります。こちらに改めてエルメール卿の魔力パターンと血液を登録させていただきます」

　ベートルスさんは再び席を立って、今度は水晶球の魔道具を運んで来てテーブルの上に置いた。

　以前、イブーロのギルドで見た、属性と魔力指数を測る魔道具だろう。

　ベートルスさんに促されてニャンゴが右手を載せると、水晶球は二年前とは比べ物にならないほど強い水色の光を放った。

「空属性……魔力指数は九百五十七ですか」

「凄ぇ……」

ルベーロが驚きの声を上げるのも当然で、騎士候補生は定期的に魔力指数の測定をしていて、四人の中で一番高い僕でも五百に届かない。

二年前は僕よりもずっと低かったニャンゴが、ここまで魔力指数を高められたのは厳しい特訓をしたからだろう。

だけど、測定結果を聞いたニャンゴは渋い表情を浮かべていた。

「ニャンゴ？」

「オラシオ、冒険者には色々あるんだよ。色々……」

どうやら詳しい話は聞いてほしくないようで、ベートルスさんも意味深な笑みを浮かべていた。

「では、こちらに針を使って血を一滴お願いいたします」

登録方法は通常のギルドカードと同様で、魔道具に情報を読み取らせれば完了のようだ。

「こちらのカードは、くれぐれも紛失しないようにお願いいたします……と言っても、ここに来ていただければ再発行いたしますし、イブーロのギルドでも通常のカードならば再発行可能なので、あまり心配なさらなくても結構です」

「さすがに王家の紋章入りのカードは無くせませんよ」

「まぁ、そうですが、もし拾った者が悪用して捕まれば死罪です」

「えっ、俺もですか？」

「いえいえ、悪用した者が……です」

「ふぅ……驚いた。でも、落とさないように気をつけます」

額を拭う格好をしてみせたニャンゴは、少し冷めたお茶で喉を潤していた。

「説明は、それだけでしょうか？」

「いえ、まだありますよ。エルメール卿の口座には、王家から今回の働きに対する褒賞金として大金貨十枚、更に毎年大金貨二十枚が下賜されます」

「はっ？　毎年大金貨二十枚？」

「金額に、ご不満ですか？」

「とんでもない。小遣い程度だと聞いてたので、そんなに高額とは思っていませんでした」

「なるほど……子爵様からすると、年に大金貨二十枚は小遣い程度の感覚なのでしょう」

ニャンゴも驚いているけど、僕ら四人にとっては考えられない金額だ。

「それって、ギルドで依頼を受けなくても貰えるってことですか？」

「そうです。エルメール卿が亡くなられるまでは下賜されます」

「はぁ……なんだか駄目猫人になりそうです」

「いえいえ、その心配は必要ないでしょう。世間がエルメール卿を放っておきませんよ」

「それはそれで遠慮させてもらいたいですね」

「まぁ、それは難しいでしょうね。最後のお知らせは、金級への昇格おめでとうございます」

「えっ？　まだ銀級に上がったばかりですよ」

「あれだけの働きをなさったのですから、昇格されても不思議ではありませんよ」

確かにニャンゴが手にしたカードには、王家の紋章の他に金級を示す刻印、それにニャンゴ・エルメールの名が刻まれている。

このカードならば、ニャンゴの身元を疑う人も減るのではなかろうか。

ニャンゴはカードを用意してもらうついでにギルドの口座からお金を下ろし、ベートルスさんに王都の店の情報を訊ねた。

「女性向けのお土産が買える店と、安くて、美味(うま)くて、量がある店ですね。それでしたら……」

さすがギルドマスターだけあって、ベートルスさんはすらすらと候補をいくつか挙げて地図まで書いてくれた。

「ありがとうございます。王都は初めて来たので、右も左も分からないので助かります」

「この程度はお安い御用(ごよう)ですよ。阿鼻叫喚(あびきょうかん)の戦場で襲撃者(しゅうげきしゃ)の前に立ちはだかり、王女殿下や貴族のご子息を守ったのが冒険者だったという話は、このギルドに所属する者達にも伝わっています。自分達と同じ冒険者が騎士達にも出来ない活躍をしたことが、どれほど皆(みな)の刺激(しげき)になっているか。エルメール卿、あなたは澱(よど)んでいた王都の冒険者ギルドに鮮烈(せんれつ)な風を吹(ふ)かせてくれました。本当に感謝しています、ありがとうございました。益々(ますます)のご活躍をお祈(いの)りしております」

「ありがとうございます」

王都で活躍する冒険者を束ねるギルドマスターから感謝の言葉を受け取るニャンゴを見ていると、僕まで誇(ほこ)らしい気持ちになった。

応接室を出ると、また僕と目線に合わせるように宙を歩き始めたニャンゴを見詰(みつ)めてしまう。

「どうかしたのか？」

「ニャンゴが凄く大人になっていて、置いていかれてるような気がする」

「ふふーん、これでも結構苦労してきたんだぜ。人より多く手柄を立てた冒険者は、実力を認められる一方で妬まれて、絡まれたりするからな」

「そうなの？」

「おう、先輩冒険者に決闘を申し込まれたりもしたぞ」

「嘘っ！　どうなったの？」

「もちろん、コテンパンに叩きのめしてやったぜ」

　王国騎士訓練所では、冒険者は魔物や山賊などを相手にして生き残っている者達だから、『巣立ちの儀』でスカウトされなかった連中だと見下したりするなと教わっている。

　決闘した冒険者の実力は不明だが、話が本当ならばニャンゴも相当な強さなのだろう。

「はぁ……やっぱりニャンゴが、遠くに行っちゃった気がするよ」

「なに言ってんだよ、わざわざ遠くから近くに来たんだぞ。ほれ、ほれほれ、手が届く距離だぞ」

　思わず溜息を洩らすと、ニャンゴに頬っぺたをウリウリと指で突っつかれた。

「もう、やめてよ、ニャンゴ」

「やめてほしけりゃ、湿気た顔してんな。お土産買ったら、美味い飯を食いに行くぞ！」

「うん、行こう」

　階段を下りて出口へ向かおうとしたら、冒険者と思われる六人の男が行く手を遮るように立ち塞がった。

　年齢は二十代半ばぐらいから三十代前半ぐらいだろうか、全員革鎧などの防具を身に着けて、剣や槍、戦斧などの武器を手にしている。

僕では実力は測れないが、視線を向けたザカリアスが緊張した面持ちで頷いたのをみると、かなりの腕前なのだろう。

「あんたが御高名な名誉騎士様かい？　護衛を四人も引き連れて良い御身分だな？」

六人のリーダーらしい虎人の男が、絡み付くような口調で話し掛けてきたが、ニャンゴは特に気負った様子も見せずに答えた。

「何か用ですか？」

「ちょっと噂の名誉騎士様の実力って奴を見せてくれよ。誰でも良いから手合わせしようぜ」

「これから王都見物に出掛けるから、お断りします」

「おい、おい、おい、おい、御高名な名誉騎士様が逃げるのかい？」

虎人の男が目配せすると、他の男達も声を張り上げた。

「名誉騎士ってのも大したことねぇな！」

「噂なんて当てにならねぇからなぁ！」

「そもそも猫人なんかにできる芸当じゃねぇだろう」

「俺らにビビっちまったんじゃねぇの？」

「悔しかったら、実力を見せてみろよ」

ニャンゴは見下すような視線を向けてくる六人をグルリと見回すと、僕に向かってニカっと笑ってみせた。

「行くぞ、オラシオ」

「えっ……ちょっと、ニャンゴ？」

ニャンゴが六人の冒険者を避けるようにして歩き始めた時だった。

「おいおい、逃げる……なんだこりゃ！」

「おい、動けねぇぞ」

「どうなってやがる！」

六人の冒険者は揃って身を捩り始めたが、その場から動けないようだ。

「手前ぇ、何しやがった！」

「その程度の拘束も解けないようじゃ、俺の相手にはならないよ。じゃあねぇ～」

ニャンゴは満面の笑みを浮かべて言い放つと、ヒラヒラと小さな手を振って歩き出す。

「おいっ！　待て、この野郎！」

「戻って来い！」

「勝負しやがれ！」

男達が大声で喚き散らしても、ニャンゴは振り返る素振りも見せなかった。

僕らも何が起こっているのか分からず、首を捻りながらニャンゴを追い掛けるしかなかった。

「ニャンゴ、ニャンゴ、どうなってるの？」

「空属性魔法で丈夫なベルトを作って拘束してるだけだ。俺達がギルドから十分に離れたら解除するから心配ないよ」

ニャンゴは心配ないと言うけれど、喚き散らしている六人の周囲には大勢の人が集まってきて、完全に見世物になってしまっている。

「あれ、大丈夫なの?」

「絡まれたら実力を見せつけて、二度と絡んで来ないようにするのが冒険者ってもんなんだよ」

「ニャンゴ、あの人達と戦っても勝てた?」

「当たり前だ。動けない人間が何人いたって、負ける訳ないだろう」

にゃははっと笑うニャンゴは僕が良く知るニャンゴだけれど、やはり金級冒険者の実力は並大抵のものではないらしい。

第三十六話　王都見物

やはり、王都の冒険者ギルドマスター、ベートルスさんは一筋縄ではいかない人物のようだ。

地図に描かれている冒険者ギルドから一番近いお薦めの店に足を運んでみたのだが、入るのを躊躇してしまうほど高級そうな宝飾品店だった。

オラシオなんて僕は外で待ってると言って、仲間と通りの向こう側まで退避している始末だ。

それでも、俺が名誉騎士に叙任されたから高級な店を薦められたのかもしれないと思って店に入ると、四十代ぐらいの山羊人の男性店員が行く手を阻むように立ち塞がった。

「御用は何でございますか？」

言葉使いこそ丁寧だが、地上に降りた俺を物理的にも精神的にも見下す響きが混じっている。

店内には他の客の姿も見えず、四人いる他の店員達も半笑いで俺を見ていた。

「えっと……女性に贈る王都のお土産を探していまして……」

「ほほぅ、それはそれは……ご予算はいかほどですかな？」

「予算？　予算かぁ……考えてませんでした。どのぐらいする物なんですか？」

「御覧になられますか？」

「はい、ちょっと見せて……」

「あぁ……お待ちください」

山羊人の店員が場所を空けたので、ショーケースに歩み寄ろうとしたら呼び止められた。

「ガラスが壊れてしまいますからショーケースに上らないでいただけますか。あぁ、踏み台が必要ですかねぇ……」

「いや、ショーケースに上がったりしませんよ。踏み台も必要ありません」

「えっ……どうなって……」

空属性魔法のエアウォークで、ショーケースの中を覗き込めるぐらいの高さに体を上げると、山羊人の店員は驚いた表情を見せたが、その直後に俺が値段に驚かされた。

「なるほど……この値段では、猫人を追い払いたくなるのも分かります」

ケースの中に並べられた商品は、安い物でも大銀貨五枚以上の値段が付けられている。

奥のケースに入れてある物は、大金貨数枚なんて値段のものもあるようだ。

「手が届かないとお分かりいただけたなら、どうぞ、お帰りください……」

「別に今すぐに買える商品もあるけど……猫人には売る気無いんですよね？」

「い、いいえ……そういう訳では……」

貧乏人はお呼びじゃない、猫人風情がショーケースに触るなよ……みたいな見下した態度にカチーンときながら話すと、山羊人の店員は心底面倒臭そうな顔をしてみせた。

「こんな格好で来た俺も悪いけど、それを承知で紹介するベートルスさんも人が悪いよな」

「はっ？　今、なんと？」

「えっ、人が悪い……って」

「いえ、その前に……」

「あぁ、こんな服装だから？」

「いえ、どなたのご紹介と？」

「冒険者ギルドのギルドマスター、ベートルスさんだけど」

ベートルスの名前を告げると、山羊人の店員はゴクリと唾を飲み込んだ。

「し、失礼ですが、ベートルス様とはどのようなご関係で？」

「さっき、新しいカードの説明をしてもらっただけだよ。会ったのも今日が初めてだし」

「この後、ベートルス様とお会いになる予定は……」

「今のところ無いよ。王都ギルドへの移籍も打診されたけど断ったからね」

「そうですか、いや、お引き止めして申し訳ございませんでした」

山羊人の店員は馬鹿丁寧な動きで頭を下げると、出口は向こうだとばかりに左手を差し出した。

ベートルスには一目も二目も置くが、得体の知れない猫人には興味は無いのだろう。

俺としても、売る気の無い店に頭を下げてまで買うつもりは無い。

迷惑そうな山羊人の店員に見送られながら、堂々と胸を張って店を出た。

「オラシオ、次の店に行くぞ！」

「ニャンゴ、もう買い物は終わったの？」

「いや、次の店へ……」

「お待ちください！」

オラシオ達を呼び寄せて、次の店を目指して歩き出そうとしたら、血相を変えた山羊人の店員に呼び止められた。

「し、失礼ながら、ニャンゴ・エルメール卿でいらっしゃいますか？」

「うん、そうだよ」

「大変失礼いたしました。どうか、どうか店にお戻(もど)りくだ……」

「戻ると思う？」

「いえ、その……」

山羊人の店員は、春先だというのにダラダラと汗(あせ)を流している。

「店には戻らないよ。でも、猫人に対するこうした扱(あつか)いには慣れているから気にしなくていいよ。まあ、どこかで話のネタには使わせてもらうかもしれないけど……」

「どうか、どうか、それだけはご勘弁(かんべん)を……」

驚いたことに、山羊人の店員は道に跪(ひざまず)いて頭を下げた。

そういえば、革鎧(かわよろい)を納品したラーナワン商会の番頭さんが、貴族との取り引きが無いと王都の第二街区では店を構えられないと話していた。

ここは第三街区だが、貴族の間で悪評が広まれば店の死活問題なのだろう。

「では、これからは人種や身なりに関係なく、最高の接客を心掛(こころが)けてください。この先、俺の兄弟や知り合いの猫人が立ち寄るかもしれませんから……」

「はい！　店員全員、誠心誠意の接客をさせていただくとお誓(ちか)いいたします」

「それなら、今日のことは俺の胸にしまっておきますよ」

「ありがとうございます。ありがとうございます」

「オラシオ、行くぞ」

「う、うん……」

中年のおっさんを虐(いじ)めているみたいなので、オラシオ達を促(うなが)して次の店に向かった。

「ニャンゴ、何があったの？」

「まぁ、猫人あるあるだ……」

「ふーん……」

改めてオラシオに説明すると腹が立つので、適当に言葉を濁しておいた。

ベートルスさんに紹介された二軒目の店も表通りに面した宝飾品店だったが、なにやら店の前で喚いている犬人のおばさんがいる。

「ふざけないでよ！　あんなに高いお金を払ったのに、宝石も台座も偽物じゃないの！」

午前中だというのに店の外まで行列ができるほど繁盛しているようだが、喚くおばさんのせいで並んでいる客が動揺し始めているようだ。

「申し訳ございません。何やら手違いがあったようですが……どうぞ、別室の方で詳しい話をお伺い致します」

対応に出て来たのは腰の低いタヌキ人の男性店員で、ペコペコ頭を下げながら喚いていたおばさんを店の中へと案内した。

クレーム対応専門要員なのだろうか、ちょっと興味があるので空属性魔法の探知ビットと集音マイクを使って話を聞かせてもらうことにした。

タヌキ人の店員は混雑する店内を抜け、店の奥へと向かっていく。

こちらの部屋で話を伺いますと席を勧めたタヌキ人の店員は、お詫びの品をお届けしたいからと言って犬人のおばさんの名前や住所、家族構成などを尋ね始めた。

全ての内容の確認をすると、少々お待ちくださいといってタヌキ人の店員は部屋から出て行ったようで、入れ替わるようにして複数の足音が近づいて来るのが聞こえてきた。

「な、何ですか、あなた達は」

聞こえて来たのは、丁寧な言葉使いとは裏腹にドスの利いた野太い声だった。

「なぁ、あんた。宝飾品てのは、己の目利きで選んで買うものだよな？」

「で、ですがこれはあまりにも……」

「はぁ？　手前が納得して買ったんだろう」

「それを今更偽物扱いするってのか？」

「手前は、それが良いと判断して買ったんだよな？」

どうやら犬人のおばさんは、柄の悪い連中に取り囲まれているようだ。

「で、ですが……」

「何がですがだ！　いちゃもんつけてんじゃねぇぞ！」

「ひぃぃ……」

部屋には防音の措置でも施されているのだろうか、大声で凄まれた犬人のおばさんはか細い悲鳴を洩らして黙り込んだ。

「うちの店に関してふざけた噂話を流してみろ、そん時は、あんたもあんたの家族も、どうなるか分からねぇぞ……いいな？」

犬人のおばさんは、言葉もなくガクガクと頷いているようだ。

お詫びの品を届けるどころか、家や家族構成を特定して脅すための聞き込みだったらしい。

「おい、お帰りだ。家までしっかりお送りしろ」

「へいっ」

暫くして店の奥から出て来た犬人のおばさんは顔面蒼白で、腰の低いタヌキ人の店員と人相の悪い水牛人の男と一緒だった。

そのまま水牛人の男と一緒に、おぼつかない足取りで遠ざかっていく。

犬人のおばさんを見送ったタヌキ人の店員は、笑みこそ浮かべていたが目が笑っていなかった。

俺は店に入る順番待ちの列を離れて、揚げ物屋で買い食いを始めていたオラシオ達に合流した。

「おかえり、ニャンゴ。買い物は済んだの？」

「いや、ここは信用出来ない」

俺が盗み聞きした内容を伝えると、オラシオ達は宝飾品店に踏み込んで行こうとした。

「待て待て、いきなり行っても相手にされないよ。いいから、ちょっと来い……」

四人を路地の奥へと引っ張っていくと、食って掛かって来たのは熊人のザカリアスだった。

「どうして止めるのです、エルメール卿」

「証拠が無いからだよ」

「あなたが聞いておられるじゃありませんか」

「うん、でもね、売っている品物が本当に粗悪品なのか、俺には見分けが付かない」

「だからって、見て見ぬ振りをするんですか！」

生まれつきなのか、それとも訓練所で叩きこまれたのか分からないが、ザカリアスはかなり強い正義感の持ち主のようだ。

「騎士団の力を借りる」

俺が考えたのは、いわゆる囮捜査だ。

まずは騎士団の誰かに買い物をさせて、店の商品の真偽を確かめる。

その上で、偽物を高額で販売していた場合には、女性騎士にさっきの犬人のおばさんのように文句を言わせ、実際に脅してきたら身分を明かして一網打尽にする。

そうした方法を説明すると、全員が目を見開いて感心していた。

「だから、ちゃんと店の名前と場所を覚えて帰って、上官に報告して相談する、いいね」

「分かりました、エルメール卿」

俺の指示にあっさりと納得した四人は、ビシっと騎士の敬礼を決めてみせた。

うん、君ら素直か……。

ただ、にわか名誉騎士である俺の言葉に素直に従うのは良いとして、ここは王都の何処なんだとか言い出したのには頭を抱えてしまった。

オラシオが、まだ王都を案内できるほど地理には詳しくないと言っていたが、ここまで土都の地理に疎いとは思わなかった。

将来、王族や貴族を守るのに、迷子になっていたら話にならないだろう。

もう一軒、本命と思われる店を回ってから昼食にしようかと思ったが、俺を含めた皆の胃袋が限界のようだ。

「よし、じゃあ昼ご飯を食べに行こう」

「ちょ、ちょっと待ってください」

昼食の店を目指して歩き出そうとしたら、犬人のルベーロに呼び止められた。

「地図を見てましたけど、そっちじゃ戻っちゃいますよ」

ギルドマスターのベートルスさんが描いてくれた地図には、土産物向けの店が三軒と昼食のための店が三軒記されている。

地図上ではギルドから近い店、遠い店、中間にある店という感じで、宝飾品店とレストランがセットになっている。

ここまで、ギルドから近い順に宝飾品店を回って来たが、俺が行こうとしているのは一番ギルドに近い飲食店だ。

「次の宝飾品店に行くには、こっちの店で食事をしてからの方が近いってことだよね？」

「そうです、こちらの店では一度ギルドの方向に戻って、また戻って来なければなりません」

「でも、たぶんこっちの店には何か問題があると思う」

「えっ……？」

四人は顔を見合わせて首を捻り、オラシオが代表するように尋ねてきた。

「ニャンゴ、どうしてそう思うの？」

「たぶん、俺はギルドマスターに試されているんだと思う。戦闘力に関しては『巣立ちの儀』の襲撃で証明できたけど、それ以外のトラブルに対して対応できるのか、それとも騙されてしまうのか……とかね」

「えぇぇぇ……だって、さっきニャンゴは金級に昇格したんだよね？」

「その昇格も、王家からの圧力があったんじゃないかな。王家からの要望には逆らえないけど、実力は見極めておきたい……案外どこからか監視されてるのかもね」

「えぇぇぇ……」

オラシオ達は、路地の前後や建物の上などをキョロキョロと見回しているけど、王都のギルドマスターが監視に使う人間は、そんなに簡単に尻尾は出してくれないだろう。

まぁ、本当に居たとしてだけどね。

「でも、ニャンゴ、それとレストランとは、どう関係してくるの？」

「ギルドから近い順で宝飾品店を回れば、当然レストランはこっちから回ることになる。ここで食べてしまったら、他の店は回らないし、何か問題がある店でも俺が対処する必要は無いだろう」

「なるほど……それじゃあ、こっちの店を回らなかったら試験にならなくない？」

「オラシオ、別に依頼を受けている訳じゃないんだ。馬鹿正直に、全部の店をギルドマスターの思惑通りに回ってやる必要はないぞ」

「あっ……そうか、頼まれた訳じゃないもんね」

オラシオ達を納得させて向かった店は、レストランというよりも食堂と呼ぶのが相応しい雰囲気で、開け放たれた扉の中からは良い匂いが漂ってくる。

まだ昼食には少し早い時間だけど、もうお客さんでテーブルが埋まりかけていた。

「こんにちは、五人なんですけど、入れますか？」

「あー……空いてる席に適当に座っておくれ！」

接客をしていた鹿人の女性に声を掛けると、威勢の良い返事が戻ってきた。

店の女将さんなのだろうか、細身で小柄だが、気風の良い姉御肌という感じだ。

空いていた奥のテーブルに座ったのだが、体のゴツいオラシオ達は通路を抜けるのも一苦労だ。

「はい、いらっしゃい！　五人様、何盛りにする？」

「何盛り……？」

「うちはオーク丼しかメニューは無いよ。小盛り、中盛り、大盛り、特盛り、超盛り……量に応じて値段が変わるだけさ」

確かに壁に貼られたメニューには、五種類の盛りと値段が書かれているだけだ。

「では、中盛り一つと超盛り四つをお願いします」

「はいよ、お次、中一つ、超四つだよ～！」

「おぅ！」

威勢の良い女将さんの声に、厨房から野太い声が返ってくる。

「ねぇ、ニャンゴ……大丈夫なの？」

「なにが？」

「超盛りって、銀貨三枚もするけど……」

「全部俺が払うから心配なんかするな、この程度じゃビクともしないぞ」

王家からの褒賞金が出ていなくても、イブーロで冒険者として稼いでいるから金ならあると言うと、またオラシオは微妙な表情をみせる。

たぶん、俺がアツーカ村でオラシオを思い出した時には、同じような表情をしてたと思う。

友達が立派になるのは嬉しいけれど、置いていかれてしまうのは悔しいものなのだ。

でも、こればかりはオラシオ自身で解決するしかないだろう。

そして注文してから待つことも無く、そいつが運ばれてきた。

「はい、お待ち、先に超盛りが二つだよ。後もすぐ持ってくるからね」

「えっ……」

テーブルの上にドンっと置かれたのは、誰がどう見ても洗面器だ。

どれほど米が詰まっているか見えないが、オーク肉のスライスがドカっと盛られている。

「はいよ、お後の超盛り二つ、中盛りもすぐに持ってくるからね」

超盛りが一度に二つしか運ばれて来ないのは、重すぎるからだろう。

「はいよ、中盛り、お水は自分達で注いでね」

最後に、牛丼屋の大盛りサイズの中盛りと、大きな水差しとカップ五つが運ばれてきた。

「さあ、食べよう！」

オーク肉は、前世を思い出す生姜焼き風に味付けされていた。

噛み締めると肉汁が溢れ出てくるオーク肉と、タレが染みたご飯の組み合わせが絶妙だ。

「うみゃ、オーク肉、米、米、オーク肉、米、うんみゃ！」

俺がフォークを使ってオーク丼をかき込み始めると、大きさに圧倒されていたオラシオ達も超盛りとの格闘を開始した。

「うもぉ、美味しい！　これ、美味しいよ、ニャンゴ！」

「うみゃいな、オラシオ」

さすがのオラシオ達も、洗面器サイズには苦戦するかと思ったけど、そんな心配は全く無用で、黙々と、ただ黙々と食べ続けるスピードは呆れるほどだ。

「お兄さん達、いい食べっぷりだ。さすが未来の騎士様だね。はいよ、これはサービスだよ！」

女将さんは大きな皿に盛ってきたオークの肉を、トングで掴んでドサドサとオラシオ達の皿に追加していく。

「ありがとうございます！」

「ごちそうになります！」

もう止めてくれと言うかと思いきや、追加された肉も次々にオラシオ達の胃袋に消えていく。

「お兄さんも追加するかい？」

「いや、俺は見てるだけで満腹になりそうだからいいや」

「あははは、まったくだね」

実際、店に居合わせていた他のお客達は、オラシオ達の食べっぷりに目を丸くしている。

高級レストランでこの勢いを発揮されていたら、俺の財布の底が抜けていただろう。

てかさ、さっきの宝飾品店で俺が並んでいる間にも、揚げ物屋でも何か食べてたよね。

ほんと、どんだけ食うんだって感じだよ。

四人とも米粒一つ残さずに、追加の肉までペロリと平らげたけど、さすがに限界らしい。

次の宝飾品店に行こうと言ったのだが、少し休ませてと言われてしまった。

「休ませてって……」

「そこに、広場があったから……」

店まで来る途中にあった噴水を囲むような広場に戻ると、ベンチや芝生の上で街の人達が思い思いに寛いでいた。

芝生の一角に空いたスペースを見つけると、オラシオ達はゴロゴロと横になった。

「ちゃんと起きるから、心配しないで……」

四人は横並びに寝転ぶと、すぐに寝息をたて始めた。

食ったら寝るって……子供か。

というか、それは猫人の習性だろう。

俺も空属性魔法でクッションを作って、陽だまりで丸くなる。

名誉騎士様に叙任されたって、食後の昼寝の誘惑には敵わないのだよ。

オラシオ達が騎士候補生の制服を着ているので、ちょっかい出してくる者はいないだろうが、変な輩が寄って来ないように念のため探知ビットを周辺に撒いておいた。

どの程度時間が経ったか分からないが、宣言通りにオラシオ達は起き出した。

モゾモゾと動き出してから、四人揃って目を覚ますと、すぐに動き出す支度を整え始めた。

たぶん、日頃の訓練で体内時計が出来上がっているのだろう。

オラシオ達が身支度を整えたところで、最後の宝飾品店を目指す。

目的地へと向かう道は第三街区の目抜き通りのようで、色々な業種の店が軒を並べている。

「さすが王都、賑やかだな」

「ねぇ、ニャンゴ。二年前のお祭りを思い出すね」

「あの時は、初めて街に出た時だったから興奮してたな」

「ほら、ニャンゴ。ちゃんと持ってるよ」

オラシオ、訓練服の襟元から、紐に通された火の魔道具を取り出してみせた。

二年前はお腹（なか）の辺りに下がっていた魔道具が、今は首元にチマっと下がっている。

「役に立ってるか？」

「もちろん！　訓練が厳しくて挫（くじ）けそうになる度（たび）に、この魔道具で火を灯（とも）してニャンゴとの約束を思い出してるんだよ」

「そうか、ここまで頑張（がんば）ってきたんだ、あと少し頑張って、俺との約束を果たしてくれよ」

「うん！」

オラシオだけでなく同室の三人も、こんなに素直で大丈夫なのかと少々心配になるが、変に捻くれてしまうよりは全然良い。

「ねぇ、ニャンゴは冒険者の仕事をする時は、どんな魔道具を持ち歩いてるの？」

「俺か？　俺には魔道具は必要ないんだ」

「あっ、誰かとパーティーを組んでるの？」

「イブーロの銀級パーティーに所属してるけど、それと魔道具は関係ないぞ」

「でも、冒険者だったら、火とか、水とか、明かりとか、必要なんじゃないの？」

「火も……水も……明かりも……全部使えるから必要ないぞ」

「えっ……ええぇぇぇ！」

目の前で、空属性魔法で作った魔法陣（まほうじん）を一通り実演してやると、オラシオ達は腰を抜かさんばかりに驚いていた。

にゃははは……金級冒険者は伊達（だて）ではないのだよ。

昼食も昼寝も堪能した後で、ベートルスさんに紹介してもらった三軒目の宝飾品店へ向かう。

この店まで問題を抱えているようなら王都ギルドとの付き合い方を考えなきゃいけないところだったが、どうやら本当にお薦めの店らしい。

店主はスラリとしたヒョウ人の女性で、値段は最初の店よりもお手頃だが指輪やネックレスの台座の造形が凝った造りになっている。

黙っているとシュッとした美人だが、拘りの強い店主らしい。

女性三人に差を付けないようにプレゼントしたいと言ったら怒鳴られてしまった。

「冗談じゃない！　うちは心を込めて贈る品物を作っているんだ、女たらしに売るような品物は扱っていないよ。一昨日来やがれ！」

「誤解ですよ。お世話になっているギルドの職員さんや、抜け駆け禁止の酒場のお姉様や、パーティーの同僚で武術の師匠に贈る品物です。女たらしどころか、オモチャにされている身にもなってください……」

「あははは、これは失礼。そういう事情があるならば、腕に縒りを掛けて選ばせてもらうよ」

宝飾品店巡りもここで終わりだろうし、後々の勉強になるだろうからオラシオ達にも店に入るように言ったのだが……なんだか場違い感が凄い。

オラシオやトーレは入り口を入った所で置物みたいに固まっているし、強面のザカリアスは他のお客さんの邪魔にならないようにデカい体を縮めて小さくなろうとしている。

ルベーロは一応俺の横で商品も見ているが、それでもキョロキョロと落ち着かない様子だ。

「これなら石の色違いだから、良いと思うけど……懐具合は大丈夫かい？」

「はい、こちらにします。色を間違えないように、何か印を付けてもらえますか？」

「はいよ、じゃあ目立たない所に色を書いておくよ」

花の形をした台座に小さな宝石が付いたネックレスをレイラさん、ジェシカさん、シューレの三人用に色違いで購入。

買い物を終えて店を出ると、オラシオは大きな溜息をついてみせた。

金貨一枚を支払って、大銀貨一枚のお釣りだった。

「ふぅ……凄い場違いで緊張しちゃったよ」

「しっかりしろ、オラシオ。騎士になればもっと高級な店にも出入りするようになるだろうし、王族や貴族と顔を合わせる機会も増えるんだぞ」

「わかってるよ……わかってるけど、急には慣れないよ」

オラシオのぼやきに、ルベーロ達も揃って頷いている。

どうやら王都に来てからの二年間、訓練は敷地の中で行われているし、街中で活動する時も上官に連れられての移動が殆どのようだ。

「僕らだけで、こんなに訓練所から遠くまで来たのは初めてだし、ここから帰れって言われたら迷子になると思う」

「情けない……そんなことで王都を守れるようになるのか？」

「だって……」

「王都じゃ迷子になんかならないだろう。あそこに大聖堂の塔が見えてるじゃないか」

「あっ、本当だ……」

「大聖堂の大きさ、二つの尖塔の位置を見れば、自分が王都のどの辺りにいるか分かるだろう」

「そうか、大聖堂の塔を目印にすれば良いのか」

「とは言っても、王都の治安を守るようになれば、瞬時に自分の居場所が分からなきゃ話にならないぞ。休みの日には、街を歩き回って地理を頭に叩き込め」

「うん、そうするよ」

「よし、オラシオ、あの甘い匂いのする屋台に行くぞ」

襲撃の影響で自粛ムードだった街も賑わいを取り戻しているようで、道のあちこちに屋台が出て美味そうな匂いを漂わせている。

『巣立ちの儀』の時期は子供が主役のせいか、菓子の屋台を多く見掛ける。

昼食も十分食べたけど、やっぱり甘い匂いの誘惑には抗えない。

「おっちゃん、七つおくれ」

「あいよ、まいどあり！」

甘い匂いを漂わせていたのは揚げパンの屋台で、棒状に揚げた生地にたっぷりと蜂蜜が掛けられている。

「はいよ、ザカリアス、トーレ、ほら、ルベーロも、よし、オラシオは二本持っていてくれ」

「ちょっと、ニャンゴ。どこ行くの？」

両手に揚げパンを持って、今来た道を駆け戻る。

半区画ほど駆け戻ったところで方向を変えて道を横切り、ハイエナ人のカップルの前に立ちふさがって揚げパンを差し出した。

「一緒に食べませんか?」

「えっ、いや……見ず知らずの人から貰う訳には……」

「ベートルスさんに言われて監視してるんでしょ? うろうろ歩き回っている俺達の後をずっと付いて来てましたよね?」

一軒目の宝飾品店でベートルスさんに試されていると気付いてから、空属性魔法の探知ビットの練習を兼ねて周囲の状況を探っていた。

色々な店を覗いたり、行ったり来たりを繰り返して、それらしい人物を特定していたのだ。

「さぁ、どうぞ……」

「はぁ、参りました。さすがは名誉騎士様ですね」

尾行を認めたハイエナ人の男性は、ガックリと肩を落として揚げパンを受け取った。

ギルドマスターの監視役に揚げパンを差し入れして戻ると、オラシオに訊ねられた。

「ニャンゴ、あの二人がギルドの監視役なの?」

「そうだぞ」

「どうしてあの二人が監視してるって分かったの?」

「ふふーん……それは秘密だ。冒険者は簡単には手の内を明かさないものだ」

オラシオ達なら話しても問題ないだろうけど、ちょっとは自分達で考えさせた方が良いだろう。

ザカリアスやルベーロは、首を捻りながら色々と推論を戦わせている。

オラシオとトーレも積極的に発言はしないが、ザカリアス達の話を聞きながら考えを巡らせているようだ。

冒険者としての視点で眺めると、四人ともタイプは違っているが良いパーティーに見える。

この三人が一緒ならば、オラシオも心強いだろう。

揚げパンも食べ終えたし、次はどこに行こうかと考えていたら、突然怒号が聞こえて来た。

「何をする！　うわっ」

視線を向けると、羊人の男性が突き飛ばされて道に転がされていた。

「店の売り上げ、返せ！　泥棒！　がはっ……」

鞄にしがみ付いた羊人の男性を二人組の男が蹴り飛ばすのが見えた。

鞄を奪った男達は、俺達とは反対方向へと逃げて行く。

「追うぞ、みんな！」

オラシオ達に声を掛け、エアウォークを使って上空へと駆け上がる。

逃げて行く男達に狙いを定め、探知ビットを貼り付けた。

「おぉ、トーレ速いな……」

足元に視線を転じると、四人の中からトーレが猛然と走って行くのが見えた。

俺も身体強化の魔法を使えばかなり速く走れるけど、トーレは長い脚を使った俺の何倍も大きなストライドでグイグイと加速していく。

「待て！　止まれ！」

トーレの追跡に気付いた男達は、目配せをすると二手に分かれた。

一人は四つ角を直進し、もう一人は右手の道へと入っていく。

「トーレ、そのまま真っ直ぐ進んだ奴を追い掛けて」

「はい！」

「ルベーロ、そこを左曲がって！　その先に巡回（じゅんかい）中の騎士がいるから知らせて！」

「了解（りょうかい）！」

「オラシオとザカリアスは、右手の路地に逃げた奴を追って」

「分かった！」

空属性魔法で作ったスピーカーを四人の肩口（かたぐち）に付けて上から指示を送ると、何で俺の声が聞こえるのか聞き返すこともせず指示通りに行動を始めた。

指示を終えてすぐに、トーレが真っ直ぐ逃げた犯人を追い詰めた。

「止まれ！　逃がしやしないぞ！」

「くそがぁ！」

あっと言う間に追い付いてきたトーレを見て、逃げられないと悟（さと）った狼人（おおかみひと）の男は、腰に下げていた大振りなナイフを引き抜いて足を止めた。

対するトーレは、騎士候補生の制服姿だが武器は持っていない。

「トーレ、ナイフは俺が防ぐから蹴り倒（たお）せ！」

「はい！　うぉぉぉぉぉ！」

雄叫（おたけ）びを上げながら駆け寄ってくるトーレに対し、狼人の男はナイフを腰だめにして構えた。

「死に晒（さら）せ……」

「シールド」

思い切り頑丈（がんじょう）に作った空属性魔法のシールドで、ナイフの刃（は）を包み込むように固定した。

「くそっ、動かねぇ……ぐへぁ！」

全力疾走の勢いを乗せたトーレの飛び蹴りを胸板に食らい、狼人の男はナイフを手放して吹っ飛び、ゴロゴロと道を転がった後で大の字になって動かなくなった。

「トーレ、そいつを拘束しといて」

「了解です！」

気絶した狼人の男をトーレに任せて、もう一人の追跡を補助する。

熊人らしい男は、商店の軒先にならんだ商品をひっくり返しながら、オラシオとザカリアスの追跡を振り切ろうとしていた。

商店の並ぶ通りから、左に曲がって細い路地へと飛び込んでいく。

「オラシオ、そこで左に曲がれ！　ザカリアスは、そのまま追跡！」

「うん！」

「了解だ！」

熊人の男が逃げ込んだ路地は、突き当たった先が左にしか行けず、追い詰めるのにはおあつらえ向きの状況だった。

「オラシオ、その先を右に曲がれ。犯人が戻って来るから待ち構えろ」

「うもぉ！」

「ザカリアス、そのまま追い込んでくれ」

「任せろ！」

路地の突き当たりが左にしか曲がれないと悟った熊人の男は、建物の窓を壊そうとした。

「シールド」

「痛ぇ！　なんだ、この窓は……くそっ！」

ただの板っぺらにしか見えない窓が殴りつけてもビクともしないと分かり、熊人の男は逃走を再開したが、オラシオが向かってくるのに気付いて足を止めた。

熊人の男が振り向いた先には、追い付いたザカリアスが両手の指をボキボキと鳴らしている。

「なんだ、良く見りゃガキじゃねぇか……」

熊人の男は奪った鞄を左腕で抱え込み、右手で腰の後ろに括った鞘から鉈を抜いた。

路地に差し込む陽光が反射して、鉈の刃がギラリと光る。

「う、もぉ……」

ここまでは勢いに任せて走ってきたのだろうが、刃を見た瞬間オラシオが半歩後退りした。

一方、ザカリアスは浮かべていた笑みを消して表情を引き締めたが、油断なく身構えている。

鞄を抱えた熊人の男は、そんな二人の様子を見比べているようだ。

「大人しく道を空けな、でないと痛い目をみるぞ」

熊人の男は鉈の刃を見せつけるように振り回して、更に様子を窺っている。

オラシオがゴクリと唾を飲み込んだ音が、空属性魔法で作った集音マイク越しに伝わってきた。

騎士訓練所で厳しい訓練を受けているのだろうが、丸腰で武器を持った相手と向かい合うような経験は積んでいないのだろう。

オラシオが怯んでいるのは、恐らく熊人の男にもバレている。

この辺りが限界だろうと思った時、ザカリアスが声を掛けた。

「ビビるな、オラシオ！　急所だけシッカリと守れば大丈夫だ。たとえ一撃食らっても、お前なら倍返し……いや、三倍返し、四倍返しの一撃を食らわせられるぞ。自信を持て！」

「うもぉぉぉ！」

ザカリアスに活を入れられたオラシオは、四股を踏むように両足を踏みしめた。

刃物への恐怖で縮こまっていた背中が伸びて、オラシオの体が一回り大きく見える。

「ちっ、見習い風情のガキが……ぶった切ってやる」

「雷……」

「ぐあぁ！」

そのまま任せても大丈夫だとは思ったけれど、威力をセーブした雷の魔法陣を刃にぶつけると、熊人の男は悲鳴を上げて鉈を放りだした。

「うもおぉぉぉぉぉ……」

熊人の男が鉈を手放した瞬間、オラシオが雄叫びを上げながら突進する。

「クソガキがぁ……どわぁ！」

咄嗟に拳を固めて熊人の男が殴り掛かったが、筋肉の鎧をまとったオラシオはパンチなど物ともせずに体当たりをぶちかました。

転がった熊人の男にザカリアスが滑るように接近し、鳩尾に蹴りを入れてから押さえ込んだ。

なるほど、ザカリアスの武術の腕前は相当なものらしい。

「ザカリアス、これで縛って」

「ありがとうございます」

路地まで降りて、鞄から取り出したロープをザカリアスに投げてからオラシオに歩み寄った。

「やるじゃん、オラシオ」

「うもぉ夢中だったよ」

オラシオは熊人の男を撥ね飛ばした後、どうすれば良いのか分からず立ち尽くしていた。

アツーカ村に居た頃のオラシオは気が弱くて、自分よりも体が小さなミゲルに虐められても反撃できずにいた。

それが、一時は腰が引けてしまったけど、刃物を持った体の大きな大人にも向かっていく気概を見せたのだから、体だけでなく心も強くなっているのだろう。

「よし、トーレと合流しよう」

「はい！」

縛り上げた熊人の連行をザカリアスに任せ、奪われた鞄はオラシオに持たせた。

強盗が二手に分かれた四つ角まで戻ると、トーレとルベーロの他に四名の騎士が待っていた。

「オラシオ、ザカリアス、報告は任せるよ」

「えっ、そんなぁ……」

「情けない声を出すな。お前、騎士になるんだろう。シャンとしろ、シャンと！」

「うもぉ、分かったよ」

情けない声を出したオラシオの尻を蹴り上げて、犯人捕縛の報告をさせる。

ザカリアスも報告業務は苦手らしく、二人ともかなりたどたどしかったが、どうにか捕縛した状況を伝えた。

四つ角には被害に遭った羊人の男性も来ていて、奪われた鞄の中身が無事だと分かると、オラシオ達に涙を流しながら感謝していた。

俺も騎士から事情を聞かれたが、上から状況を伝えて、ちょっと手伝っただけと言っておいた。

そして、本当ならオラシオ達は色々面倒な書類の作成をしなきゃいけないそうなのだが、俺の素性や王都見物の途中という状況を考慮して、上手く処理してもらえることになった。

うん、王家の紋章入りのカードは効果絶大だにゃ。

事情聴取から解放されて移動を始めると、ザカリアスが声を掛けてきた。

「エルメール卿、さっきは何をしたんですか？」

「あぁ、熊人の男が鉈を放り出したこと？」

「そうです、一体何をどうすれば、あんな風になるんです？」

「あれはね、雷の魔法陣を鉈の刃にぶつけたんだ」

空属性魔法で魔素を含んだ空気を魔法陣の形に固めて刻印魔法を発動させせられることを改めて説明すると、ザカリアス達は驚くと同時に感心しきりといった様子だった。

「ニャンゴ、もしかして魔銃の魔法陣も使えるの？」

「おぅ、使えるぞ。思い切り威力を高めた魔銃の魔法陣を使ってワイバーンの頭を吹き飛ばして仕留めたんだぜ。まぁ、そこまでに大勢の冒険者が協力してくれたからだけどな」

ワイバーン討伐の様子を話すと、四人とも身を乗り出すように聞き入っていた。

騎士候補生に選ばれるのは、『巣立ちの儀』で一際大きな魔法が使えた、ほんの一部の者だけだが、王都に来てからの二年間は訓練に明け暮れる毎日で娯楽に飢えているのだろう。

ワイバーンのように滅多に現れない危険度の高い魔物を討伐する話は、オラシオ達にとっては、前世の特撮映画のようなものなのだ。

一通りワイバーン討伐の顛末を話し、その功績が認められて銀級冒険者にランクアップしたのだと告げると、またオラシオが微妙な表情をしていた。

「凄いな、ニャンゴは……工夫を重ねて力を付けて、みんなから認められて……」

「羨ましいか？」

「うん、ちょっと……」

「だったら、頑張って追い付いて来い。そもそも俺達と同い年の連中から見れば、オラシオだって羨ましいと思われる存在なんだぞ」

「うもぉ、僕が？」

「当たり前だ、ミゲルも俺も騎士候補に選ばれなかったんだぞ」

「そうか……そうだね」

「俺を羨む暇があったら、努力しろ、工夫しろ、良い仲間に恵まれたんだ、みんなで協力して、一緒に上がって来い」

「うん、僕頑張るよ」

オラシオ達と話をしながら次に向かったのは、王都でも有名な刃物店だ。

ライオス達のお土産に良いナイフを買おうと思って、先程の騎士に店を紹介してもらった。

王都にはシュレンドル王国各地から人や物が集まっていて、職人達も腕前を競い合っているから様々な工芸品のレベルが高いらしい。

訪れた店は刃物店というよりも武器屋のようで、ナイフの他に剣も扱っていた。

俺自身は空属性魔法でナイフや包丁、槍ですら作れてしまうから必要無いのだが、それでも質の高い刃物は見ているだけでもワクワクする。

それはオラシオ達も同じのようで、展示されているナイフや剣に目を輝かせた後で、付いている値札を見て肩を落としていた。

俺は刃物の目利きは出来ないので、武術が得意だというザカリアスの意見を聞いてみた。

「ザカリアス、ここの刃物はどう？」

「いや、どれも見るからに凄いですよ。俺は正騎士になったら絶対ここに買いに来ますよ」

「そっか、それは楽しみだね」

「はい、厳しい訓練を乗り切る励みになりますよ」

店員さんに、冒険者が野営の時に使うのに丁度良いナイフを選んでもらう。

ナイフは獲物解体や野営の時の料理に使うだけでなく、戦闘の最中にメインの武器が壊れた場合には命を繋ぐための最後の砦にもなる重要な存在だ。

店員さんと相談して選んだのは大銀貨二枚の値札が付いたナイフで、安物の十倍、普通のナイフの四、五倍の値段がする。

「じゃあ、これを七本ください」

「かしこまりました」

まさか一度に七本も買うとは思っていなかったのだろう、店員さんも驚いていた。

「ニャンゴ、そんなに大きなパーティーに所属してるんだ」

「まぁな……」

刃物店を出ると、西の空が赤く染まり始めていた。

オラシオ達も門限までには戻らないといけないそうなので、訓練所に向かいながら店先で目についた菓子を片っ端(かたっぱし)から買い込んで行く。

訓練所の門に着いた時には、オラシオ達は両手一杯(いっぱい)に菓子を抱えていた。

「ニャンゴ、こんなに食べられないよ」

「いいから、いいから、同期のみんなと分けて食え」

「うもぉ……でも、ありがとね」

訓練所では、腹一杯食事は食わせてもらえるらしいが、菓子を食う機会は無いらしい。

菓子なんか食うぐらいなら、身になる物を食えということなのだろう。

「それと、これをみんなに一本ずつ……」

四人が両手で抱えた菓子の間に、さっき買ったナイフの包みを一本ずつ差していく。

「ニャンゴ、それ大銀貨二枚……」

「いいから、いいから……」

「駄目(だめ)だよ、こんなに高い物貰えないよ」

オラシオの抗議(こうぎ)を無視してナイフを配り終えたところで、ザカリアス、ルベーロ、トーレに向かって深々と頭を下げる。

「知っての通り、オラシオは気が小さくて頼(たよ)りない奴だけど、すっごく優(やさ)しい俺の大切な幼馴染(おさななじみ)なんだ。どうか、これからも三人で支えてやってほしい。よろしくお願いします」

顔を上げると、三人は背筋をピンっと伸ばし、表情を引き締めていた。

三人を代表するようにザカリアスが約束してくれた。

「分かりました！　俺達はまだ足りないところばかりですが、補い合い、助け合い、必ずや四人で正騎士になるとお約束します！」

「ありがとう。みんなが正騎士になるのを楽しみにしています」

「ニャンゴ、ニャンゴ……」

ザカリアス達の横で、オラシオはボロボロと涙を流していた。

「馬鹿、泣くな……」

「ニャンゴだって泣いてるじゃん……」

我慢（がまん）していたけど、俺の視界も涙で滲（にじ）んでいる。

「次に会えるのは何時（いつ）になるか分からないけど、元気でいろよ」

「うん、ニャンゴも元気で……」

「もう、泣くな……今生の別れじゃないんだぞ」

「でも、でも……」

「ちゃんと騎士様になって、胸を張ってアツーカ村に帰って来い。あぁ、俺が一足先にミゲルを見返しておくから、ちゃんと後に続けよ」

「分かった、ミゲルも災難だね」

「そりゃ、何年にも亘（わた）って俺達を馬鹿にしてたんだ、ツケを払ってもらうだけさ」

「ニャンゴ、また手紙を書くよ」

「おう、イブーロのギルド宛にしてくれ、そうすれば依頼の時に受け取れるからな」

「うん、分かった」

後ろ髪を引かれる思いを振り切って、ラガート子爵の屋敷を目指して歩き出す。

途中で何度か振り返っても、オラシオ達は門の前で俺を見送っていた。

まだまだ頼りないけれど、オラシオは頑張って成長していた。

ラガート領に戻ったらアツーカ村に里帰りして、オラシオの家族に近況を知らせてやろう。

大丈夫、オラシオは良い仲間に恵まれたから、きっと四人揃って王国騎士になれるよ。

第三十七話　王都の花見

オラシオ達と王都見物をした翌朝、見張りの兵士に断ってラガート子爵の屋敷の庭に出た。

芝生が綺麗に刈り揃えられた庭に漂う朝靄は、ヒューレィの花の香りを含んでいた。

空属性魔法で振り棒を作り、深呼吸を繰り返して気持ちを静めてから構える。

「にゃっ、うにゃっ、にゃっ、うにゃっ……」

棒術の基本となる打ち込みと足捌きを始めたのだが……体が重い。

体調が悪い訳ではない、王都に来てから美味しいものを食べ過ぎたのだ。

猫人の体は柔軟性に富み、伸び縮み自在という感じなのだが、それでもお腹が出てきているのを否定できない。

このまま飽食生活を続けていたら、イブーロに戻る頃には丸々太っていそうだ。

ゼオルさんに習った棒術の型の基本動作を確かめるように繰り返す。

結構激しく動いているが、エアウォークを使っているから芝生を踏み荒らす心配はない。

素振りを繰り返した後は、頭の中にシューレを想像して手合わせのシミュレーションを行ったのだが……一方的にやられる未来しか見えない。

前世の日本で高校生をしていた頃、プロのスポーツ選手は一日休むと元に戻すまで三日掛かるなどと聞いたが、これほど鈍ってしまったら一週間以上は掛かりそうだ。

途中からは体に魔力を巡らせて、身体強化の魔法も使って更に激しく動き回ったのだが、その途中で視界に違和感を覚えた。

「にゃんだ？　朝日の加減じゃないのかにゃ？」

最初は庭に漂う朝靄に朝日が当たって煌めいて見えるのかと思ったのだが、どうやらそうではないらしく視界にキラキラとした薄い靄が掛かっているように見える。

物が見え難くなるほどの濃さではないのだが、周囲を見回すと何処もかしこも金色のベールが掛かっているようなのだ。

動きを止めて、身体強化魔法も解除すると金色の靄は見えなくなった。

身体強化魔法を発動させると、再び金色の靄が現れる。

右目を閉じても靄は消えないが、左目を閉じたら靄は消えた。

「うにゅう……姫様の治療が上手くいかなかったとは思いたくにゃいけど」

一昨日の晩まで、左目は全く見えない状態だった。

一年以上前、村長の孫であるミゲルとその取り巻きを助けるために無茶をして、コボルトの爪で抉られて潰されてしまったのだ。

もう一生左目の視力は戻らないと思っていたのだが、『巣立ちの儀』で光属性魔法の適性を得たエルメリーヌ姫が治療してくれたのだ。

それまで暗闇に閉ざされていた左目に光を感じて瞼を開き、エルメリーヌ姫の美しい笑顔が見えた瞬間の感動を俺は一生忘れないだろう。

エルメリーヌ姫によって復元された左目は、以前の金色から青色へと変化していた。

それでも視力に問題が無いのは、何度も何度も確かめたから間違いない。

「身体強化魔法で視力を強化すると見えるようになるのか？　だとしたら、本来は見えないものが見えている……あっ！」

今更ながらに気付いたが、手元の棒やエアウォークの靴も金色に輝いて見える。

空属性魔法で風の魔道具を作って発動させると、金色の粒子が魔法陣の中を流れ巡っているのがハッキリと見てとれた。

「これ、魔素なのか？」

魔法を発動させる魔力の素、魔素と呼ばれる物質は空気中を漂っているが、人の目には見えないと言われている。

空気中の酸素や二酸化炭素が見えないのと同じで、前世の日本のような分析装置は存在していないので確かめようもなく、そういうものだと思うしかなかった。

「これが本当に魔素だとしたら大発見じゃないか？」

属性魔法を使う場合、術者は体内に蓄えている魔力を使い、空気中の魔素に干渉して魔法という現象を引き起こすとされている。

そうだとしたら、魔素の動きが見えるなら、相手が魔法を使おうとしているのが目で見て分かるのではなかろうか。

更に言うなら、相手の魔素の動きを阻害すれば、魔法の発動を邪魔できるかもしれない。

「これ凄いぞ……凄いことができるぞ」

どうやら俺の左目は姫様の治療によって魔眼に進化して復活したらしい。

金と青のオッドアイ化に加えて、魔眼持ちになったなんてテンション爆上がりでしょ。

魔素の靄に慣れるため、身体強化魔法も使って汗だくになるまで棒振りを続けた。

部屋に戻って汗を流して食堂へ向かうと、部屋から出て来たナバックと行き合った。

「おっはようございます！」

「おはよう、ニャンゴ、朝からご機嫌だな」

「ちょっと良いことがありまして」

「食い過ぎで出っ張った腹が凹んだか？」

「ぐふぅ、ちょっと運動した程度じゃ減らないですよ……」

庭で棒振りをしてみたけど、太って動きが鈍っていたと話したら大笑いされてしまった。

「うははは、名誉騎士様に向かって申し訳ないが……うははは」

「もう、笑いごとじゃないですよ。これじゃ冒険者を廃業しなきゃいけなくなっちゃいますよ」

「そうか、そうか、それじゃあ、例の穴場に花見に行くのはやめておくか？」

「にゃっ、花見……」

「そうだ、第二街区に美味い料理屋があってな、そこで総菜を買い込んで、満開のヒューレィの下で一杯……まぁ、仕方ない、俺一人で行ってくるか」

「行く、行きます！　連れてって！」

「しゃーないなぁ、行くか」

王都に来てから、あまりにも激動の日々が続いていたので忘れていたが、ナバックに花見の穴場に連れて行ってもらう約束をしていた。

念のため、子爵に外出しても構わないか確認をすると『巣立ちの儀』の襲撃についての捜査は、まだ大きな進展をみせていないので構わないと許可してもらえた。

花見と言っても、日本のように場所取りもしないし、バーベキューもやらないから、持っていくのは敷物ぐらいだ。

ゆっくり朝食後の食休みをしてから屋敷を出ると、ナバックは第二街区へ出る南門を目指してブラブラと歩き始めた。

「いい陽気だな」

「はい、春ですねぇ」

『巣たちの儀』が終わったばかりの今頃、故郷アツーカ村では雪が舞う日もあるが、王都はすっかり春爛漫の心地良い気温だ。

北門でナバックが身分証を提示して通行許可をもらった後、俺が王家の紋章入りのギルドカードを提示すると、姿勢を改めた兵士に敬礼された。

「おぉう、さすが名誉騎士様は違うな……」

「からかわないでくださいよ」

「いやいや、これだけ門兵に敬意を示されるのは、それだけニャンゴの実績が認められている証拠だ。謙遜したり、恥じたりする必要なんか無いぞ」

「そんなもんですかね……」

笑顔の兵士に見送られて、緩やかな坂を下りながら第二街区のメインストリートに向かう。

「俺らには見るだけしか出来ないような品物が多いが、見ているだけでも目が肥えるぞ」

「うわっ、値段の桁を間違えているんじゃ……」

服や靴、鞄、宝飾品、香水など……殆どが高級品を扱う店で、ショーウインドに飾られている商品は、たっぷり報奨金をもらった後でも手を出すのを考えてしまう値段だ。

昨日、オラシオ達と第三街区を歩いている時に、色々な物の値段をチェックしていたのだが、第二街区は全般的に値段が高く感じる。

前世の日本で喩えるならば、高級ブランドの店と地元のスーパーぐらいの価格差はある。

まぁ、それでも買うのは総菜だけだし、少々値段が張っても美味しいのなら文句は無い。

「おぅ、ニャンゴ、こっちだ……」

ナバックは途中でメインストリートから逸れて、路地の奥へと入って行く。

いかにも住人のための生活道路という感じで、こんな所に店があるのかと思うような場所に目的の総菜屋があった。

店の前には、給食の配膳車を思わせる手押しの台車が置かれている。

「ここは店で売るよりも、この台車に載せて配達する方がメインだそうだ」

ナバックが指差す方向へと続く生活道路には、高級店の裏口が並んでいるそうだ。

営業時間中に食事に出られない店員さん達が、朝のうちに注文して昼に届けてもらうらしい。

「にゃっ、ケーキがある……」

「ニャンゴ、体重がどうとか言ってなかったか？」

「うにゅぅぅ……明日から頑張る……」

「うははは……王都を離れるまでは無理だろうな」

白身魚のマリネ、鶏肉のクリーム煮、ナッツのドレッシングがかかったサラダ、根菜のポトフ、それにフルーツタルトを買って店を出る。

「ナバックさん、俺が持ちますよ」

「全部を持たせるのは悪いから……」

「いやいや、空属性魔法のカートに載せていきますから大丈夫です」

「ほぉぉ、そんなことまでできるのか。すげぇな……」

俺が買った総菜の運搬を買って出たのには、もう一つ別の理由がある。

「なんで、こっちとこっちに分かれて……まさか」

「はい、こちらは温かい料理用、こっちは冷たい料理用です」

カート上に作った二つのケースには、それぞれ温める魔法陣と冷却の魔法陣が仕込んである。

温かい料理は温かいまま、冷たい料理は冷たいまま食べた方が美味しい。

この程度のケースなど、オークを丸々冷蔵して運ぶケースに比べれば造作もない。

ナバックは表通りに出ると、途中で焼きたてのパンを購入し、またブラブラと散策を始めた。

第三街区を小走りに見て歩いていた昨日と比べると、実にのんびりとしたペースなのだが、これはこれで悪くない。

「にゃにゃっ、アイスが売ってる……」

「ニャンゴ、体重……」

「明日から本気出す！　すみません、このクルミとこっちのミルクティーをください」

買ったアイスは、冷却の度合いを高めた別のケースを作って入れた。

「なるほど、ニャンゴの食い意地が魔法の質を高めているんだな」

「そんにゃことは……あるかにゃ……」

美味しいものを美味しく食べるためには、持っている才能は全て使うべきだろう。

三つのケースが載ったカートは、人目には三つの固まりとなった料理が宙に浮いた状態で移動しているように見えるはずだ。

当然、街を歩いている人達は不思議そうに眺めている。

「あれ、ナバックさん、そっちに行くと第一街区に戻っちゃいますよ」

「あぁ、そうだぜ、穴場はこっちだからな」

第一街区は殆どが貴族の屋敷で、花見ができるような場所があるようには思えないが、ナバックは迷う素振りも見せずに歩いて行くから間違いではないのだろう。

第一街区に戻る門では空属性のケースが不審に思われたが、王家の紋章入りのギルドカードを提示すると大いに恐縮され、また敬礼で見送られてしまった。

西門から第一街区に戻ったナバックは、王城に向かって暫く進んだ後で最初の四つ角を左に曲がり、大きな屋敷を二つ通り過ぎた所をまた左に曲がって細い路地に入った。

大きな屋敷の高い壁と壁に挟まれた路地は、大人二人が並んで歩ける程度の幅しかない。

「こんな路地があるんですね」

「あぁ、ここは城壁の保守点検用の道らしい」

ナバックの言葉通り、路地の先は第一街区と第二街区を仕切る城壁で、見えているのは壁と空だけで花など何処にも見えない。

路地の先は袋小路になっているようだし、いったいどこに穴場があると言うのだろう。

「よし、この先は更に狭くなるから、俺も荷物を持つぜ」

「えっ、この先……にゃにゃっ？」

袋小路に見えた路地の奥には、右に曲がる人一人がやっと通れるほどの細い路地が続いていた。

路地の先には階段があって、上っていくと右側の屋敷の庭に植えられた満開のヒューレィの並木が目に飛び込んで来た。

更に階段を上りきって城壁の上へ出ると、左側の城壁下にもヒューレィの並木が広がっていて、その向こうには石造りの趣（おもむき）のある建物、更に先にはミリグレアム大聖堂が見える。

「すごい……」

「おっと、ニャンゴ、あんまり大きな声を出すなよ。本来、城壁の上は立ち入り禁止で、この時期だけお目こぼしをしてもらっているんだからな。それとはしゃぎ過ぎて堀（ほり）に落ちるなよ」

城壁の幅は五メートル以上あるが、手摺（てすり）など無いし十メートルほど下は水堀だ。

まぁ、俺の場合はエアウォークを使えるから、踏み外す心配は要（い）らないけどね。

「よし、ここらにするか……」

ナバックは城壁の上に敷物を広げると、どっかりと腰（こし）を下ろした。

「いいですね、ここ……」

背後も眼下もヒューレィに囲まれて、まさに春爛漫という風情だ。

「だろう？」

ナバックは、ポケットからスキットルとお猪口（ちょこ）サイズの小さなグラスを二つ取り出した。

「まぁ。一杯やろう」

「お酒は……」

「ちょこっとだけだ、まぁ付き合え」

「はぁ……」

エスカランテ侯爵の屋敷では、食前酒をグッと呷ったせいで調子に乗ってニャンゴキャノンをバカスカ撃ちまくって『魔砲使い』なんて言われるようになった。

騒いだらマズいここでは飲まない方が良いと思うのだが、ナバックに強く勧められて少しだけ飲むことにした。

「では、ニャンゴの名誉騎士叙任を祝して……」

「ありがとうございます」

こうして改めて言われないと、まだ名誉騎士になったことを自分でも忘れそうになる。

クイっとグラスの中身を飲み干したナバックにならい、俺も一息で飲み干した。

「にゃっ、甘い……」

「蜂蜜酒だからな……だが、強いからニャンゴはそれで終わりにしとけ」

「うにゅぅぅ……もっと味わって飲めばよかった……」

「はははは……イブーロに戻ってから、いくらでも飲んでくれ」

「そうします……」

蜂蜜酒で胃の中がカーっと熱くなり、やがて体全体がポカポカとしてくる。

まだ料理も食べていないのに、ちょっと眠たくなってきた。

城壁上には春の日差しが降り注ぎ、風も無く、絶好の昼寝日和だ。

やはり異世界でも、春眠暁を覚えずなのだにゃ。

ナバックとのんびり花見を楽しんでいると、路地の方から足音と話し声が聞こえてきた。

「誰(だれ)か来たみたいですけど、もしかして見回りの兵士でしょうか？」

「いや、どこかの屋敷の使用人だろう」

この穴場は、貴族の屋敷の使用人の間では良く知られているらしい。

知られてはいるが、どこの屋敷でも日常の仕事があるので、使用人たちが大挙して押(お)しかけて来るようなことは無いそうだ。

階段を上がってきたのは二十代前半ぐらいの女性二人で、会釈(えしゃく)をした後で歩み寄って来たのだが、ナバックの陰(かげ)から俺が顔を覗(のぞ)かせるとビクリと歩みを止めた。

アラフォー一歩手前という感じのナバックとの相席は大丈夫なのに、猫人は駄目(だめ)なのか……と思いきや、二人組の女性はいきなりその場に跪(ひざまず)いた。

「おそれながら、ニャンゴ・エルメール様でいらっしゃいますか？」

「えっ……はい、そうですけど、一昨日までは平民だったので、そんな畏(かしこ)まらなくて結構ですよ」

「ご一緒(いっしょ)してもよろしいのですか？」

「どうぞどうぞ、あー……でも、ここは僕(ぼく)の持ち物ではありませんから、僕がどうぞと言うのは変ですけどね？」

気さくに話し掛けたつもりだが、女性達は顔を見合わせている。

「大丈夫だ、ここにいるのは腹が出て来たのが気になっている食いしん坊(ぼう)な猫人だから、遠慮(えんりょ)は要らないぜ」

「ナバックさん、腹が出てるは余計ですよ」

「うははは、すまんすまん、お嬢様方の緊張を解そうとしたんだ、まぁ許せ」

ナバックとの会話を聞いて、大丈夫だと判断したのか、女性二人は俺達を挟み込むように宴席に加わった。

ナバックの隣に座った羊人の女性がロクサーヌさん、俺の隣に座った黒羊人の女性はモネクさんというそうだ。

「えっ、お二人は別のお屋敷で仕事をしているんですか？」

「はい、今日も非番以外の者には仕事がありますので、同じ屋敷の者が誘い合わせて来るのは難しいのです」

二人は休みの日に街でショッピングをしている時に知り合い、それから時々誘い合わせて遊びに出掛けているそうだ。

ロクサーヌさんはグリエット子爵のお屋敷のメイドさんで、モネクさんは騎士団長アンブリス・エスカランテ侯爵のお屋敷のメイドさんだそうだ。

「旦那様が、ニャンゴ様のことを手放しで褒めていらっしゃいましたよ」

「アンブリスさんですか？」

「はい、旦那様は騎士団長という役職柄、人に対する評価はとても厳しい方なのですが、ニャンゴ様についてはベタ褒めです」

「デリック様の命を守れたからでしょうが、それでも怪我をさせてしまったから……」

「いいえ、坊ちゃまをお守りしたことよりも、姫殿下を無傷で守り通されたことや、襲撃犯を撃退した手腕を褒めていらっしゃいました」

「そうなんですか」

「はい、そうなんです」

なぜモネクさんが誇らしげに胸を張るのか分からないけど、強調された胸の膨らみにナバックが視線を奪われているのには俺も気付いた。

ナバックと二人の時には、花を眺めてボンヤリとしていただけだったが、女性二人が加わって途端に場が華やかになった。

「国王様にお会いになられたのですか？」

「はい、お会いしましたよ」

「エルメリーヌ姫殿下は、やはりお綺麗なのでしょうね」

「はい、なんか別の世界の方かと思うほどお綺麗ですね」

「姫殿下の治癒魔法で治療を受けられたと伺いましたが……」

「はい、左目は傷を負って見えなかったのですが、すっかり元通りです」

「治療の後で、姫殿下とキスされたと聞きましたが……」

「にゃにゃっ、ノ、ノーコメントで……」

「結婚も申し込まれたと聞きましたが……」

「ノ、ノ、ノーコメントで……」

さっきまで春のポカポカ陽気を満喫していたのに、変な汗が噴き出してきて眠気も吹っ飛んだ。

てか、いつの間にかモネクさんは俺の腕の毛並みをスー……スー……って撫でつけてるし、チラチラと流れる視線は尻尾を狙っている気がする。

「ニャンゴ、そろそろ昼食にしよう」

「はい。じゃあ総菜を……」

「こちらですね……えっ？」

モネクさんが総菜を取ってくれようとしたのだが、ケースに入っているので触れられない。

「すみません、蓋を取りましたので上から持ち上げてもらえますか？」

「えぇぇ……温かい、どうして？」

「そっちは保温ケースです」

「えっ、こっちは冷たい……」

「そっちは保冷ケースです。あっ、それはデザートのアイスなので後程……」

「アイスって……溶けちゃってませんか？」

「がっちり冷やしているので、たぶん大丈夫です」

ロクサーヌさんも、ナバックの向こう側で目を丸くしている。

普通のケースでも中に浮いているように見えるから驚くのに、温度管理の機能まであると聞けば尚更だ。

色々と質問したそうだったけど、そんなことより今は冷める前に食べるところだろう。

「うみゃ！　クリーム濃厚、鶏肉ホロホロで、うみゃ！」

「おいおい、ニャンゴ、もうちょっとお静かに頼むぜ」

「う……みゃ……たぶん、隠し味にチーズが入っていて、うみゃ……」

「そうそう、そのぐらいの声量で頼む、ふふふ……」

ナバックが連れてきてくれた穴場は、花を見るには最高だけど、料理を味わうのには今一つ……いや、ここは俺が大人な対応をすれば良いのかな。

「うむ……うみゃいでないか、淡白な白身魚の味わいをマリネ液が引締め、野菜のシャキシャキ感も相まって……うみゃ！」

「結局鳴くんかい！」

ロクサーヌさんとモネクさんは、口許を押さえてプルプルと震えている。

そういえば、高貴な人の前では大口開けて笑うのも駄目なんだっけか？

ナバックお薦めの総菜屋のメニューは、王城の晩餐会よりも素朴な感じの味付けで、俺はこっちの方が好みだ。

モネクさん達が持って来た総菜とも交換して、食べ比べをさせてもらった。

二人ともなかなかの料理上手で、店で出すものとは違う家庭の味という感じで美味しかった。

最後にフルーツタルトを分けあって、今日もお腹いっぱい食べてしまった。

「ニャンゴ、忘れてるぞ……」

「にゃっ？　そうだった、アイス……」

みんなは、もうドロドロに溶けてしまっていると思っていたようだが、ところがどっこい……。

「カチカチで匙が挿さらにゃい」

「うははは……ある意味すげぇな。少し置いておけば柔らかくなるだろう、大人しく待ってろ」

「うみゅううう……」

アイスが柔らかくなるのを待つ間に、ナバックが御者を務めている魔導車の話になった。

貴族の家の専属になるには、相応の技量が求められるらしい。

スムーズに動かすには魔道具の知識も必要で、若い女性二人に良いところを見せようとしたのか、次第にナバックの話がマニアックになっていった。

途中からは俺が聞いてもチンプンカンプンで、ロクサーヌさんとモネクさんは食傷気味だった。

「そ、そういえば、アーネスト殿下の魔導車の整備を担当していた人が自害されたそうですよ」

話題を変えようとしてモネクさんが切り出した話は、騎士団長の屋敷に勤める者ならではだ。

いずれ世間に広まっていく話だとしても、今の時点で知っている者は少ないだろう。

「自害って、魔導車に粉砕の魔道具を仕掛けたのを認めたんですか？」

「いえ、騎士団の調べに対しては、知らないと話していたらしいのですが、調べを受けた翌日に宿舎で首を吊っているのが見つかったらしいです」

暗殺に関わっていたようにも思えるし、罪を着せられて殺された……なんて疑いたくなるような状況でもある。

「ニャンゴ、そろそろ溶けたんじゃないか？」

「あっ……そうでした」

クルミのアイスも、ミルクティーのアイスも、なかなかの味わいでうみゃかったが、それよりも一つ気になることがあった。

「ナバックさん、魔導車に粉砕の魔道具を仕掛けたとして、離れた場所から起爆させられますか？」

「離れた場所から？　魔導線が繋がっていればできるだろうな」

「魔導線無しでは？」

「そりゃ無理だろう。どうやって魔力を伝えるんだ？」

「ですよねぇ……」

有線でしか起爆させられないとしたら、動いている魔導車に仕掛けた粉砕の魔道具を起爆させるには、爆破する魔導車に乗っていなければならない。

「魔導車に乗っていて、助かった人はいたのかなぁ……」

「それは居ないと聞いてます」

またしてもモネクさんの情報では、アーネスト殿下の乗っていた魔導車は木っ端微塵に吹き飛んで、乗っていた人は全員死亡したそうだ。

遺体は損傷が酷くて、被害者を特定するのに随分と苦労したらしい。

「ラガート家が襲撃された時のように、自爆だったのかなぁ……」

「そうとは限らないぞ、魔導車の構造次第だが、予め仕掛けておいて起爆させる方法がある」

「それって、乗ってる人に気付かれず、自分は安全な場所に居て……ってことですか？」

ナバックは大きく頷いた後で、元魔道具職人ならではの情報を披露してくれた。

「高級な魔導車には、推進用の魔道具が複数積まれているタイプがある。例えば、急な坂道を上る時には、それまで使っていた魔道具の他に補助の魔道具を起動させて推進力を増やすんだ。その補助の魔道具に行く魔導線を粉砕の魔道具に繋いでおけば……」

「でも、それじゃあ何時爆発するか分かりませんよ」

「ニャンゴ、王都の地形を良く思い出してみろ」

「地形……？　あっ！」

ナバックに言われて思い出したのだが、王城は王都の高台に建っている。

王城から大聖堂へと向かう道は下り坂、当然、帰り道は上り坂になるのだ。

「本来なら、補助の魔道具に繋がっているはずの魔導線を、粉砕の魔道具に繋げておけば……」

「上り坂に差し掛かって、出力を上げようとしたら爆発する？」

「まぁ、可能性はある……というか、自分が巻き込まれずに爆破するなら、それぐらいしか方法は思い浮かばないな」

爆破された魔導車の現物を見た訳でもないし、爆破の現場に行ったわけでもないので、完全な推測でしかないけれど、意外と核心を突いていそうな気がする。

「あれっ？」

「どうした、ニャンゴ」

「そういえば、爆破の現場ってどこだったか分かりました？」

「はぁ？　何言ってんだよ、大聖堂から王城に戻る途中だろう？」

「でも、その場所って、ここに来る途中で通ってきましたよ」

「えっ、あぁ……そうだな、確かに第二街区へ行く時に南門を通って下りたが、爆破の跡とか気付かなかったな」

「第一街区に入ってからだったんですかね？」

「いいえ、爆破は第二街区で起こったと聞いてますよ」

モネクさんの聞いた話だと、爆発は第二街区の坂道を登り始めた辺りで起こったらしい。

「だとしたら、もう痕跡も残さずに片付けられていたのかな？」

確かめに戻ろうかと口にしたら、モネクさんに止められた。

「ニャンゴ様のように目立つ方が、何度も門を出入りすると目を付けられる心配がございます」

「えっ……そんなにあちこちに目が光ってるの？」

「あくまで可能性ですが、アーネスト様の魔導車に細工ができる者達であれば、その後の証拠隠滅も入念に行うはずです」

今はまだ、全て推測の域を出ない状態なので、さりげなくモネクさんから騎士団長に起爆のトリックについての話を届けてもらうことにした。

「ニャンゴ様、ナバック様のお名前は出さないように致しますので、ご安心ください」

「はい、ありがとうございます。俺の方でも、モネクさん達の名前は出さずに子爵様にお伝えしようと思います」

食事を楽しんだ後ものんびりと過ごすつもりだったが、妙な方向に話が進んで花見は中断となってしまった。

花見からラガート家の屋敷に戻った後、来客との面会を終えた子爵に時間をもらってナバックが立てた推理を話したが、今一つ反応が良くなかった。

「なるほど、魔導車の補助動力の代わりに粉砕の魔法陣に魔導線を繋げば、その場に居なくとも爆破させられる訳だな」

「はい、アーネスト殿下の魔導車が爆破された場所が、坂を上り始めた辺りだとしたら、ほぼ間違いないと思われます」

「ふむ……」

全く興味が無いという感じにも見えないが、積極的に話を聞こうという感じにも見えない。

「分かった、折を見てアンブリスにも話してみよう。ただ、ナバックに思いつくことならば、王城や騎士団で魔道具を担当している者でも気付くであろう。あまり外から意見を押し付けても混乱するばかりだからな」

「そうですね。すみません、捜査の役に立つと思って少し舞い上がっていたようです」

「なぁに、構わん。こうした王都の空気に触れさせるために連れて来たのだからな。それに、騒動に関わった者とすれば、その成り行きが気になるのも当然であろう」

確かに子爵の言う通り、『巣立ちの儀』の会場でエルメリーヌ姫を守って奮闘したからこそ、黒幕が誰なのか気になっている。

これがイブーロにいて噂話として聞いたのであれば、ここまで積極的に真相を探ろうなんて気にはなっていないだろう。

「ニャンゴ、私はアイーダの入学式を見届けたら、ラガート領に戻るつもりでいる。恐らくだが、それまでにアーネスト殿下を殺害した者は見つからないだろう」

「魔導車の手入れを行っていた者……という訳ではないのですね？」

「次の国王に一番近いと思われていたアーネスト殿下が殺害されたのだ、そんなに簡単な話ではないし、恐ろしく根の深い話になるだろう……それでも首を突っ込むか？」

「それは……」

「『巣立ちの儀』の襲撃の際には十全な力を発揮できなかったが、王国騎士団は無能ではない。襲撃に関与して捕らえられた者もいるし、国王様が徹底した捜査を命じた以上、我々が知り得ない場所でも捜査が行われているはずだ」

「本職に任せろ……ということですね？」

別な言い方をするならば、出しゃばり過ぎるなということなのだろう。

「ニャンゴの心配はエルメリーヌ姫の安全だろうが、『巣立ちの儀』の時とは違い、害が及ぶことはまず無いだろう」

「それは、光属性を授かったからですか？」

「そうだ。あれほどの治癒魔法を使える者は、国中を探しても数えるほどしかおらぬ。それを害するような愚か者はおらぬだろう」

子爵は自信ありげに話したが、俺は逆に不安を感じた。

「果たして、そうでしょうか？」

「希少な治癒魔法の使い手を害する者がいると思うのか？」

「それは、これからの姫様の行動次第だと思いますが、いかに優れた治癒魔法の使い手であっても、治療できる人数には限りがあるはずです。姫様のお立場であれば、王族や貴族の治療を優先されてしまわれるでしょう。そうなった場合、一般庶民にとっては手の届かない存在、王侯貴族優先の象徴と見られてしまうような気がします」

実際、俺の左目を治したような凄い治療は、庶民の手が届くような値段ではないはずだ。

どんなに凄い治癒魔法であっても、自分達に利益をもたらさないなら、あっても無くても同じだと考える者が出て来てもおかしくない。

「だがニャンゴ、姫が王族や貴族の治療を担当されるようになれば、これまでその役目を担っていた治癒士が金持ちを、金持ちを診ていた治癒士が庶民を癒やすことになるのだぞ」

「理屈ではそうですが、これまで金持ち相手に高い報酬を得ていた治癒士が、安価な報酬で治療を請け負うものでしょうか？」

「ふむ……なるほど、確かにその通りかもしれないな。反貴族派から見て分かりやすい標的になる心配はあるな」

子爵の話しぶりに、ちょっと違和感を覚えたので確かめてみた。

「子爵様は、今回の襲撃は王位継承争い、つまりアーネスト殿下の殺害が真の目的であり、それが達成された今、これ以上の襲撃は無いとお考えですか？」

「なぜそう思うんだ？」

「まず、『巣立ちの儀』の会場への襲撃は、特定の誰かを狙ったものではなく無差別攻撃でしたが、アーネスト殿下の魔導車への攻撃は狙いすましたものです。殿下の殺害が目的であるならば、犯人は別の殿下が王位に就くことで利を得る者、つまりは王族や貴族である可能性が高い。だとすれば、光属性魔法の有能な使い手だと分かったエルメリーヌ姫様を害するのは、犯人たちにとっても大きな不利益となるので、これ以上の襲撃は行われない」

「こいつはまいった、外では話すなよ」

ニヤリと口元を緩め、ギロっと視線を険しくした後で、子爵は持論を語り始めた。

「ニャンゴの言う通り、今回の襲撃の一番の目的はアーネスト殿下の殺害だろう。先程話していたように魔道具に仕掛けを施して殺害が行われたのだろうが、そんな細工ができるのは王城に出入りしている者だけだ」

「そういえば、アーネスト殿下の魔導車を整備していた者が自害したと聞きました」

「自害か……もしくは口封じだろうな。アーネスト殿下に個人的な恨みを持つ者の犯行……という可能性もゼロではないが、王位継承が絡んでいると考える方が自然だ。そして、アーネスト殿下が亡き今、候補と思われる三人の殿下は横一線の状態だ。そこから更に暗殺を繰り返すような危ない橋を渡るよりは、実力で勝ち取った方が良いのではないか？」

アーネスト殿下は、慣習によって王位継承する可能性が低い白虎人のバルドゥーイン殿下を除けば他の王子よりも年上で、選民思想の傾向を除けば王としての資質も備えていた。

それ故に、クリスティアン殿下、ディオニージ殿下、エデュアール殿下の誰かが王位を得るには暗殺という手立てを使わざるを得ない。

だが王位継承の大本命であるアーネスト殿下さえ亡き者にしてしまえば、残りの三人はほぼ横並びの状態だし、大きなリスクを伴う暗殺という手段を用いる必要も無くなるという訳だ。

「王族の誰かが反貴族派の中心人物なんでしょうか？」

「それは考えにくいな。誰かの手の者が反貴族派を利用したと考えるべきだろう」

王族ともなれば色んな側近を置いているそうで、中には裏の仕事を請け負うような人物も含まれているらしい。

そうした人物が反貴族派を扇動して『巣立ちの儀』で騒動を起こさせ、それを利用してアーネスト殿下を殺害した……というのが子爵の推理のようだ。

「バルドゥーイン殿下なんでしょうか？」

第二王子の名前を出すと、子爵の表情がサッと険しくなった。

「分かっているとは思うが、もう一度言っておくぞ。外では王族や貴族が絡んでいる可能性は口にするな。特に、特定の王子の名前は絶対に出すんじゃないぞ」

「はい、分かっています」

「今回の襲撃で、ニャンゴの有用性は広く知れ渡った。それは、味方に付ければ心強く、敵に回せばこの上なく厄介な存在だと知られたということだ。特定の勢力に肩入れすれば、当然敵対する勢力からは要注意人物として見られるようになる。ましてや相手は王族や貴族だ、下手に取り込まれればイブーロに戻れなくなるぞ」

「えっ……?」

名誉騎士に叙任されて、少し調子に乗っていた気分に冷や水を浴びせられた気がした。

長年『物を言う貴族』として接してきたラガート子爵は、俺などが窺い知ることも出来ない王族や貴族の闇を見知っているのだろう。

「分かりました。襲撃の犯人に関しては、静観というか極力関わらないようにします」

「そうだな。能天気にうみゃうみゃしているぐらいが丁度良い」

子爵に言われ、晩餐会でうみゃうみゃすると周囲から視線を浴びせられていたのを思い出した。

「まさか、晩餐会で俺に自由に食事をさせたのは……」

「食い物に釣られて、自分の置かれている状況すら忘れてしまうほど単純だと思わせておけば、おかしな暗闘に引き入れられる心配は要らないだろう」

周囲の人々が注目していたのは、そうした思惑も絡んでいたのだろうか。

「姫様は、そこまで考えて……」

「いや、エルメリーヌ姫の行動は、純粋に好みの問題だと思うぞ」

「ですよねぇ……」

治療と称して俺を撫でまくっていたエルメリーヌ姫の逝っちゃってる目は少し怖かった。

「ニャンゴ、アーネスト殿下殺害の件は王国騎士団に任せるとして、イブーロに戻ってから反貴族派への対策を手伝ってもらえないか」

「ラガート領にも、反貴族派は存在しているんですか？」

「さて、そこまでは分からないし、存在してほしくは無いが、居ると思って対策を進めるべきだろう。襲撃が行われれば関係の無い者を巻き込む可能性もあるし、私が死ねば領地が混乱する。それは領民にとって不利益をもたらすはずだ」

グロブラス領での襲撃では俺が爆風を防御したから、子爵一行よりも見物していた人々の方が多くの死傷者を出していた。

仮にラガート子爵が殺害された場合、長男のジョシュアが家を継いでいくのだろうが、領内の治安は悪化する可能性がある。

「反貴族派の連中は、突き詰めていけば現状の生活に不満を抱いている者達だ。生活が苦しい、周囲の者達よりも酷く貧しい、迫害されている……そうした不平不満が蓄積したところに扇動する者が現れると、一気に爆発して大きな事態へと発展していく」

「どう対処なさるおつもりですか？」

「これまでも少しずつ進めていたのだが、貧民街の解体を加速させるつもりだ」

「それでは猫人の権利も……」

「無論、考えてはいるが、貧民街に落ちるのは猫人とは限らないのは知っているな？」

子爵の言う通り、夜の貧民街で客引きをしているのは、猫人だけではない。

街娼以外にも色んな仕事はあるそうで、多くの人種が劣悪な環境で働かされているらしい。

「ラガート領では、イブーロの貧民街が最大の規模だが、他の街にも同じような区画が存在する。そこに巣食う者達が、全員反貴族派として活動を始めたら対処しきれなくなるだろう」

「どうやって解体を進めるのですか？」

「城があるトモロス湖では魚の養殖を行っているのは知っているな？」

子爵の城が立っているトモロス湖や、周辺の沼や池では魚の養殖が行われている。

ロックタートルを討伐したラージェ村でもマルールなどの高級魚の養殖が行われていた。

「はい、お城の夕食でいただいたモルダールは絶品でした」

「そのモルダールの商品化を前倒しして、雇用を創出する。村を出てイブーロに来たものの仕事にありつけなかった者達が働く場とするつもりだ」

「つまり、貧民街に落ちる者を減らすのですね？」

「その通りだ。それに加えて、各村独自の産業が起こせないか、今一度見直しを行わせる」

「アツーカ村もですか？」

「当然だが、簡単ではないのは分かっているな？」

アツーカ村は周囲を山に囲まれていて、これ以上の耕作地の開墾は難しい状態だ。

山の樹木も植林されて、手入れを行ってきた物ではないので、材木としての価値が低い。

「はい、俺が生まれ育った村ですから、良く知っています」

「ならば、知恵を貸してくれ、アツーカにあって、イブーロや王都には無い物」

「特産品ってことですよね？」

「そうだ。出来れば、モルダールのように人の手で増やせるものが望ましい」

「人の手で増やせて、イブーロに持っていけば……あっ！」

「どうした、何か思いついたか？」

「はい、ですが人の手で増やせるかどうか……」

「それは何だ？」

「プローネ茸です」

プローネ茸は山に自生する白くて丸い茸で、イブーロでは高級食材として高値で売れる。

「おぉ、確かにプローネ茸ならば価値はある。問題は、どうやって増やすかだな」

「日陰の湿気がある場所に生えるので、同じような環境を作ってやれば増やせるかもしれません」

「学校の教師に研究させるか。エスカランテに出荷出来れば、良い儲けになるかもしれんな」

「はい、土に生えたままの状態で運べば、キルマヤ辺りまでは余裕で運べると思います」

子爵は領地に戻り次第、プローネ茸の栽培の研究を始めさせると言ってくれた。

これが成功すれば、アツーカ村にも新しい産業ができるかもしれない。

王都での生活も楽しいが、そろそろイブーロやアツーカが恋しくなってきた。

第三十八話　猫人騎士争奪戦

王都での貴族の生活は、他家を訪問する日と来客を迎える日の繰り返しだそうだ。

俺が花見に出掛けた日はラガート家が客を迎える日で、魔導車の出番が無かったのでナバックも外出できたのだ。

花見の後、子爵からはアーネスト殿下殺害の件は静観するように釘を刺されて了承したのだが、こちらが避けても相手から寄って来る場合もある。

花見の翌日、ラガート家は第二王子バルドゥーイン殿下と第四王子ディオニージ殿下の兄弟を屋敷に迎えることになり、俺も同席するように要請された。

どうやら王族兄弟の目的は俺の取り込みらしいが、子爵からは断って構わないと言われた。

「でも、何と言って断れば良いのでしょう？」

「私と一緒にラガート領に戻り、反貴族派対策を進めることになっていると言えば良いだろう。実際、ニャンゴには手伝ってもらわねばならぬからな」

「街の実情を調査するには、ラガート家に雇われている騎士よりも冒険者の立場の方が良い……みたいな感じですか？」

「うむ、それで構わないぞ」

既にエルメリーヌ姫と、第三王子クリスティアン殿下からの近衛就任の要請も断っているので、第二王子もゴリ押しはしないだろうというのが子爵の読みだ。

たとえ味方に引き入れられなくても、敵対しなければ構わないといったところだろうか。

この日は、朝から雨模様で、王都は花の季節を迎えると天気が崩れる日が増えるらしい。

冬の間は乾燥した晴れの日が続き、一雨ごとに暖かくなるそうで、前世の東京を思い出した。

王族の訪問とあって、ラガート家では家族が総出で出迎えた。

子爵夫妻、ジョシュア、カーティス、中でもアイーダは午前中から落ち着かない様子だった。

どうやら、第四王子ディオニージ殿下に見初められるかも……と考えているようだ。

シュレンドル王国の貴族は『巣立ちの儀』を迎えると本格的な縁談が解禁になるのだが、アイーダはラガート家の騎士ジュベールに熱を上げていたと思ったのだが……。

第一王子のアーネスト殿下が死亡し、王位継承争いは第三王子クリスティアン殿下、第四王子ディオニージ殿下が横並び、少し遅れて第五王子エデュアール殿下という状況にある。

ディオニージ殿下に見初められ、王冠の行方次第では王妃になれるかもしれないとなれば、自家の騎士など霞んでしまうのだろうか。

将来ラガート騎士団を引っ張る存在だと期待されてたのに……哀れなりジュベール。

王子兄弟を迎える際、ラガート家の末席に並ぼうとしたのだが、子爵の横に呼び付けられた。

家の格式としては当然ラガート家の方が高いのだが、一応俺はエルメール家の当主という扱いになるそうなので、ジョシュアやカーティスよりも立場は上になるらしい。

「目立ちたくないから、隅っこで良いんですけどねぇ……」

「それは無理というものだ、彼らの目的は息子達ではなくニャンゴだからな」

「はぁ……ボロを出さないか心配です」

「いいや、多少ボロを出してもらった方が良いぞ」

「そうは言われても緊張しますよ」

「なぁに、美味いケーキを用意しておいたから、心ゆくまでうみゃうみゃして良いぞ」

「はぁ……」

深みのある臙脂色に塗られた王家の魔導車は、滑るようにラガート家の敷地へと入ってきた。

魔導車の前後には、四騎ずつ合計八人の護衛騎士が帯同している。

いずれもフルプレートの鎧を着込み、鞘を払った槍を携えた本気モードだ。

ラガート家の玄関前に魔導車が停まると、最初に騎士服に金属製の胴金を着けた近衛騎士が二人降りてきた。

その後から、白虎人のバルドゥーイン殿下、獅子人のディオニージ殿下の順番で姿を現した。

二人は獅子人の国王陛下と、白虎人のオレアリーヌ第二王妃の子供だ。

異なる人種の間で子供をもうけると、どちらかの人種を引き継ぐことになる。

「ようこそラガート家へ、バルドゥーイン殿下、ディオニージ殿下」

「出迎え感謝する、子爵殿。急な訪問を要請して申し訳ない」

「王族の皆様をお迎えできるのは、我々シュレンドル貴族の誇りでございます」

「ありがとう、そう思ってもらえると王族の一人として喜ばしく思うが、あまり堅苦しくせず、親戚の若僧が訪ねてきたぐらいに思ってくれ」

「畏まりました」

バルドゥーイン殿下と子爵が挨拶を交わしている間も、ディオニージ殿下は俺を品定めするように耳の先から尻尾の先まで二往復ほど視線を動かしていた。

そして、バルドゥーイン殿下の視線も俺に向けられた。

「エルメール卿。こうして会うのは二度目だな、晩餐会の時にはエルメリーヌに独占されてしまったからな。今日は、ゆっくりと話を聞かせてくれ」

「はい、畏まりました」

応接間に場所を移すと、ディオニージ殿下は待ちきれない様子で俺に話し掛けてきた。

「エルメール卿、早速だが空属性の魔法を披露してくれないか？」

バルドゥーイン殿下も子爵も苦笑いを浮かべつつ頷いたので、直径三十センチほどのシールドをディオニージ殿下の前に展開した。

「どうぞ、ディオニージ殿下の前に小型の盾を作りました。触ってお確かめください」

「盾だと？　そんなものがどこに……おぉ！　兄上お分かりになりますか、ここに盾があります」

「どれ……うむ、確かに盾だな。しかも、かなりの強度がありそうだ」

ディオニージ殿下に促されてシールドに触れたバルドゥーイン殿下は、厚さや大きさを確かめると軽く拳で叩いて強度を試した後で質問してきた。

「エルメール卿、この盾は大きさ、形は自在になるものなのか？」

「はい、自由に変えられますが、大きさや強度には限界がございます」

「この盾だけで、あの石礫を全て撥ね除けたのか？」

「いいえ、あの時には、別の柔らかい盾を併せて使いました」

「柔らかい盾だと？」

「はい、バルドゥーイン殿下の前に作ってみましたので、お確かめください」

「ふむ……おぉ、確かにこれは柔らかいが、弾力があるのだな？」

「はい、硬いばかりでは割れやすくなります。弾力を持たせた盾は、刃などを防ぐには適しませんが、石礫などの衝撃を分散させて防いでくれます」

「なるほど、しかしこれほどとは……」

ディオニージ殿下も手を伸ばし、柔軟性を持たせた盾を揉みしだいて確かめると、満足げな笑みを浮かべて来訪の目的を告げた。

「エルメール卿、私の近衛騎士となってくれ」

「ディオ、話が急すぎるぞ」

「兄上、これほどの守り手は国中を探しても見つからないでしょう。ブラーガが剣、エルメール卿を盾とすればシュレンドル王国は安泰です」

ブラーガというのは、部屋の隅で頷いている厳めしい顔付きの熊人の近衛騎士なのだろう。

見るからに攻撃特化の騎士といった体つきをしている。

それにしても、シュレンドル王国は安泰とは……もう王位に就いたつもりなのだろうか。

確か、二十歳ぐらいのはずだが、年齢よりも言動や振る舞いに幼さを感じる。

バルドゥーイン殿下も俺と同じことを考えているのか、眉間に少し皺が寄っている。

「申し訳ございません、殿下。私は……」

「なんだと、私の申し出を断るつもりか？　シュレンドル王国の民ならば、将来の王のために役立とうとは思わぬのか？」

「ディオ、話を最後まで聞きなさい。エルメール卿にはエルメール卿の考えがあるのだろう」

「はい、私はアイーダ様の入学式が終わり次第、子爵様と共にラガート領へと戻り、反貴族派への対策を進めるつもりでおります」

先日のような襲撃事件を繰り返さないためには、反貴族派の解体は急務であり、そのためには王都から遠く離れた地域でも経済的な発展が欠かせないと、それらしく答えてみた。

ディオニージ殿下は不満そうだが、バルドゥーイン殿下は大きく頷いて賛同してくれた。

「騎士団の調べによれば、襲撃に加わった者の中には、王都から離れた地域から連れて来られた者もいるようだ。王都周辺地域と僻地の生活レベルには厳然たる格差があり、それに不満を抱く者がいる。そうした不満の芽を摘むのも、王国を支える大切な仕事であろう」

「ですが兄上、そのような仕事は他にいくらでもやれる者がいるでしょう。次代の王となる私の盾になる以上の価値は……」

「ディオ、民の生活が立ち行かなくなれば、国は国としての体を成さなくなる。格差を根絶するには、実情を知る者の存在は不可欠だ」

「ですが……」

「それに、我々は先日の襲撃に十分な備えが出来なかった。子爵殿の先見がなければ、エルメリーヌもどうなっていたか分からぬぞ。その子爵殿が必要だと考え、エルメール卿も賛同しているのだ、我らがその取り組みを妨げるべきではない」

バルドゥーイン殿下に理詰めで説き伏せられ、ディオニージ殿下は俺の勧誘を諦めたが、不満げな表情を隠そうともしなかった。

この後、反貴族派の暗躍について話すことになったが、バルドゥーイン殿下は真摯に心を痛めているようだった。

「残念な話だが、長く平穏な時代が続いた弊害なのだろう、身分を笠に着て領民に難題を押し付ける貴族がいるらしい。基本的に領地の経営は各貴族に任せてはいるが、国の律令に背く行為が行われているなら正さねばならぬ。ここだけの話だが、グロブラス家に対しては内偵を進めている。隣接するエスカランテ、レトバーネスの両家にも、怪しい人物の流入に注意するよう申し付けた」

「それほどまでに切迫した状況でございますか？」

「いや、子爵殿が懸念するほどではない……と思いたいな」

人種に対する偏見についても意見を聞いてみたかったが、あまり物事を考えないキャラを演じるために聞き役に徹しておいた。

子爵の予告どおり、アップルパイとカスタードクリームをふんだんに使ったケーキが出されたので、遠慮なくうみゃうみゃさせてもらった。

バルドゥーイン殿下も苦笑いを浮かべ、ディオニージ殿下は急速に俺への興味を失ったようだ。

ちなみに、アイーダのアピールが功を奏したかと言えば、芳しい反応は無かった。

言動に幼さが感じられるが、二十歳になろうかという男性が『巣立ちの儀』を迎えたばかりの女の子に興味を示すのは倫理的にも、絵面的にもマズいだろう。

それに玉の輿を目指すなら、もう少し磨きを掛けないと駄目そうだ。

王族兄弟が帰った後、子爵に執務室へと呼び出された。

「ニャンゴ、率直に、二人をどう見た？」

「会って話をする前は、バルドゥーイン殿下が襲撃の黒幕だと疑っていましたが、どうも違っているような気がしてきました」

「ディオニージ殿下はどうだ？」

「少し危ういと感じます。実際の年齢よりも、精神的に幼いように感じられました」

「そうだな、バルドゥーイン殿下も心配しておられるようだ」

「バルドゥーイン殿下が後ろ盾となれば、次期国王に就任しても大丈夫じゃないですか？」

「それはどうかな。ニャンゴを諦めさせた時も、明らかにディオニージ殿下は不満そうだった。今は良いとしても、国王となられたらバルドゥーイン殿下の意見を聞かなくなるのではないか」

「確かに、そうかもしれませんね」

ディオニージ殿下が黒幕とは考えにくいので、側近の誰かが反貴族派を利用したのかもしれない……というのは考えすぎだろうか。

ただ、今のままのディオニージ殿下に国王の座に座られるのは、不安しか感じられない。

王位継承争いには首を突っ込まず静観する予定だが、当事者に会ってしまうと、不安の種を放置するようで、もどかしさを覚えてしまう。

いったい、この国はどこに向かっていくのだろうか。

第二王子バルドゥーイン殿下、第四王子ディオニージ殿下の訪問を切り抜け、ホッとしたのも束の間、今度は第五王子エデュアール殿下から招待状が届けられた。

形式としては招待状だが、事実上は召喚状と呼んでもおかしくない。

王家の紋章の入った封筒で、王家の紋章の封蝋、差出人が第五王子では招待を断れない。

近衛騎士への叙任は、それこそ一生を左右するので決断は本人の意思が尊重されるが、茶会の誘いは一時のことなので断れないのだ。

「ニャンゴ、本当に一人で大丈夫か？」

「はい、子爵様は先約があるのですから、そちらを優先なさってください。それに、招待状は俺を名指しで送られてきましたから」

「他の王子の誘いも断っていることは、情報として伝わっているはずだ。特定の王位継承候補を優遇するつもりは無いと伝えれば、なんとか解放してくれるだろう」

まるで拉致監禁でもされるような言い方だが、王族でもそこまではしないと思いたい。

昼食の後、身支度を整えて王城へ向かう。

王族を訪ねるのは、昼食が終わった後の時間というのが暗黙のルールだそうだ。

ラガート家の屋敷を出て王城へ向けて歩き出したところで、ふと思い付いて空属性魔法でキックボードを作ってみた。

王都の第一街区の道は綺麗に舗装されているので、車輪は大きくなくても大丈夫だろう。

動力として背中に風の魔法陣を背負うと自転車程度のスピードで移動出来た。

「にゃははは、楽ちん、楽ちん」

王家から下賜された騎士服に身を包み、澄ました表情で立ったままスーッと平行移動していく。

誰かに見られたら驚かれるだろうが、第一街区は貴族のお屋敷ばかりなので、そもそも通行人は殆どいないから大丈夫だ。

王城の正門手前でキックボードから降り、歩いて近付いていくと、門を守る兵士が姿勢を正して

敬礼してみせた。

俺も見様見真似の敬礼を返すが、やっぱり今一つ決まっていない感じがする。

「ニャンゴ・エルメール卿でいらっしゃいますね」

「はい、エデュアール殿下に呼ばれて参りました」

「承っております、どうぞお通りください」

「ありがとうございます」

王城へと入る門には、食材や酒を納める業者が列を作っていたが、俺は貴族が通る別の入り口から通してもらった。

通常王族や貴族は魔導車や馬車で通過するので、ポテポテ歩いていると注目を浴びてしまった。

正門の内側には水堀に架かる跳ね橋があり、渡った先の更なる城壁を潜る必要がある。

魔導車で通った時にも感じたが、歩いて通ると橋も、城壁も、門も、全てのスケールが大きい。

イブーロの街の門に比べると、倍ぐらいの大きさはありそうだ。

ここでも見張りの兵士に敬礼と、奇異の視線を送られて門を潜った。

「エルメール卿、玄関までお送りいたしましょうか？」

「いえ、大丈夫ですよ。移動の手段ならありますから」

「そう、ですか……」

親切な兵士に断りを入れてキックボードで移動を始めると、後ろで驚きの声が上がっていた。

これは、探知魔法と違って範囲魔法じゃないから大丈夫だよね。

牧草地、農園、樹林帯、庭園と、移り変わる景色を楽しみながらキックボードを走らせ、王城の車止めへと走り込んだ。

「エルメール卿、今のは飛行魔法ですか？」

「ふふーん……秘密です」

驚いている警備の兵士に敬礼すると、慌てて姿勢を正して敬礼を返してくれた。

車止めから玄関ホールまで、背筋を伸ばして堂々と廊下を歩いた。

前回も、前々回もカーティスに抱えられて通ったが、今日は名誉騎士として恥ずかしくない姿を見せたいと、屋敷を出る前から思ってきた。

色々な思いがこもっていそうな兵士達の視線を浴びつつ玄関ホールへと辿り着くと、立派な角を持つ山羊人の執事が待っていた。

「お待ちしておりました、ニャンゴ・エルメール卿。腰の剣は、こちらでお預かりいたします」

「よろしくお願いします」

門を入ってからエデュアール殿下に面談するまでの手順は、子爵に教えてもらっておいたので戸惑うことはない。

ファビアン殿下を訪ねた時は、北側の廊下に案内されたが、今日は南側の廊下へ案内された。

北側の棟と南側の棟は中庭を挟んで向かい合うような造りとなっているが、庭に植えられた木々や庭石によって向かい側は見えないようになっている。

南側の棟は北向きに中庭を臨むので、部屋の中は暗いかと思ったが、大きな天窓から日が注いで室内を照らしていた。

「こちらでお待ちください」

北側の棟と同様の豪華な応接室に通されたのだが、今日はカーティスもアイーダもおらず一人きりなので、どうにも居心地が悪い。

大きなテーブルを挟んで、十人以上座れる応接ソファーに猫人の俺がポツンと座っている様は、まさに借りて来た猫状態だ。

羊人のメイドさんが淹れてくれたお茶は、優しい香りで緊張を解してくれそうだが、熱々ですぐには飲めそうもないので香りだけ楽しんだ。

天窓から春の日差しが降り注いできて、ポカポカと良い気持ちだ。

ソファーも座り心地が良いし、とても快適だけど快適すぎる。

このまま丸くなって眠って良いなら超快適だけど、眠る訳にはいかない状況では拷問されているようなもので、気を抜くとカクンと首が落ちそうになる。

これでは駄目だと熱々のお茶をフーフーしながら二口ほど飲んでみると、眠気は去るどころか増していった。

「ヤバい……これ絶対ヤバい……」

このまま座っていたら間違いなく寝落ちしそうなので、ソファーから立ち上がった。

「いかがいたしましたか？」

「えっと……トイレに……」

「こちらです」

メイドさんに案内されてトイレに向かったのだが、足元がフラフラする。

おかしい、いくらなんでも変だ。

トイレに入って鍵を掛けたら、魔法陣で作った水をガブ飲みしてから一気に吐き出した。

騎士服にも水が掛かってしまったが、今はそんなことを気にしている場合ではない。

三回ほど自己流の胃洗浄を行ったが、眠気は去っていかないどころか更に強くなっている。

得体の知れない恐怖を感じつつトイレを出ると、応接室には獅子人の男女と十人近い近衛騎士の姿があった。

「おや、エルメール卿、どうなされたのかな？」

「見苦しい姿をお見せして……申し訳……ございません……エデュアール殿下」

薄ら笑いを浮かべるエデュアール殿下に向かって、跪いて頭を下げる。

たったそれだけの動作なのに、気を抜くと意識が飛びそうだ。

「エディ、だからケーキに仕込んだ方が良いと言ったのよ」

「あぁ、そうだね。セレスの言う通りにしておけば良かったよ」

エデュアール殿下の隣には、よく似た顔付きの女性が座っている。

たぶん、双子の妹のセレスティーヌ姫だろう。

「仕込むというのは、何のお話でしょうか？」

「いや、こちらの話だよ。それよりこちらに来て座らないか？　特製のケーキを用意しているんだ」

冗談じゃない、何が仕込まれているのか分からないケーキなんてお断りだ。

「失礼ながら、ここでご用件を伺わせていただけますか？」

「ふむ……ならば率直に問おう。我か、セレスティーヌの近衛騎士となれ」

「お断りさせていただきます」

「ふん、生意気な奴(やつ)め……黙(だま)って我に協力しろ。でないとシュレンドル王国は滅(ほろ)びるぞ」

「はぁ？　滅びる……？」

眠気で頭が良く回っていない上に、突拍子(とっぴょうし)もない言葉を聞いて、思わず敬語を忘れた。

「『巣立ちの儀』の襲撃を主導したのはバルドゥーインだ」

「えっ……なんで？」

「決まっている、どさくさ紛(まぎ)れにアーネストを殺し、ディオニージを王位に据(す)えるためだ」

「でも、クリスティアン殿下やエデュアール殿下が……」

「いずれ殺すつもりだろう」

「何か証拠(しょうこ)でも……」

「無い。証拠は無いが、いずれ尻尾を出すはずだ」

エデュアール殿下は、確かファビアン殿下よりも一つか二つ年上のはずだが、頭の悪い俺様キャラにしか見えない。

だが、王族とは本来こんなものなのかもしれない。

「俺を……俺を眠らせてどうするつもりだったんですか？」

「なぁに、セレスティーヌと夢のような一時を過ごさせてやろうとしただけさ」

「そんな……去勢するつもりか……」

「ふははは……心配するな、セレスを嫁(よめ)にすれば去勢などしなくとも済む」

「お、俺に……そんな価値は無いですよ……」

「それは、こちらが判断することだ。王族や貴族となれば、武器を持つことを許されぬ場所に行かねばならぬ場合がある。剣も、槍も、盾も無い場所で敵に襲われても、守り、反撃する。そなたの価値は、そなたが考えているよりも遥かに高いのだぞ」

勧誘の仕方は到底容認できないが、本気で俺を評価しているのは間違いないらしい。

「もう一度問う、我の近衛騎士となれ！」

「お断り……申し上げます」

「ふん……強情な奴め」

エデュアール殿下は、俺から視線を外すと周囲を固めている近衛騎士に顎を振って指示を出した。

近衛騎士は虎人や熊人などの巨漢ばかりで、一筋縄ではいきそうもない凄腕に見える。

それでも、力ずくで物事を進めようとするなら、敵わないまでも抵抗してやろう……と思ったのだが、応接室の出入り口を固めていた狼人の近衛騎士は、すっと体を開いてみせた。

どういうつもりだろうか、本当にこのまま帰らせるつもりなのか判断ができない。

「どうした、エルメール卿。我の用事は済んだぞ、帰って構わんぞ」

ソファーにふんぞり返ったまま俺を見下し、薄ら笑いを浮かべている顔を本気でぶん殴ってやりたくなったが、下手な真似をすればラガート家にまで累を及ぼすかもしれない。

「し、失礼いたします……」

空属性魔法で棒術用の棒を作り、杖代わりにして立ち上がる。

意識が飛びそうになるが歯を食いしばって繋ぎ止め、フラつく足取りで出口に向かった。

「ふっ……ぐぁ！」

道を譲ってみせた狼人が、俺に掴み掛かろうとしてシールドに鼻面をぶつけて呻いた。

馬鹿め、何の準備もせずに動くとでも思ったのか。

「こいつ……」

「やめよ！　ヴァリーン」

エデュアール殿下に窘められ、狼人の近衛騎士は目を怒らせつつも引き下がった。

手加減してやっているのは、こっちの方だ。

本気でやるなら、犬っころにお似合いなデスチョーカーを嵌めてやるぞ。

廊下に出た後も、棒に縋ってヨロヨロと歩く。

玄関までが酷く遠く感じられるし、玄関を出てもラガート家の屋敷まで帰れる自信が無い。

やっとの思いで玄関ホールまで辿り着くと、山羊人の執事が預けた剣を携えて、薄ら笑いを浮かべて待っていた。

主が主なら、使用人も使用人ということなのだろう。

名誉騎士に叙任されたが、成り上がりで田舎者の猫人ぐらいにしか思われていないのだろう。

「どうぞ、お気を付けて……ひぃ！」

預けていた剣を受け取り、その場でスラリと抜き放ってみせると、山羊人の執事は短い悲鳴を上げて後退った。

すぐに剣を納めて、歯を剥いて笑みを浮かべて見せる。

「剣身を確かめただけですよ……」

山羊人の執事を睨み付けた後で、棒に縋って玄関へと向かう。

「エルメール卿！　どうなされた？」

北側の廊下から大股（おおまた）で歩み寄って来たのは、エスカランテ侯爵（こうしゃく）だった。

「騎士団長……たぶん眠り薬を盛られました」

「なにぃ……」

騎士団長に睨み付けられて、山羊人の執事は震（ふる）えあがってブルブルと首を横に振っている。

「エデュアール殿下か？」

俺が無言で頷くと、騎士団長は舌打ちを洩（も）らした。

「魔導車まで送ろう」

「いえ、一人で来たので……」

「分かった、ラガート家まで送り届ける。安心しなさい」

「ありがとうございます……」

無事に帰れる見込みが付いて緊張の糸が切れ、俺は薬に負けて眠りに落ちていった。

「知らない天井（てんじょう）……じゃない」

目が覚めたのは、ラガート家の屋敷の部屋だった。

自分が意図しない状況で意識を失うなんて、思い返してみるだけでも背筋が寒くなる。

もし、玄関ホールまで辿り着けていなかったら……。

もし、騎士団長が通り掛からなかったら……。

嫌味（いやみ）な山羊人の執事に抱えられて、第五王子の待つ部屋に逆戻（ぎゃくもど）りしていたかもしれない。

お茶に入れられていた眠り薬は、湯気の香りを楽しんだ以外は二口程（ほど）しか飲んでいない。

その上、トイレで自己流ながら胃洗浄も行ったのに、あの状態だ。

猫人は体が小さい分だけ、他の人種に比べれば薬への耐性が低いようだ。

ポーションなどは半分程度の量でも効果を発揮してくれるが、眠り薬や毒薬なども同様に効いてしまうのだから注意が必要だろう。

変な時間に眠り込んでしまったおかげで、暗いうちから目が覚めてしまった。

胃洗浄の時に昼食まで戻してしまったし、夕食抜きなのに空腹感も食欲も無いのは精神的なものなのかもしれない。

見張りの兵士に断りを入れ、庭に出て棒術の素振りを行った。

なんだかフラフラするような気がしたし、体が酷く重たく感じたが、素振りを繰り返しているうちに眩暈のような感じはなくなった。

体が重く感じられるのは、寝すぎたためと薬の影響が残っているからだろう。

そうだ、きっとこれは薬の影響に違いない……違いない……。

朝食を済ませた後で、子爵に事情の説明を行ったのだが、抗議はしてもらえないようだ。

その代わりではないが、子爵からは二通の封筒を差し出された。

一通は子爵宛、もう一通は俺に宛てたもので、差出人は第五王子エデュアール殿下だった。

「拝見してもよろしいのですか？」

「構わんよ」

既に封が切られている子爵宛の手紙には、短い一文が書かれていただけだった。

『悪ふざけがすぎた、許せ』

念のために、俺宛の手紙も確認してみたが、同じ一文が書かれているだけだった。

「これで許さなきゃいけないんですか？」

「ニャンゴが腹を立てるのは当然だろうが、王族が文章で謝罪の意思を伝えてきた以上、それ以上の追及は難しい」

これが命に関わるほどの問題であれば、この程度の謝罪文では済まされないのだろうが、現実問題として俺は眠り込んだ以外は体面を潰された程度だ。

成り上がりの名誉騎士が、エデュアール殿下にからかわれた……で納めるしかないのだろう。

「現在、実質的に王位を争うであろうと思われている王子が三人いるのは知っているな？」

「はい、クリスティアン殿下、ディオニージ殿下、エデュアール殿下ですね」

「その三人のうち、アーネスト殿下が存命の頃から王位を目指すと公言してきたのはクリスティアン殿下だけだった。アーネスト殿下の死後、他の二人も王位を目指すと表明したのだが、エデュアール殿下がどこまで本気なのか計りかねている」

「本心では王位を目指してはいないのですか？」

「簡単に言うと、エデュアール殿下はかなり捻くれた性格をしている」

子爵の話によれば、どうやら母親である第五王妃は猜疑心が強いらしく、その子供であるエデュアール殿下やセレスティーヌ姫も性格を受け継いでいるようだ。

心の奥底は家族にしか明かさず、他の王族との交流も限られているそうだ。

「本心を見透かされず行動するには、王族らしく傲慢に振る舞うのが好都合らしく、あのような兄妹が出来上がったようだ」

「では、会談の席で話していた内容も、どこまで本心なのか分からないのでしょうか？」

俺を騎士として高く評価していたり、『巣立ちの儀』の襲撃の首謀者は第二王子バルドゥーイン殿下だと言ったりしたのも、何かの企みがあるからなのだろうか。

「ニャンゴの評価については恐らく本心であろう。だが、断られるのは最初から織り込み済みだったのかもしれない」

「バルドゥーイン殿下の件は？」

「そちらは牽制であろうな。ニャンゴがフラフラの状態で戻れば、当然私が事情を聞き出すし、屋敷の者が帰宅時の姿を見るだろう。そこから第二王子陰謀説を広めるつもりだったのかもしれん」

「そこまで計算していたのですか？」

「さぁな、私の考えすぎかもしれんし、もしかするとアンブリスが通り掛かるのも計算していたのかもしれん」

子爵の言葉を聞いて、背中の毛が逆立つような思いがした。

頭の悪い俺様キャラも意図的に見せているのだとしたら……エデュアール殿下に対する認識を改める必要がありそうだ。

「俺は、どうすれば良いのでしょう？」

「なぁに、近衛就任の要請は全ての陣営に対して断ったのだ、あくまで中立という姿勢でいれば良い。明日はアイーダの入学式、明後日には王都を離れる予定だ、心配は要らんだろう」

「分かりました、明日の入学式は同行した方がよろしいでしょうか？」

「そうだな……王家でも警備を整えるとは聞いているが、先日のような襲撃が無いとも限らんから同行してもらえるか？」

「はい、ご一緒いたします」

明日の入学式は屋内で行われるし、施設に入れる人間は全て身許も確認済みだそうだ。

王国騎士団も警備の人員を配置するそうなので、俺は『巣立ちの儀』の時の革鎧姿ではなく、名誉騎士の騎士服で同行することになった。

騎士服も王都にいる間に着ておかないと、イブーロに戻ったら着る機会はあまり無いだろう。

それに、まだまだ俺は育ち盛り……なはずだから、来年にはスラリと成長して着られなくなってしまうかもしれない。

「あの、子爵様、騎士服が着られなくなってしまった場合は、どうすれば宜しいのでしょうか？」

「王家からの呼び出し以外では、今の騎士服に準ずる物に紋章だけを移し変えて出向けば良い。もし、王家からの呼び出しがあった場合には、先に騎士団に出向くか、私が上奏して新しい騎士服を用意してもらうことになるだろう」

王家から下賜された騎士服はメチャメチャ着心地が良くて、準ずる物なんてイブーロに戻ったら手に入らない気がする。

まぁ、伏魔殿のような王城には近付きたくないので、暫くはイブーロで大人しくしていよう。

王都での生活も実質明日までで、帰路は少し急ぐらしい。

お土産を買うなら今日のうちに済ませておくように言われ、王都の街に買い物に出掛けた。

レイラさん達やチャリオットのみんなへのお土産は買ったが、自分のお土産を買い忘れている。

屋敷の食堂の人に聞き込みをして、向かった先は米屋だ。

安く仕入れるならば第三街区の店の方が良いが、第二街区の店ならば防虫効果のある木箱に詰めてもらえるらしい。

王都から道程やイブーロに戻った後の保管を考え、今回は第二街区の店にした。

米は王都で普通に食べられているが、主食としてはパンやパスタの割合の方が多いので、小麦粉を扱う店の方が多いし、店の構えも大きいが、米屋もなかなか立派な佇まいだった。

米屋というと、どうしても前世のイメージで瓦屋根に木の看板、藍染の暖簾なんて考えてしまうので、普通の店構えでちょっと残念に思ってしまった。

「こんにちは、お米を買いたいのですが……」

「いらっしゃいませ！」

扉を開けて店内へと入ると、元気の良い挨拶が飛んできた。

この店の女将さんなのだろうか、声の主は恰幅の良い水牛人の中年女性だった。

にこやかな表情で歩み寄ってきた女性は、俺の顔を見ると目を見開いた後で、恭しく頭を下げてみせた。

「ようこそいらっしゃいました、エルメール卿」

「うぇっ、なんで俺の名前を……」

「王都で商売を営む者が、街の話題を知らずにいたら、それこそ商売になりませんよ」

水牛人の女性は、やはり店の女将さんだそうで、街の噂、特に王族や貴族が絡む話は近所の店なども共有して聞き逃さないようにしているそうだ。

俺についても『巣立ちの儀』の会場での活躍や王城での叙任の様子、オラシオ達と引ったくりを捕まえた話まで把握していた。

第二街区にある店の多くは、貴族本人やその屋敷と取り引きしているので、得意先が自慢したくなる手柄話は聞き逃す訳にはいかないらしい。

うん、商人ネットワーク恐るべしだね。

「ここだけの話ですが、お貴族様は体面を気にされる方が多いので、間違っても汚点に繋がるような話は口にできないんですよ」

「なるほど、気分良く買い物をしてもらうんですね」

「はい、おっしゃる通りです」

俺は別に自慢したいとは思わないが、普通に一人の客として扱ってもらえるのは気分が良い。

猫人というだけで見下すような対応をした、第三街区の宝飾品店とは雲泥の差だ。

「さて、エルメール卿、どのような米をお探しですか？」

さすが第二街区で店を構えるだけのことはあって、色々な品種の米を扱っていた。

赤米、黒米、短粒種から長粒種、産地や用途で分けているようだ。

米は籾の状態と玄米、白米と三段階に分けて並べられている。

「炊いた時に、ふっくらモチモチで、噛み締めると甘みを感じるような米はありますか？」

「エルメール卿がご自身で調理されるのですか？」

「はい、自分で炊いて食べるつもりですよ」

「それでは、こちらのパスライトはいかがでしょう」

パスライトという品種は、見た目は完全に前世の日本で見慣れた形で、ちょっとお高めの値段が付けられていた。

隣(となり)にも同じ様な単粒種の米が並べられているが、パスライトと比べると粒の大きさが少し不揃(ふぞろ)いで、精米後の米が少しだけ濁(にご)って見える。

どうせ買って帰るなら、少々値段が張っても美味(おい)しい方が良いに決まっている。

「では、このパスライトを大きめの木箱でお願いできますか？」

「精米はどうされますか？」

「お願いします」

この店では、注文を受けてから精米をして届けてくれるそうだ。

二十キロぐらい入りそうな木箱に詰めて、ラガート子爵家の屋敷まで配達を頼(たの)んだ。

「代金は大銀貨二枚、それと配送料として銀貨二枚になります」

「では、これで……ラガート子爵のお屋敷に、明日中に届けてください」

「確かに、承りました」

女将さんは店の名前が入った領収書と注文書の控(ひか)えを手早く書き上げて差し出すと、店の外まで出て見送ってくれた。

イブーロに戻ってしまったら、当分王都に来る予定はないが、また利用したいと思わせる見事な接客だった。

これで美味しいお米も手に入ったし、明日の入学式を無事に乗り切ってイブーロへ帰ろう。

第三十九話　使途不明の魔法陣

王都の学院と上級学院の敷地は、第二街区から第一街区へと入る南門の東側に広がっている。

先日、ナバックと行った花見の穴場から、ヒューレィの並木越しに見えていた趣のある石造りの建物が学院だそうだ。

学院には王族、貴族、そして富裕層の子供が通い、平民向けの学校は第三街区にあるらしい。

学院の制服は、襟や袖に金のラインが入った深いグリーンの上着と濃いブラウンのスラックス、またはスカートとなっている。

スカートは膝下丈の落ち着いたスタイルで、ハイソックスを履いているので生足の露出は無い。

ラガート子爵の娘アイーダも、学院の制服に身を包んで玄関に現れた。

貴族らしいドレス姿とは違って、制服姿となると年相応の幼さが感じられる。

「何かおっしゃりたいのでしょうか？　エルメール卿」

「いいえ、良くお似合いですよ」

「そ、そう……？　ありがとう……」

ラガート家では、アイーダが学院に入学、次男のカーティスは上級学院の二年生に進級、長男のジョシュアは卒業して子爵と共に帰郷する。

今日の俺は、学院に向かう道中では御者台のナバックの隣に座り、入学式では子爵と一緒に会場に入って警備を行う予定だ。

『巣立ちの儀』以後、第三街区から第二街区への移動はもちろん、第三街区への荷物の持ち込みも検査が厳重になっていて、魔銃や粉砕の魔法陣は持ち込まれていないはずだ。

それでも事前に持ち込まれた可能性は否定できないので、気を抜く訳にはいかない。

今日の警備でも、万が一襲撃があった場合は、姫様を始めとする王族の警備を優先し、ラガート家の関係者は後回しで良いと子爵から言われている。

上級学院には俺に眠り薬を盛ったエデュアール殿下も在籍しているが、もし襲撃があった場合にはエルメリーヌ姫を優先するつもりだ。

アイーダ達と別れてラガート子爵夫妻と共に控室で入学式を待っていると、国王陛下とエルメリーヌ姫の母親、フロレンティア王妃が姿を見せた。

ラガート子爵夫妻と共に挨拶に出向くと、国王陛下から謝罪された。

「エルメール卿、先日はエデュアールが失礼した。体調は問題ないか？」

「はい、もう何の心配もございません」

「まったく、いつまでも子供のような振る舞いをして情けない、私からも強く叱っておいたから、今回のところは許されよ」

「はい」

国王陛下からも謝罪されてしまっては、許さない訳にはいかない。

この国王陛下から、どうしてあんな王子が生まれてくるのかと不思議に感じてしまう。

国王陛下の許へは、学院長も挨拶に訪れていた。

学院長は仙人のような髭を蓄えた六十代後半ぐらいの狼人で、豪奢なローブを羽織って太い天然木の杖を携えている。

絵に描いたような魔法使い姿の学院長は、国王陛下夫妻に挨拶した後、他の貴族にも挨拶をして回り、ラガート子爵夫妻に挨拶した後で俺にも声を掛けてきた。

「エルメール卿でいらっしゃいますな、学院長のゲッフェルトと申します」

「初めまして、ニャンゴ・エルメールです」

「エルメール卿は、とてもユニークな魔法を使われると伺いましたが、お時間が許せば式典の後でお話を伺えませんかな」

一応、ラガート家の騎士も同行しているが、護衛という立場上許可が必要だと思って子爵に視線を向けると頷き返された。

学院長に一服盛られる心配はないだろうし、会談を承諾した。

入学式は、在校生の代表としてエデュアール殿下が挨拶を行い、新入生の代表としてエルメリーヌ姫が挨拶を行うという王族ショーが繰り広げられた以外は、いたって普通の入学式だった。

ただし、在校生の数に比べて新入生の数が少なく見えるのは、先日の襲撃が原因だろう。

エルメリーヌ姫やアイーダは守れたが、その他の子供を守るだけの余裕は俺には無かった。

他の者達にも救いの手を差し伸べていれば何人かの命を救えたかもしれないし、そのためにエルメリーヌ姫達を危険に晒していたかもしれない。

一人の人間にできることには限界があるし、そもそも会場の警備は王国騎士団の責任だ。

責任を感じるよりも、無事にエルメリーヌ姫とアイーダを入学させられたことを誇ろう。

『巣立ちの儀』の会場で一緒だった騎士団長の息子デリックは、騎士団の訓練所へ入るため学院の入学式には参加していない。

肩の負傷は治療してもらっていたみたいだが、オラシオをあんなゴリマッチョに変身させるような厳しい訓練についていけるのだろうか。

ちょっと調子に乗りやすい性格も、しっかり矯正されるだろう。

入学式は粛々と進められているが、少し気になることがあった。

ぐるりと会場を見回してみても、俺以外の猫人は一人も居ないのだ。

第二街区の学院には、王族、貴族の他に裕福な平民の子供も入学してくる。

猫人の生徒が居ないからといって、裕福な猫人が居ないとは思いたくないが、実際問題として第二街区の学院に子供を入学させられる猫人は居ないか、居てもごく少数なのだろう。

それならば、将来俺の子供を入学させるか……なんて思ってみたが、猫人というだけでイジメられたり白い目で見られたりしたら可哀想だ。

でも、仮にエルメリーヌ姫と結婚したら、王家の血を引く子供をイブーロの学校に通わせる訳にはいかないだろう。

それに、王家の血を引いているなら、猫人だって侮られたりしないのではなかろうか。

ただ、エルメリーヌ姫と結婚するなら大きな屋敷が必要だろうし、大勢の使用人も雇う必要があるし、冒険者を続けるのも難しいだろう。

なんて妄想をしていられるほど平穏無事に、学院の入学式は終了した。

屋敷に戻るラガート子爵夫妻と別れた後、俺は職員に案内されて学院長室を訪れた。

四階建ての学院の最上階にある学院長室には、ゲッフェルトの他に二十代ぐらいの犬人の女性が待っていた。

「わざわざお運びいただきありがとうございます。エルメール卿」

「いいえ、俺も魔法に関する話は興味がありますから、お気になさらず」

「そう言ってもらえると有難い」

「それで何をお話しすればよろしいのでしょうか？　一応、冒険者という仕事柄、全ての手の内はお見せ出来ませんが……」

「それは心得ておりますので大丈夫ですよ。あぁ、先に紹介しておきましょう。こちらは学院で刻印魔法を教えているリンネ教授です」

「初めまして、エルメール卿。リンネと申します。早速ではございますが、エルメール卿は空属性魔法を用いて魔法陣を作り……んきゃ！」

マシンガンのように喋り始めたリンネは、学院長に太い杖で頭に突っ込みを食らった。

ゴスっとか音がしてたから、けっこう痛いんじゃないか。

「客人に椅子も勧めず、茶も出さずに話を始めるんじゃない、この馬鹿者が……いや、申し訳ない、御覧の通りの研究馬鹿でお恥ずかしい限りです」

「はぁ……」

リンネ教授からはレンボルト先生と同じヤバさを感じるが、学院長が一緒なら大丈夫だろう。

学院長は色々な伝手から『巣立ちの儀』の襲撃について詳しく聞いているようで、俺が空属性魔法を使って魔銃の魔法陣を発動させていたことも把握していた。

応接ソファーに場所を移し、お茶を一服した後で学院長の許可が下りると、リンネ教授は矢継ぎ早に質問をぶつけて来た。

「魔素を含んだ空気を固めるだけで、魔法陣が発動するとは思ってもみませんでした」

「思い付きで試してみたら本当に発動したので、俺も驚きました」

「ただ、空気を魔法陣の形に固定するだけで発動するのであれば、そこら中で魔法が発動してしまうと思うのですが……」

「空気を魔法陣の形に固める際にギュッと圧縮しているので、普通の空気中と比べると魔素の密度が上がり、それで刻印魔法が発動するようです」

「なるほど、なるほど……一定の密度以上になれば魔法陣が発動する。確かに、それならば分かります。すると、その圧縮する度合いを高めれば、刻印魔法の威力も増すのですね」

「その通りです。魔法陣の大きさによっても強さが増すのは、通常の魔道具と一緒です」

俺の答えをメモしながら、リンネ教授の尻尾が千切れんばかりに振られている。

そのブンブンと振られている尻尾が、イブーロではレンボルト先生の研究に協力していると伝えるとピタリと止まった。

レンボルト先生から新しい魔法陣を教わる代わりに、その魔法陣を俺がどう使ったかなどを報告していると話すと、リンネ教授は心底羨ましそうな表情をしてみせた。

レンボルト先生もリンネ教授も、魔法陣の話になると周囲が見えなくなったり、喜怒哀楽が露わになったりするところは、良く似ている気がする。

前世の頃、研究に没頭しすぎて一般常識が欠落した人の話を耳にしたが、こちらの世界でも研究者は同じなのかもしれない。

「リンネ、せっかくエルメール卿が時間を割いて下さったのだ、お礼として世間では知られていない魔法陣を教えてさしあげたらどうだ？」

「はっ……そうですね。少々お待ちください、ちょっと研究室まで行って参ります、すぐ、すぐに戻りますから……」

ドタバタとリンネ教授が研究室へ向かうと、学院長は大きな溜息を洩らした。

「リンネは亡き友人の娘なのですが、あの通り落ち着きがなくて困っております。実の娘のように思っておるのですが、研究一筋で色恋沙汰にはまるで興味が無いらしく、いつになったら孫の顔が見られるのやら……」

いや、それを俺に愚痴られても、嫁に貰ったりはしませんからね。

バタバタと足音を立てて戻って来たリンネ教授は、紙の束を抱えていた。

「エルメール卿は、いくつぐらいの魔法陣を使えますか？」

「そうですねぇ……火、明かり、水、風、温度調節……十個ぐらいですかね」

「そんなに……まるで複数の属性を操っているみたいじゃないですか」

「見方によってはそう見えなくもないですけど、あくまでも刻印魔法ですよ」

リンネ教授は自分を納得させるように頷くと、持ってきた紙の束をテーブルに広げ始めた。

「ご存じの通り、刻印魔法は属性魔法よりも沢山の種類が知られていますが、実際には使い道の分からない魔法陣の方が多いとされています」

「えっ、そうなんですか？」

魔法陣は、先史文明の遺物である魔道具を解析して実用化されているらしいが、古代の遺跡からは何に使われたのか分からない魔法陣の記述が見つかっているそうだ。

「現在の研究では試作段階の魔法陣か、魔道具工房(こうぼう)の見本だったという説が有力です。実際に魔道具の形にして魔力を流しても、何の変化も現れないのです」

「それは、記述が間違っていて発動しない……とかではないのですか？」

「はい、魔石ではなく人が魔力を流しているので、魔力が流れているのは確認(かくにん)されています」

「でも、何も起こらない……」

「そうです。そうした使い道の分からない魔法陣がいくつも発見されています」

話を聞いているだけで、とても興味を惹(ひ)かれた。

それは何も起こらないのではなくて、起こっている効果が目に見えないのではなかろうか。

学院長やリンネ教授の話によれば、滅亡(めつぼう)した先史文明は、今よりも遥(はる)かに高い文明を誇っていたと思われているそうだ。

もしかすると、俺の前世よりも進んだ文明だったのかもしれない。

「その何も起こらない魔法陣を教えてもらえるのですか？」

「はい、ここに十種類の魔法陣をお持ちしましたが、いずれも発動が確認出来ていない物ばかりです。お持ちいただいて、試(ため)していただけますか？」

「持って帰っても良いのですか？」

「効果が分からない魔法陣なので一般の人達には知られていませんが、研究者には開示されている情報なので問題ございません」

「分かりました。イブーロに持ち帰って試し、何か分かればリンネ教授宛(あて)に手紙で報告します」

差し出された紙の束を受け取ると、リンネ教授は思いつめた表情で切り出した。

「あの、エルメール卿。その結果は、イブーロの教授には内密にしていただけませんか？」

「研究成果を独占したいのですか？」

「いいえ、有用な魔法陣であれば広く世の中に知らせて、少しでも人々の生活が豊かになってもらいたいと思っています」

「では、どうして？」

「何と言いましょうか……私よりも先に知られるのは悔しいと言いましょうか……」

「それではリンネ教授に手紙を出した一ヶ月後にレンボルト先生に知らせるというのはどうでしょう？　検証するなら多くの専門家の意見を聞いた方が、早く進められると思うのですが……」

「はい、それで結構です。良い報告をお待ちしております」

この後、学院の食堂に場所を移して、更にリンネ教授から魔道具関連の質問攻めに遭ったが、ローストオークがうみゃかったから良しとしよう。

昼食を御馳走になった後、学院を出てラガート家の屋敷に戻ろうかと思ったのだが、ふと思い付いて騎士候補生の訓練所に向かった。

オラシオと同室の仲間と共に、買い食いをして王都を観光して歩いた日に、もう別れは済ませた気でいたが、明日王都を離れると思ったら、もう一度会いたくなってしまった。

冒険者も騎士も、安全とは言い難い職業だ。

『巣立ちの儀』を迎える前は、人が死ぬ場面など目にしなかったが、ブロンズウルフの討伐、ワイバーンの討伐、フロス村での襲撃、先日の襲撃などで多くの人の死を目撃してきた。

俺自身も、コボルトやオーク、オーガ、ワイバーンにも、反貴族派にも襲われた。

イブーロまでの帰り道でも襲撃されない保証は無いし、オラシオも現場に出れば候補生だって襲われる可能性はゼロではない。

出来れば、お互いに年を重ねて爺さんになってから死別したいと思うけど、それが叶わなかった時でも悔いは残しておきたくない。

この名誉騎士の騎士服の姿を一目だけでもオラシオに見てもらいたい。

学院で入学式が行われたのと同様に、騎士候補生の訓練所では入所式が行われていたようだ。

騎士候補生として選ばれる者は、各地の『巣立ちの儀』で魔力の高さを認められた者達で、学院とは違って例年と同じ賑わいをみせていたようだ。

王都に程近い街から選ばれた者の晴れ姿を見ようと親族達が集まったらしく、訓練所の門の近くには多くの人の姿があった。

入隊式が行われたのであれば、訓練は行われていないだろうし、案外すんなりとオラシオに会えるかもしれないと思いつつ受付に向かうと、訓練所の中から騎馬の列が現れた。

人波が左右に割れて、頑強そうな軍馬の背に揺られて姿を見せたのは、金の飾りがついた臙脂の騎士服に身を包んだ騎士団長だった。

エデュアール殿下に眠り薬を盛られた後、王城からラガート家の屋敷まで連れて帰ってもらった件について礼状は送ったが、直接お礼を言っておきたい。

左右に分かれる人垣から一歩出るようにして姿を見せると、騎士団長は俺の前で馬を止めた。

「アンブリス様、先日は大変お世話になりました」

「いやいや、エルメール卿には息子の命を救ってもらったのだ、あの程度はお安い御用だ。わざわざ礼を言いに来てくれたのかい？」

「いいえ、こちらにはアツーカ村の幼馴染がお世話になっておりますので、明日王都を離れる前に会っておきたいと思って訪ねてきました」

「そうか、騎士も冒険者も危険を伴う仕事だ。会える時には会っておきたまえ」

「はい、ありがとうございます」

騎士団長は受付にいる兵士に、俺を案内するように指示してくれた。

案内役の犬人の兵士に挨拶すると、握手を求められて礼を言われた。

「ありがとうございます、エルメール卿」

「別にお礼を言われるような覚えは……」

「いいえ、エルメール卿は私達に光を見せてくださいました」

王都で働いている兵士の多くは、騎士候補生として故郷から出て来て、振るい落とされた後に兵士として雇われた者達だそうだ。

騎士としての道は断たれてしまったが、手柄を立てれば騎士として叙任されるチャンスは残されているそうだ。実際に叙任を受ける者は非常に少なく、正直諦めかけていたらしい。

「エルメール卿の活躍を聞いて、みんな希望を取り戻しました」

犬人の兵士も、もう一度基礎から魔法の使い方を練習し直しているらしい。

こうした地道な努力を積み重ねている人を飛び越えるような形で名誉騎士になってしまったのが、

少しだけ申し訳なく思ってしまった。

訓練所の中へと進んでいくほどに、周囲から視線を集めるようになり、『不落』とか『魔砲使い』なんて言葉も聞こえてくるようになってきた。

何だかとっても気恥ずかしいのだが、ここでペコペコ挨拶するのは違うと思い、胸を張って案内役の兵士と視線の高さを合わせるようにエアウォークを使って歩いた。

オラシオ達が暮らしているという建物は、平屋建ての飾り気の欠片も感じられない、ザ・兵舎という感じで、ゴツい兄ちゃん達がたむろしているかと思いきや閑散としていた。

訓練自体は休みらしいが、殆どの者が自主練習を行っているらしい。

「オラシオ候補生は、射撃場で自主訓練を行っております！」

候補生は、休日以外は何処で何をしているのか申告してから宿舎を出るらしい。

足腰を鍛えるための野山を想定した走路、格闘場、筋力鍛錬場、水泳場、そして射撃場。

訓練所での最初の三年間は、ひたすら体を鍛えることに費やされるそうだ。

射撃場へと行く間に、他の訓練施設も覗かせてもらったが、訓練を行っている者達の表情は真剣そのものだった。

格闘場で立ち合いを行っている者達も、動きこそ粗削りだが、スピードとパワーには目を瞠るものがある。

「どうです、参加してみますか？」

「とんでもない、陛下から下賜された騎士服なんで、遠慮しておきます」

「術士のエルメール卿に対して失礼でしたね」

「いえいえ……」

どうやら、俺は近接戦闘は出来ない術士特化型と思われているみたいだが、身体強化を使えば互角以上の戦いをする自信はある。

ただし、ポッコリした腹を絞るために数日の猶予は欲しいにゃ。

オラシオが自主訓練を行っているという射撃場は、敷地の奥の地下に作られていた。

地下約二十メートル、幅約八十メートル、奥行きは三百メートルぐらいありそうだ。

地下に作った理由は、間違って流れ弾が人のいる場所に飛ばないようにするためで、多くの候補生が黙々と魔法を撃っていた。

試しに左目に身体強化魔法を掛けて眺めてみると、魔法を発動させる経過が良く見えた。

術者の体から噴き出す魔素は属性の色に染められ、魔法の現象を形作っていく。

火属性ならば赤く、水属性なら青く、風属性なら緑といった感じで、『巣立ちの儀』で女神の加護の封印が解ける時の色と同じのようだ。

これならば、相手が何の魔法を使おうとしているのか、発動する前に把握出来そうだ。

「これは面白い……」

「面白いですか、名誉騎士殿から見れば児戯のようなものですかな」

魔眼の見え方について独り言を呟いたのだが、指導している教官の耳に誤解される意味で届いてしまったようだ。

自主訓練を行っている時も、射撃場では教官役の騎士が指導を行っている。

手元が狂えば大きな事故に繋がるし、血の気の多い候補生同士が魔法を撃ち合うような騒ぎを起こさせないためらしい。

「ニャンゴ・エルメール卿、このようなむさ苦しい場所にどうされましたか？」

面白いの一言が誤解されたようで、教官の言葉には棘が含まれている。

「訓練中に失礼いたします。こちらに自分の故郷の幼馴染が候補生としてお世話になっておりまして、明日王都を発つ前に一目会っておきたいと思ってお邪魔いたしました」

「ほう、幼馴染ですか……」

キッチリと頭を下げて挨拶をしたからか、教官の敵意が少し緩んだように感じる。

俺と教官のやり取りに聞き耳を立てているのか、候補生たちの射撃が止まっていた。

手を止めた候補生に向かって、教官が大声で呼び掛けた。

「エルメール卿の幼馴染とは誰だ！」

「はいっ！　自分であります！」

教官の呼び掛けに答えた声は、オラシオのものとは思えないほど厳しく引き締まっていた。

アツーカ村に居たころは、体に似合わない蚊の鳴くような声しか出せなかったのに、この二年間で随分鍛えられたようだ。

オラシオの近くにはザカリアスやルベーロ、トーレの姿が見えた。

「こちらに来て名乗れ」

「はっ、自分は本日より三回生に上がりましたオラシオであります！」

「よし、オラシオ。エルメール卿に日頃の成果をお見せしろ！」

「はい、了解しました！」

奥の列から駆け寄ってきたオラシオは、俺に向かって力強く頷いてみせると、背中を見せて的に向かって右手を大きく振り上げた。

身体強化魔法を掛けた左目には、オラシオの腕から噴き出した緑色の魔素が、鉈のごとき刃を形作る様子が克明に映し出された。

「風よ！」

オラシオが勢い良く右腕を振り下ろすと緑色の刃は、二百メートルほど先に設置された鉄製の的まで一瞬で飛び、ガーンと大きな音を立てた。

的を切り裂くほどの威力は無いようだが、射撃場に響いた音が衝撃の大きさを物語っている。

「続けて、十連射！」

「はいっ！　風よ、風よ、風よ、風よ……」

オラシオが右腕を振るう度に緑色の刃が撃ち出され、鉄製の的は大きな音を立ててビリビリと震え、今にも吹き飛んでしまいそうだ。

オラシオを見守る俺に、教官が怪訝な表情で声を掛けてきた。

「エルメール卿、どうされた？」

「えっ……あっ、これは……」

自分でも気付かないうちに、俺は涙を流していた。

先日再会した時にも、体が大きくなっていて驚いたが、オラシオの魔法はイブーロのギルドの冒険者と比較しても間違いなく上位にランクされるはずだ。

十連射を行った時も、刃の形に乱れが無かったのは日頃の修練の賜物なのだろう。

そんな高いレベルの攻撃魔法を連発する、オラシオの成長を見て嬉し涙が溢れてしまったのだ。

「すみません……嬉しくて……」

「オラシオ、エルメール卿と平時の会話を許可する！」

「はい、ありがとうございます！」

泣いたのが恥ずかしくて目元を拭っていたら、オラシオに抱え上げられてしまった。

「よせ、子供じゃないんだ……」

「ニャンゴ、僕の魔法見てくれた？」

「あぁ、ちゃんと見たぞ、頑張ったんだな？」

「うん、僕は格闘も、走りも、泳ぎも今いちだから、魔法は頑張ったんだ」

「そうか、でもオラシオなら、もっともっと強くなれる。格闘だって、走りだって、泳ぎだって上手くなれるさ」

「ニャンゴ……」

「明日、王都を発ってラガート子爵領へ帰る。イブーロに戻ったら、一度アツーカ村にも里帰りするつもりだから、オラシオの両親にも元気でやっていたと伝えてくるよ」

「ニャンゴ……また会えるよね？」

オラシオの瞳もウルウルと潤んでいる。

「馬鹿、当たり前だろう。俺とオラシオは、爺さんになってから自慢話をしあうんだからな。それまでに一杯手柄を立てて、元気でいろよ」

「うん、約束する」

「よし、オラシオ、今度は俺が自慢の魔法を見せてやるから、目ん玉見開いて見逃すなよ」

オラシオに降ろしてもらい、教官に訊ねた。

「あの的、壊してしまっても構いませんか？」

「ほう、魔砲使いの腕前をご披露いただけるのか。あの的は耐魔法攻撃の刻印を施した特製です、壊せるものなら壊して構いませんよ」

俺とオラシオの会話を聞いて和んでいた教官の態度が、再び刺々しくなったが、確認しておかないと思いきって魔法を撃てない。

「的の後ろ側はどうなっていますか？」

「はぁ？　的の後ろ側だと……？」

「はい、突き抜けた場合の後ろ側の耐久性は大丈夫かと思いまして」

「ははっ、突き抜けることなどあり得んが、後ろは粘土質の分厚い壁が三重に設えてあり、更にその先に的の倍の厚さがある鉄の壁がある。射撃場が壊れたり、崩れたりする心配など必要無いから思う存分魔法を撃ち込んでもらって構わんぞ」

俺としては、念のために確認したのだが、教官の機嫌を完全に損ねてしまったようだ。

「ニャンゴ……」

「なに心配そうな顔してんだ、いいから良く見ておけよ。オラシオと同じく、単射の後に十連射をやってみせるからな」

「うん……」

オラシオが、今できる全力を見せてくれたのだから、こちらも全力で応えてやろう。

「いくぞ！　ニャンゴ・キャノン！」

極限まで圧縮率を高めて形作った魔銃の魔法陣は、眩(まばゆ)いばかりの光を放った。

ドンという重たい発射音を残し、炎弾(えんだん)は鉄製の的を撃ち抜いて背後の土壁を吹き飛ばした。

「ニャンゴ・ラピッド・キャノン！」

ズドドドドド……。

十連射の砲撃で行うと、鉄製の的は粉々に千切れて吹き飛んだ。

重たい発射音の残響(ざんきょう)が収まると、地下の射撃場は水を打ったように静まりかえっていた。

「見たか、オラシオ。これが俺の攻撃魔法だ」

「す……すっごいよ、ニャンゴ！　すごい、すごい、すごい！」

「うわっ、馬鹿、降ろせ……」

「すごい、すごい、やっぱりニャンゴはすごい！」

俺がオラシオに抱え上げられ、高い高い状態で振り回されている横で、教官が口をあんぐり開いてフリーズしていた。

壊せるものなら……って言ったんだから、後の責任はよろしく頼(たの)むよ。


この後、自主訓練を切り上げたオラシオの同期達に食堂で菓子(かし)の差し入れの礼を言われ、『巣立ちの儀』の襲撃の様子を聞かせてほしいとせがまれた。

訓練所を後にする頃には日はすっかり西に傾(かたむ)いていて、オラシオは門まで見送りに来てくれた。

「またな、オラシオ」

「うん、ニャンゴに追い付けるように頑張るよ」

「そうだな。風の刃はもっと鋭くして、的を一撃で斬り裂けるようになれ」

「えぇぇぇ……それはさすがに無理だよ」

「なに言ってんだ、俺に出来てオラシオに出来ない訳がないだろう。自分で自分に限界を作るな。常識なんかに囚われずに、どこまでも上を目指せ！」

　俺は前世の知識を持っていたから、こちらの世界の常識では空っぽの属性と言われている空属性だと分かった時でも絶望しなかったし、工夫を続けて強くなれた。

　オラシオだって、まだまだ強くなれる可能性を秘めているのだから、自分で枷を嵌めてしまうなんてもったいない。

「うん、そうだね。ニャンゴも頑張ったんだ、僕ももっと頑張るよ」

「三年後、正騎士になったオラシオに会えるのを楽しみにしてるぞ」

「うん、ニャンゴも元気でね。また一緒に遊びに行こうね」

「あぁ、その代わり、今度はちゃんと案内できるようになっておけよ」

「分かった。美味しいお店を一杯探しておくね」

「おう、約束だぞ」

「うん、約束」

　オラシオとガッチリ握手を交わした後、ラガート家の屋敷を目指して歩き出す。

　途中で何度振り返っても、門の前でオラシオは手を振り続けていた。

第四十話　凱旋

ラガート子爵領へと戻る朝、俺は屋敷を出る魔導車の屋根の上にラガート家の紋章が入った革鎧に身を固めて陣取った。

王都の中で襲撃される可能性は殆ど無いが、警備を固めているとアピールすると共に、王都の景色を目に焼き付けておきたいと思ったのだ。

オラシオとも二年振りに再会してお互いの無事と成長を確かめ合い、昨日別れも済ませた。

次に会うのは何年先になるか分からないが、きっと無事に再会を喜び合えるはずだから、寂しいなんて思っている暇はない。

これから急成長を遂げるはずのオラシオに負けないように、俺も更に成長するつもりだ。

第二街区、第三街区、そして王都の外へと出る門では、兵士達が敬礼で見送ってくれた。

俺も精一杯格好つけた敬礼を返したが、どうも決まっていない気がする。

やはり、ちょっと猫背なのがいけないのだろうか。

イブーロに向けて街道を進む間、魔導車の側面と路面との間に複合シールドを展開しておいた。

アーネスト殿下は魔導車に仕掛けられた粉砕の魔道具で暗殺されたが、ラガート子爵家の魔導車が狙われるとすれば、道に埋設された粉砕の魔道具が使われる可能性が高い。

シールドは見えないから革鎧を着た猫人が乗ってるだけと思われるだろうが、守りの固さはシュレンドル王国一と言っても過言ではないはずだ。

フロス村で俺達を襲撃した連中は王都の騎士団で取り調べを受け、最初からラガート家の魔導車を狙う計画だったと供述したらしい。

目的はグロブラス伯爵の悪政を訴えるためだったようだが、ラガート子爵家からすれば全くの無関係だし迷惑にも程がある。

襲撃には加わっていなかったが、ラガート子爵家の旅程を伝えていた人物がいたらしいので、帰路でも襲われる可能性は十分に考えられる。

問題は誰が旅程を外部に漏らしたのかだが、アイーダの年齢や王都までの日数などを逆算すれば推測は可能なようだ。

ラガート子爵も、自分の家臣の中に裏切り者がいるなどとは考えていないようだ。

帰りの道中、ラガート子爵家の魔導車はこれまでと同じように街道を進んでいるように見えるが、先行して街道の様子を確かめる人員を増やしている。

これまでより魔導車を走らせるペースを早める代わりに出立の時間を遅らせ、走るのは日中の明るい時間に限定し、日が傾く前に宿泊場所へ辿り着くようにした。

道中立ち寄った貴族の屋敷では、往路とは違って歓待された。

『巣立ちの儀』の会場襲撃事件は、第一王子アーネスト殿下だけでなく多くの死者を出しているので、既に貴族の家には知らせが届けられているそうだ。

その知らせには、俺が名誉騎士に叙任されたことなども書き添えられていたようで、俺はナバックとは別の大きな部屋に案内されて落ち着かない夜を過ごす羽目になった。

猫人の俺が一人で使うにはベッドとか大きすぎで、兄貴にミリアム、アツーカ村にいる俺の家族全員が一緒でも余裕で眠れそうなサイズだった。

風呂場も一人で使うには大きすぎで、備え付けのバスタブの中に空属性魔法で丁度良い大きさのバスタブを作って、ゆったりと浸からせてもらった。

そういえば、俺が留守の間に兄貴は屋根裏部屋に一人でノンビリと……眠れるはずがないな。

きっとシューレに捕まって、ミリアムと一緒に抱き枕にさせられているのだろう。

貴族の屋敷での歓待は、問題のグロブラス伯爵家も例外ではなかった。

王都に向かう時には、別れ際に俺に向かって劣等種なんて差別用語を吐き捨てた領主のアンドレアスは、そんなことなど無かったかのように揉み手でもしそうな低姿勢で接してきた。

ラガート子爵からは事前に予告されていたのだが、まさか本当にそんな手の平返しの行動に出るとは思っていなかった。

どうやら俺が国王陛下や王族達に気に入られて、近衛騎士への就任を熱望された話が、『巣立ちの儀』襲撃の知らせと共に流れているのが理由のようだ。

グロブラス家での騎士やナバック達への待遇を知っているので、自分だけ良い待遇を受けるのは抵抗があったが、気に食わない相手と如才なく付き合うための練習台にさせてもらった。

王都に向かう途中で立ち寄った時には硬いパンと目玉焼き程度だった食事は、到着した日の夕食も翌日の朝食も、十品以上のフルコースだった。

ラガート子爵には予め許可をもらい、全力でうみゃうみゃさせてもらったが、グロブラス伯爵は盛大に顔を引き攣らせつつも笑みを浮かべ続けていた。

ただし、ラガート子爵家の魔導車がグロブラス家の屋敷を離れると、盛大に舌打ちした後に罵詈雑言を口にしていた。

まさか、空属性魔法で作った集音マイクを通して聞かれているなんて思わなかったのだろう。

グロブラス伯爵領の次に立ち寄った騎士団長の実家であるエスカランテ侯爵家では、それこそ下にも置かない熱烈な歓待を受けた。

エルメリーヌ姫を守ったことにプラスして、一緒に『巣立ちの儀』に参加していたエスカランテ家の四男デリックの命を救ったからだ。

魔導車が屋敷に到着した途端、先代当主であるアルバロス様に抱え上げられ、夕食が済んで歓談が終わって部屋に戻るまで降ろしてもらえない……物理的に下にも置かない歓待だった。

孫であるデリックの命を救った恩人として歓迎される一方、元騎士団長とあって襲撃に関する質問には鋭いものがあった。

襲撃の規模、何段階にも分けられた用意周到さ、そして王族の命まで奪った結果をアルバロス様は頭の中で整理して、自分なりの考えをまとめているようだった。

黒幕は誰なのかと訊ねてみたが、現場から遠く離れた場所に居る爺に分かるぐらいなら、とっくに騎士団が捕らえているよと笑われてしまった。

王都からの帰りの道中では反貴族派や魔物に襲われることもなく、約一ヶ月振りにラガート子爵領まで無事に戻って来られた。

前世の日本なら、新幹線で日帰りができるぐらいの距離なのだろうが、こちらの世界では移動するだけでも大変な時間が掛かる。

貴族でもこれだけ大変なのだから、魔物や盗賊に襲われる危険を考えれば、一般市民にとっての旅は本当に命懸けなのだろう。

ラガート子爵の居城からイブーロまで、俺だけならばオフロードバイクでひとっ走りだが、今回は土産に買い込んできた米の箱がある。

箱も一緒に積めるような車も作れないことはないが、イブーロにあるチャリオットの拠点まで魔導車で送るように子爵が手配してくれた。

俺一人のために魔石を消費する魔導車を出すなんて、破格の扱いだろう。

イブーロまでの道中、ナバックからは折角だから客室に乗ったらどうだと言われたが、御者台に座って今回の王都行きの思い出話に花を咲かせた。

「ニャンゴ、荷物はここで良いのか？」

「はい、後で運びますから大丈夫です」

魔導車に積んできた米の箱は、重量軽減の魔法陣を貼り付けてから、ナバックと一緒に拠点の庭へ降ろした。

「ニャンゴには、本当に世話になったよ。また会う機会もあると思うが、元気でな」

「こちらこそ、色々とお世話になりました」

ナバックには、反貴族派のカバジェロを尋問した翌朝に人生の教訓を教わった。

魔道具職人から叩き上げで子爵家の魔導車の御者になっただけあって、ナバックの話には人生の含蓄があった。

お世話になった人達のために、胸を張れる生き方をしようと思った。

「ナバックさん、また花見に行きましょう」

「そうだな、イブーロでニャンゴと一緒なら綺麗どころが集まりそうだからな」

「冒険者の恨みを買っても構わないなら……」

「うぉぉ、そいつは遠慮させてもらうぜ」

まぁ、ナバックの場合にはマニアックな話題以外でも話を盛り上げられるようにならないとね。

ナバックと握手を交わし、トモロスへと戻る魔導車を見送ってから拠点のドアを叩いたが、チャリオットのメンバーは留守だった。

馬車とエギリーの姿も無いので、たぶん討伐の依頼に出ているのだろうと思っていたら、食堂のテーブルに帰りは早くても明後日以降だと書き置きが残されていた。

米がギッシリ詰まった木箱は改めて重量軽減の魔法陣を貼り付け、空属性魔法でカートとスロープを作って天窓から屋根裏部屋へ運び入れた。

革鎧や名誉騎士の騎士服などを片付けて、シャワーを浴びながら洗濯も済ませると夕方近くになったので、早速ご飯を炊いて夕食にしようかと思ったが、肝心要のお釜が無い。

折角だからご飯を炊くのは茶碗と箸、それに美味しいおかずを用意してからにしよう。

夕食を食べに行くついでに、リクエスト完了の報告をしにギルドに向かう。

夕方のギルドはいつものごとく、依頼を終えた冒険者達が集まって混雑していた。

ボヤボヤしてると出入り口のドアで跳ね飛ばされそうだとタイミングを計っていたら、いきなり背後から抱え上げられてしまった。

「ふみゃ！　レイラさん？」

「捕まえた……んー、ニャンゴ太った？」

雑踏の中だったけど、相変わらず気配が分からないんだよなぁ。

「みゃみゃっ……にゃんと言いましょうか、王都には美味しい料理やケーキが……」

「ふふーん、大丈夫よ、ポヨポヨのニャンゴも好き……えっ、ニャンゴ、左目が……」

「王都でちょっと手柄を立てたら、治療してもらえました」

「うん、ますます男前になったけど……」

レイラさんは、俺の左目をジーっと見詰めて小首を傾げています。

「えっ、何か変ですか？　色は青くなったけど、ちゃんと見えてますよ」

「変ではないわ。変ではないけど、左目の方が輝きが強いというか、何か力を感じるわね」

確かに、身体強化を使うと魔素らしい物や魔法が発動する様子が見えるようになったけど、それを感じ取っちゃうレイラさんってホントに何者なんですかね。

「治癒魔法で再生してもらったからでしょうか？」

「うん、たぶんそうだと思うけど、悪いものではないと思うわ」

エルメリーヌ姫のモフらせろ情念とか籠ってないと良いのですが……。

「王都では色々あったみたいねぇ……ゆっくりと話を聞かせてもらおうかしら」

「あっ、その前にリクエストの報告に行かないといけないので……」

「あら、私よりもジェシカが良いの？」

「そ、そういうことではなくて、やはり報告はしないといけないので……」

「仕方ないわねぇ」

降ろしてくれるのかと思いきや、レイラさんは俺を抱えたままカウンターへと歩いていく。

酒場のマドンナに抱えられてリクエスト完了の報告に出向くなんて、依頼を終えて疲労を抱えつつ今日の稼ぎに思いを寄せている冒険者達に喧嘩売ってるようなもんだよなぁ。

当然のように周囲からは怨嗟の視線が突き刺さり、恨み言が呪文のように聞こえて来る。

「野郎、暫く姿が見えないと思ったら……」

「久々に現れたと思ったらレイラさんを……」

「くっそう、俺と代わりやがれ……」

いやいや、ゴツい熊人のおっさんなんて、レイラさんが抱えられる訳ないだろう……ないよね。

それにしてもレイラさんの御威光は絶大で、自分の後ろに並んでいると気付いた冒険者は全員順番を譲ってくれるから、待つこともなくジェシカさんの前まで到着できた。

「ど、どうも……」

「おかえりなさいませ、ニャンゴ・エルメール卿、ご用件をお伺いいたします」

リクエストの報告をしようと思ったら、すっと立ち上がったジェシカさんは腰を折って丁寧にお辞儀した後で、ニッコリと微笑んでくれたけど、なんだか目が笑っていない気がする。

「嘘っ、ニャンゴ貴族様になったの？」

「貴族といっても名前だけの名誉騎士ですよ」

ジェシカさんやレイラさんの言葉を聞いて、ギルドの中にどよめきが広がっていく。

「リクエストで受けたラガート子爵家の護衛、完了しましたので報告に来ました」

「はい、承りました。これが名誉騎士様のカードなんですね。初めて見ました」

「ジェシカさんでも初めてなんですか？」

「名誉騎士の叙任を受けた冒険者は、もう五十年以上いらっしゃらなかったと聞いています。それとも私はそんな昔から働いているように見えますか？」

「い、いえ、そんなことはないですよ」

というか、やっぱり何だか言葉に棘がある気がする。

「はい、リクエスト完了の手続きをいたしました。他に御用はございますか？」

「えっと、王都のお土産があるので、お仕事が終わった後で酒場にいらしてもらえませんか？　たぶん、俺は連行されてしまうと思うので……」

「あら、仕方ありませんねぇ……名誉騎士様に誘われたら断れませんよねぇ……」

「で、では、後ほど……」

「はい、承りました」

ジェシカさんは、今度こそニッコリと微笑んでくれた。

「あら、エルメール卿、私にはお土産は無いの？」

「も、もちろん忘れてませんよ。大丈夫です」

「それは楽しみねぇ……」

レイラさんは、ジェシカさんに何やら目で合図をすると、俺を抱えたまま酒場に向かって歩きだした。

ナバックさん、すごい綺麗どころがいますけど、もれなく殺意の籠った視線が付いてきますよ。

おっさん冒険者達の怨嗟の視線がヤバい。

このままでは、マジで呪い殺されそうな気がする。

酒場に連行される途中で、顔見知りの三人組に声を掛けた。

「カルロッテ、フラーエ、ベルッチ、王都に行って来たんだけど話を聞きたくない？」

チャリオットのメンバーもいないし、ボードメンの人達も見当たらないので、犬人三人組のパーティー、トラッカーに緩衝材の役目を果たしてもらおう。

晩飯を奢ってあげるから、おっさん達の狂眼から俺を守る肉壁になりたまえ。

カルロッテ達も、いつかは王都に行ってみたいと思っているらしく、途中までは真剣に俺の話を聞いていたが、フロス村の襲撃のあたりからは首を捻り始めた。

「えっと……その粉砕の魔道具とやらで、大勢の人が吹き飛ばされた？」

「そうだよ、カルロッテ。粉砕の魔道具は本当に危険でね、お腹に抱えて発動させた猫人はバラバラに吹き飛ばされちゃったんだ」

「それをニャンゴが魔法で防いだんだな？」

「もう、間一髪だったよ」

「その後、魔銃をもった連中が襲ってきた？」

「そうなんだよ、フラーエ。十人ぐらいずつ、別々の方向から挟み撃ちにしてきたんだ」

「そいつらも、ニャンゴが殆ど一人で倒しちゃった？」

「そうだよ、ベルッチ。ラガート家の騎士も爆風を受けて混乱してたからね」

「最後は、屋根の上から弓を射ってきた連中を片付けた？」

「そうそう、シールドを展開してなかったら俺もやられてたかもしれない」

トラッカーの三人は、顔を見合わせて何やら目で合図をしている。

どうも俺の話をホラ話だと思っているようだ。

折角俺が大活躍した場面を脚色無しに語っているのに、本当に失礼だな。

レイラさんの膝の上に抱えられているからって、話までふざけている訳じゃないぞ。

「はい、ニャンゴ。アカメガモのローストよ」

「あーん……うみゃ！　脂の甘味と肉の旨味が濃厚でジューシーで、うみゃ！　お城で食べたカモのローストよりも、うみゃ！」

「あら、ニャンゴ。お城にも行って来たの？」

「王都の『巣立ちの儀』で第五王女様の護衛を担当したので、晩餐会に呼ばれたんだ」

レイラさんは信じてくれているみたいだが、トラッカーの三人は薄笑いを浮かべている。

「そのエルメリーヌ姫に気に入られて、左目を治してもらったんですよね？」

「にゃにゃっ、ジェシカさん、どうしてそれを……」

「ギルドの報告書に書いてありましたよ。エルメール卿という苗字も、エルメリーヌ姫にあやかったものだそうですね？」

「苗字は、国王陛下から頂いたものなので、俺から望んだ訳では……」

「晩餐会では、随分と親密だったとか……」

「にゃっ、そんにゃことは……あっ、王都のお土産を……」

「何か聞かれたら都合の悪いことでもございますか？」

「い、いえ、そんにゃことは無いですけど……折角王都で選んできたものなので、忘れて持ち帰ったりしたくないだけです」

リュックの中から、細長い包みを二つ取り出した。

「こっちがジェシカさん、それで、こっちがレイラさんです。いつも、ありがとうございます」

「ありがとうございます、開けても良いですか？」

「まぁ、素敵……ジェシカとは色違いなのね」

二人にお土産として選んだのは、ヒューレィの花をモチーフにしたネックレスだ。

白金製で、細かい装飾が施されていて、花の中心に宝石が嵌め込まれている。

宝石の色は、ジェシカさんがオレンジ、レイラさんが赤だ。

「オレンジは知性、赤は情熱を象徴しているそうです」

「ニャンゴ、着けてくれる？」

「はい……」

抱えられた体勢でレイラさんにネックレスを着けようとすると、正面から抱きついているような格好になってしまう。

色々柔らかくて、温かくて、いい匂いを堪能しちゃったりするけど不可抗力なのだ。

「ありがとう、ジェシカにも着けてあげたら？」

そう言いながらもレイラさんは俺を放してくれそうもないので、やっぱりジェシカさんに抱きつくような体勢になってしまう。

色々と柔らかくて……以下同文だから、おっさん達は歯ぎしりしてるんじゃないよ。

「んー……ニャンゴは欲張りよねぇ」

「本当に……どうしましょう、レイラさん」

「にゃ、俺にゃにか間違えましたか？」

「イブーロでは、女性の首にネックレスを着けるのは、自分の所有物だ、他の男には渡さない……っていう意味なのよ？」

「ええええ……それは指輪じゃないんですか？」

「指輪は普通のアクセサリーじゃない。ネックレスは、君に首輪を嵌めちゃうよ、もう逃がさないよ……って意味よ」

「にゃ……そんにゃ……俺、知らなくて……というか、レイラさんが着けてって……」

「あら、レイラ・エルメールにしてくれないの？」

「ジェシカ・エルメールにして下さらないの？」

なんだよ、王都の宝飾品店のお姉さん、こんな習慣があるなら教えておいてよ。

てか、さっきから、あちこちから『殺す……殺す……』って低い声が聞こえてくるんだけど……って、カルロッテかよ。

「困ったわ、ジェシカ。エルメール卿に弄ばれてしまったみたいよ」

「私も、こんなことになろうとは……」

いやいや、二人して俺を弄んでるでしょう。

困ったような顔をして、二人とも目の奥が爆笑してるよ。

「ジェシカ、ここでは込み入った話は出来ないから、後で私の部屋でじっくりと話をしましょう」

「そうですね、そうさせていただきます。よろしいですね、エルメール卿」

「はい……」

どうやら今夜は、二人を丸洗いして乾かして、抱き枕を務めないといけないようだ。

おっさん冒険者達からの恨みがましい視線を和らげるために誘ったトラッカーの三人も役に立ちそうもないし、もう開き直るしかないだろう。

思いっきり食べて、思いっきり自慢話をしてやる。

ダイエットは……一時中止！

「うみゃ！　モルダールのフライ、うみゃ！　白身がホコホコで衣がサクサク、タルタルソースも濃厚で、うみゃ！」

ジェシカさんはギルドの情報で状況を把握しているようだが、初耳のレイラさんは興味深々な様子で襲撃の話に耳を傾けていた。

「じゃあ、ニャンゴはお姫様の命の恩人なの？」

「そうなりますねぇ……でも、近衛騎士への就任は断りましたよ」

「あら、お姫様の騎士とか格好良いじゃない」

「駄目ですよ。女性王族の近衛に就任すると取られちゃいますから」

「取られる……？」

「はい、取られちゃうそうです」

何を取られてしまうか耳打ちすると、レイラさんは驚いていた。

「嘘っ、ホントに？」

「本当らしいですよ」

「それじゃあ駄目ね」

オラシオを訪ねて行った騎士候補生の訓練所の話には、トラッカーの三人だけでなく他の若手の冒険者も食いついてきた。

もともと才能があると認められ集められた者達が、一心不乱に訓練に打ち込んでいる様子を話すと、みんな刺激（しげき）を受けたのか明日からの訓練の相談を始めていた。

酒場の閉店時間の少し前、酒場に残っていた全（すべ）ての冒険者からブーイングを浴びせられながら、俺はレイラさんとジェシカさんにお持ち帰りされた。

名誉騎士に叙任された記念に、今夜は俺の奢りだと言ったのに、それでもブーイングなんて割が合わないだろう。

というか、お持ち帰りされているのは俺だからね、それも物理的にお持ち帰りだからね。

「それで、ニャンゴ、お嫁（よめ）にもらってくれるんでしょ？」

「もらって下さるんですよね？」

「ごめんなさい、本当に知らなかったんです」

レイラさんの部屋に着いた途端、もう終わったと思っていた話を持ち出され、全力の土下座を披露（ひろう）する羽目になった。

「どうする、ジェシカ？」

「どうします、レイラさん」

二人ともニマニマしながら楽しんでいるみたいだけど、もし俺が二人とも嫁にするとか言ったらどうするつもりなんだろう。

夢のハーレム生活……なんてものは想像出来なくて、ひたすら二人にご奉仕（ほうし）させられて貢（みつ）がされる未来しか思い浮かばない。

それに、二人もお嫁さんを貰うことになった……なんて報告したら、カリサ婆ちゃんにメチャクチャ怒られそうだ。

「しょうがないわねぇ……ジェシカ、今回のところは大目に見てあげましょう」

「そうですねぇ。今夜はしっかりご奉仕してもらいましょう、レイラさん」

「ありがとうございます」

王都に行って、いっぱい手柄を立てて、名誉騎士の叙任を受けて、金級に昇格して、お土産も奮発して……なんで謝ってるんだろう。

この後、お風呂場で二人を隅々まで……隅々まで丸洗いさせられてしまった。

おっさん冒険者達に話したら、血涙を流すかもしれないけれど、猫人の体で大人の女性二人を洗うのは大変にゃんだからな。

本当に、色々と大変にゃんだからにゃ！

風呂から出たら二人の髪と尻尾を空属性魔法で作ったドライヤーで乾かして、自分もフワフワに乾かして、お風呂場を片付けて、二人に冷たいお水を出して……ふぅ、疲れた。

この後、レイラさんとジェシカさんに挟まれて抱き枕を務めたのだが、旅の疲れも手伝ってすぐに眠りに落ちてしまった。

朝までぐっすり眠る間に、いっぱい踏み踏みしたとか、しないとか……は秘密にゃのだ。

翌日は、イブーロの学校にレンボルト先生を訪ねた。

王都の学院で提供してもらった、今はまだ効果の分からない魔法陣を検証する方法について意見を聞こうと思ったのだ。

学校に出向くと、いつもなら気安く頭を撫でに来た校門を警備する兵士の皆さんが、一斉に姿勢を正して敬礼で俺を出迎えた。

「ようこそいらっしゃいました、エルメール卿」

「ど、どうも……」

イブーロの学校にはラガート騎士団の訓練施設が併設されていて、門を守る兵士の多くがラガート家の騎士候補生だ。

既にラガート子爵一家との王都への道中や騒動について知らされているらしい。

一方、何も知らされていなかった受付の人からは、左目の件も含めて色々質問された。

突然潰れていた目が治っていれば驚くだろうし、色々と勘違いされてしまうと面倒なので、一通り説明をしておいた。

受付で尋ねるとレンボルト先生は授業中だったが、午前の三限目は担当が無いそうなので、少し待たせてもらってから研究棟を訪ねた。

「こんにちは、レンボルト先生。ニャンゴです」

ドアをノックして声を掛けると、ガタガタと大きな物音がした後でレンボルト先生が顔を見せた。

大きな音は、たぶん積み上げていた本が崩れたのだろう。

「やぁ、ニャンゴ君、久しぶりだね。おや左目が……」

「はい、ちょっと王都まで行ってきまして、色々あって治療してもらえました」

「ほう、それは良かったね、ささ入って話を聞かせてくれたまえ」

「はい、お邪魔します」

にこやかに迎え入れてくれたレンボルト先生だったが、話が粉砕の魔法陣を使ったテロに及ぶと表情を曇らせた。

「何ということだ、発動者の命を奪い、人々を不幸に陥れることに魔法陣が使われるなんて……」

「レンボルト先生、学校の襲撃に使われた魔銃も魔法陣を使った魔道具ですよ」

「その通りだ。魔銃は火の攻撃魔法を発動させる道具でしかない。どう使うかは使用者次第だ。本来、危険な魔物から身を守るためなどに使われるべきものだ」

「先生、実は王都の『巣立ちの儀』の会場が襲撃されて……」

粉砕の魔法陣を使った砲撃によって、多数の死傷者が出たと話すと、レンボルト先生は天井を見上げて溜息をついた。

「そんなことがあったのか……いや、ニャンゴ君が無事で何よりだ。そして、魔法陣を正しく使ってくれてありがとう」

「とにかく夢中だったので、本当に正しく使えたのかは自信無いですね」

「何を言うんだ、ニャンゴ君のおかげで多くの人の命が救われたのだろう？　ならば、その使い方が間違っているはずがないよ」

「もっと多くの人が救えたのでは……なんて考えてしまうので、レンボルト先生にそう言ってもらえると救われます」

この後、本来の目的である未知の魔法陣の検証法について聞いてみた。

「なるほど、使い道の分からない魔法陣は、小さいサイズで作って試(ため)してみると聞いているよ。粉砕の魔法陣のようなものは、規模が大きくなると危険だからね」

「教えてもらった魔法陣は、発動しているはずだけど効果が分からないと聞きました」

「効果が分からない理由は二つあると思う。一つは、魔力が流れているけれど、効果を発動するには魔力が足りないケース。例えば、さっき話にでた粉砕の魔法陣は、一定以上の魔力が流れないと発動しないよね」

「確かに、そうですね。僕(ぼく)が作る場合も圧縮率をある程度まで上げないと発動しません」

「そう、その発動していない時にも魔力は流れているんだ。だから、魔力を流している人は発動している……と勘違いする場合がある」

「なるほど、では教わった魔法陣も圧縮率を上げて試せば……」

「いや、高い魔力を掛ける方法は王都の研究者も行っているはずだから、効果が分からないのはもう一つの理由、発動しても効果が目には見えないケースだろう。ニャンゴ君に教えた魔法陣の中では、攪拌(かくはん)の魔法陣とか重量軽減の魔法陣がそのパターンだ」

　攪拌の魔法陣は液体を乗せないと効果が見えないし、重量軽減の魔法陣は貼り付けた物体を持ち上げてみないと分からない。

「王都の学院で聞いたとは思うが、実は効果の分からない魔法陣は沢山(たくさん)ある。では、何で効果が分からないままなのかと言えば、効果の分かっている魔法陣を研究する方が忙(いそが)しいからなんだ」

「つまり、効果が分かっている魔法陣を生活に役立てる方が先ってことですか？」

「そういうことだね。その魔法陣の実用化に関して、ニャンゴ君は多大な貢献(こうけん)をしているんだよ」

「もしかして、魔法陣の中空化ですか？」

「その通り。例の温熱と風の魔法陣を組み合わせたものだけど、新しい試作品が……えっと、どこに置いたっけか……」

レンボルト先生は、書物の雪崩を引き起こしながら、ドライヤーの新製品を取り出した。

前回に見たものより更に小型化が進み、形も前世日本で使われていたものに似ていた。

「これ、魔石じゃなくて自分の魔力を通して使うんですね？」

「そうなんだ、風量とか温度の組み合わせをいくつも試して、この形に落ち着いたらしいよ」

新しいドライヤーは猫人が使うには大きいが、普通の人が使うには小型で風量も十分だった。

「風量が二段階で調節できて、熱風、冷風の切り替えもできるんですね」

「これは試作品だが、今月の終わり頃には製品版を売り出すそうだ。相当売れるだろうね」

「女性は、こぞって購入するんじゃないですか」

試作品とあって飾りっ気が全くないが、販売されるものには装飾も施されるらしい。

まぁ、俺の魔法は風量も温度も自由に設定できるし、手で持たずに使えるもんね。

「あっ、そうだ。レンボルト先生、植物に詳しい先生を紹介していただけませんか」

「植物？　何か調べものかい？」

「実は、アツーカ村の新しい産業として茸の栽培が出来ないかと思いまして」

「ほう、茸の栽培とは面白いことを思いつくもんだね」

「はい、アツーカは山の中の小さな村なので、これ以上畑を切り開くにも限界がありますし、茸なら森の中でも栽培できるんじゃないかと思ったんです」

レンボルト先生に、反貴族派のことや貧富の地域格差対策など、ラガート子爵と話し合った内容を簡単に説明した。

「なるほど、それならばルチアーナ先生に相談すると良いよ。茸栽培の産業化なんて聞けば、きっと興味をもって力になってくれるはずだ。お昼に食堂で紹介しよう」

「ありがとうございます」

その後、食堂で紹介してもらったルチアーナ先生は、二十代後半ぐらいのタヌキ人の女性だった。

焦げ茶色のショートヘアーから丸っこい耳がのぞいていて、いかにもなタヌキ顔は愛嬌がある。

「茸を山から採ってくるのではなく、自分達で栽培するとは……面白い発想ね」

ルチアーナ先生は植物学が専門だそうだが、茸の栽培というのは聞いたことがないそうだ。

こちらの世界では、まだ行われていないのだろう。

「茸を栽培するのは難しいのでしょうか？」

「そうね、私も採ってきた株を増やしたことはあるけれど、それは鉢植えサイズだし売り物として流通させられる量ではないわ」

「産業にできる規模で育てるには、どうすれば良いですかね？」

「なんと言っても環境ね。茸に限らず、草でも木でも育つには適した環境があるの。日当たり、温度、湿り気、風通しなどね。特に茸の場合には、環境に大きく影響を受けるから、その茸が生育する場所を良く調べる必要があるわね。周りにどんな木が生えているのかも重要ね」

「木ですか？」

「茸の場合、落ち葉や枯れ枝、木の幹や根に生えるから、周囲の植生も良く調べないといけないわ」

茸栽培で新しい産業を作る試みと聞いて、ルチアーナ先生は興味をそそられたようだ。

まだ計画の段階で、アツーカ村の村長にも話をしていない段階だと言うと、是非最初から関わってみたいとまで言ってくれた。

学問は机上だけでなく、実生活に生かされてこそ意味があると考えているらしい。

興味を持ってもらえたのは良かったのだが、グイグイと質問されるので、春野菜のミートグラタンをうみゃうみゃしている暇が無い。

まぁ、俺の場合は少し冷めるまで待たなきゃいけないので、丁度良いと言えば丁度良かった。

ルチアーナ先生は午後の授業の担当が無かったので、食堂から研究棟に場所を移して更に詳しい話を聞かせてもらった。

教員棟のルチアーナ先生の部屋は、窓際には植物の鉢植え、棚には植物標本が所狭しと並べられているが、レンボルト先生の部屋みたいな乱雑さは無い。

標本の中には、山に採りにいっていた薬草もいくつかあって、名前や効能を言うと驚いていた。

「襲撃事件を解決した荒事専門の冒険者だと思っていたけど、薬草の知識も豊富なのね」

「全部、薬屋のカリサ婆ちゃんに教わった知識です」

「そのお婆ちゃんには、アツーカ村に行けば会えるのかしら？」

「はい、まだ元気にしているはずです」

「ますますアツーカ村に行くのが楽しみになったわ」

ルチアーナ先生にアドバイスをもらい、アツーカ村の村長には茸の栽培に適した場所を提供してもらえるように頼むことにした。

ルチアーノ先生からは害虫、害獣の被害に遭わず、茸が生えている場所に近い環境が作れそうな場所を頼むように注文された。

「茸の場合、直射日光は当たらない方が良いけど、雨水が流れになって落ちるような場所も適していないから、ある程度は水はけが良い場所を選んで。その上で、湿気が足りなくなった場合に補えるように、近くに水場も欲しいわね」

「それと、自生している所に生えている木ですね？」

「そう、なるべく同じ種類の木がある場所か、さもなければ植えて環境を整えるか、どちらかの方法を考えておいてね」

プローネ茸は希少価値が高く、栽培に成功すれば村の新しい産業になるはずだ。

ただし、俺自身も茸栽培に関する知識は皆無だし、簡単に成功するとも思えない。

それでも成功すれば村に新しい雇用が生まれて、アツーカ出身の者が貧民街に沈むような事態は減らしていけるはずだ。

今後もアドバイスをしてもらえるようにお願いして、ルチアーナ先生の部屋を後にした。

研究棟を出て校門へ向かって歩いていると、授業を終えて学生寮へと戻る生徒達と行き合った。

その中から、小走りで近付いて来た熊人の女子生徒がいた。オリビエだ。

「ニャンゴさん、左目が……」

「うん、王都で手柄を立ててね。そのご褒美で治してもらえたんだ」

「良かった、本当に良かったです……」

「うわっ、ちょ……オリビエ」

校舎から学生寮へと戻る通路の真ん中で、オリビエに抱え上げられてしまった。

周りにはオリビエと同じように学生寮に向かう生徒がいるので、目立ってしまうし恥ずかしい。

そして案の定、刺々しい声がぶつけられてきた。

「何やってんだ、ニャンゴ！　この野郎、さっさとオリビエから離れろ！」

「やってるんじゃない、抱えられてるんだ。良く見ろ、ミゲル」

「うるさい、さっさと……お前、左目はどうした！」

「王都で治療してもらったんだ、何か文句あるのか」

「あるに決まってるだろう。目が治ったなら、お前にやった小麦粉を返しやがれ！」

「なに言ってんだ、あれはコボルトに食い殺されそうになって、泣き喚いていた哀れな子供を助けた礼として村長から貰ったもので、お前から貰ったんじゃないぞ」

ついさっきまで、アツーカ村に新しい産業を起こせないか相談していたのに、将来村長になるかもしれない現村長の孫がこれでは……マジで頭が痛くなってくる。

「うるさい！　大体お前は、口の利き方がなっていない。地面に着くぐらい頭を下げて、挨拶からやり直せ！　この馬鹿猫！」

村長は、学校に入って学生寮での生活を始めれば、少しはまともになると思っていたようだが、一年が過ぎてもこのザマでは見込みは薄そうだ。

「はぁ……イブーロの学校に通うようになっても、世間知らずは全く直っていないみたいだな。オリビエ、降ろしてくれ」

「はい……」

オリビエの肩をポンポンと叩いて降ろしてもらったのだが、オリビエが素直に従う様子が気に入らないのか、ミゲルは歯ぎしりしそうなほどに歯を噛みしめた。

ミゲルが喚き散らしたおかげで、生徒達が集まってきている。

「こいつ……調子に乗るなよ」

「そもそも、俺はもうアツーカ村を出て、イブーロに引っ越した人間だ。お前にとやかく言われる筋合いなんか無いんだぞ」

「うるさい、俺はいずれアツーカの村長になる男だぞ」

「勘当されなけりゃだろう？　そうだ、王都に行って、オラシオに会ってきたぞ」

「なにっ……」

オラシオの名前を出すと、ミゲルはビクっと身体を震わせた。

「武術のメンデス先生みたいにゴツくなってたし、強力な風属性の魔法をバンバン撃ってたぞ」

「そ、それがどうした……」

「兵舎で同室の仲間にも恵まれてたし、みんなで励まし合いながら頑張っているって話していたから、三年後には無事に王国騎士になれるだろうな」

アツーカ村にいた頃、ミゲルは取り巻き共と一緒に大人しいオラシオを虐めていた。

そのオラシオが騎士候補生として頑張っていると聞いて、ミゲルは蒼ざめている。

「オ、オラシオが王国騎士になったとしても、ニャンゴ、お前には関係ないんだからな。俺に対する言葉使いを改めろ！」

「言葉使いを改めるのは、お前の方だぞ、ミゲル」

「なんだと、こいつ……ん？」

俺がポケットからギルドカードを取り出すと、ミゲルは怪訝そうな表情を浮かべた。

「ミゲル、翼の付いた獅子はどこの紋章か知ってるか？」

「王家の紋章に決まってるだろう」

「そうだ、このギルドカードは、王家に功績が認められた者にだけ支給されるものだ」

カードに入った王家の紋章を見て、集まっていた生徒達がざわめき始めた。

「う、嘘だ！　お前なんかが王家に認められるはずがない、偽物だ！」

「お前は馬鹿なのか？　ギルドカードの偽造は重罪だ、ましてや王家の紋章を勝手に使ったら更に罪が重くなる。そんなヤバい品物をわざわざ作って見せびらかす訳ないだろう」

「う、うるさい！」

「ミゲル、ここに記されている金級の刻印の意味が分かるか？」

「う、嘘だ……嘘に決まってる……」

「ミゲル、ここに記されている、ニャンゴ・エルメールという名前の意味が分かるか？」

王都から戻って来るまで約一週間、イブーロでもヒューレィが花の盛りを過ぎつつあるが、まだ汗ばむほどの陽気ではないのだがミゲルはダラダラと汗を流している。

王都で手にした時には、情報量過多なカードだと思ったが、これはこれで役に立つようだ。

「どうした、ミゲル。分からないなら教えてやるよ。これは、王都の『巣立ちの儀』の会場が襲撃された時に、エルメリーヌ姫に傷一つ負わせず守り抜いた俺が、国王陛下から名誉騎士として叙任され、エルメールの家名を賜り、金級冒険者に昇格した証だ！」

「ふざけるな……そんなホラ話を信用できるもんか」

「いいのか？　このカードを否定するってことは、ギルドの制度のみならず、国王陛下の行いも否定するってことだぞ」

ミゲルは、真っ赤になったり、真っ青になったり、信号機みたいに顔色を変えながらブルブルと震えている。

これ以上追い詰めると、ぶっ倒れそうな気がするので、そろそろ勘弁してやるか。

「ミゲル、今後はニャンゴと呼び捨てにすることは禁止する。俺を呼ぶ時には、エルメール卿と呼べ。分かったか？」

ミゲルは口を鯉みたいにパクパクさせた後で、無言で頷いてみせた。

「お前が威張り散らしていられたのは村長の孫ってだけで、自分では何一つ成し遂げていない。俺に腹を立て、見返してやりたいと思うなら、努力して、自分の力で何かを成し遂げてみせろ。俺に下らない因縁を吹っ掛ける時間があるなら、自分を磨く努力をしてみせろ」

野良犬でも追い払うように、シッシッ……っと手を振ると、ミゲルは両手を固く握りしめ、トボトボとした足取りで俺の脇を通り抜け、五、六歩進んだところで駆けだして行った。

その両目からは、堪えきれなかった悔し涙が零れ落ちていた。

ミゲルが走り出すと、周りにいた生徒達が一斉に笑い声を立てた。

「ははは……だっせぇ、言い返せずに逃げ出してやんの」

「格好悪い、『俺は村長の孫だぞ！』だってさ……あははは！」

走り去るミゲルの後姿を指差して腹を抱えて笑っている連中を見たら、俺がミゲルをやり込めたのに腹が立ってきた。

「黙れ！　俺の故郷の者を侮辱するな！　これは俺とミゲルの問題だ！」

俺が精一杯の大声で怒鳴りつけると、集まっていた生徒達は、ビクリとして笑いを引っ込めた。怒鳴られた者からすれば理不尽だと思うかもしれないが、それでも言わずにいられないほど腹が立っていた。

ギロリと目に力を込めて見回すと、大笑いしていた生徒達は視線を逸らして、そそくさと学生寮へと戻って行った。

「あの……エルメール卿、先程は失礼いたしました」

しゅーんと項垂れながらオリビエが声を掛けて来た。

「オリビエは、今まで通りニャンゴさんで構わないからね。ミゲルは、いつまで経っても世間知らずのワガママが直っていないから、ちょっとお灸を据えただけだから」

「ニャンゴさん、優しいんですね」

「優しくなんかないよ。ミゲル泣かしちゃったし」

「でも、ミゲルさんが笑われたら怒ってたじゃないですか」

「あれは、アツーカ村が馬鹿にされてるみたいで腹を立てただけだよ」

「そうなんですか？」

「そうなんです」

「ふふっ、やっぱりニャンゴさんは優しいです」

腹が立ったから感情のままにミゲルをやり込めて、野次馬共を怒鳴りつけただけなんだけど、オリビエがそう思うなら、そういうことにしておこう。

「ねぇ、オリビエ」

「なんですか、ニャンゴさん」

「ちょっとだけ、ちょっとだけで構わないから、ミゲルに気を配ってくれないかな？」

「それは構いませんけど……どうすれば良いのですか？」

「駄目な時は駄目だとハッキリ言ってやって、上手くいった時は、ちょっとだけ褒めてあげてくれない？　オリビエに頼むのは筋違いだって分かってるんだけど……」

「良いですよ。ニャンゴさんの頼みならば喜んでやらせていただきます。その代わり……」

「そ、その代わり？」

「また美味しいケーキのお店に連れていってくださいますか？」

「分かった。暫くの間は忙しくなりそうだけど、休みが取れるようになったら一緒に行こう」

「やったぁ！　約束ですよ」

「あっ、でもオリビエにはどうやって連絡すれば良いのかな？」

「授業が終わった後は、寮に戻っていますので、受付で呼び出してください」

「分かった、じゃあ申し訳ないけど、ミゲルのこと頼むね」

「はい、約束ですよ」

「うん、約束する」

ミゲルは、俺が何かを言っても反発するだけだろうし、そうかと言って今のままではアツーカ村の将来が不安だから、申し訳ないがオリビエに一肌脱いでもらおう。

ここまでフォローしてやってるんだから、ちょっとは成長しろよな、ミゲル。


ミゲルをやり込めたけど、何だかスッキリしない気分で学校を出て、市場へ足を向けた。

目的は、米を炊くためのお釜の購入だ。

この辺りでは米を炊く習慣が無いので、たぶん鍋で代用することになるだろう。

それに、チャリオット全員分の米を炊くとなると、かなり大きな鍋が必要になる。

ライオスやガドは身体がデカいから、食べる量も半端じゃない。

毎食米を炊いていたら米がすぐに無くなってしまいそうだし、米を研ぐのも一仕事だろう。

とりあえず、全員分炊ける鍋は後回しにして、自分用の手頃な鍋を買うことにした。

「そうだ、茶碗と箸、しゃもじも欲しいけど、売ってるかなぁ？」

市場では食器だけでなく、食料品、香辛料や乾物、衣類、靴、鞄、工具、武器など、およそ生活に必要な物は何でも揃う。

前世の日本でいうなら、築地の場外市場とかアメ横みたいな感じだ。

最初に覗いたのは陶器を扱う店で、茶碗として使えそうな器を探した。

イブーロには、ご飯茶碗も存在していない。

茶碗というよりサラダボールに近いが、茶碗として使えそうな器をとりあえず三つ買った。

自分の分と兄貴の分と予備、他のメンバーはとりあえず何かの皿で試食してもらって、その後は自分の気に入った器で食べてもらおう。

陶器の店には、ご飯を炊くのに手頃な大きさの土鍋も売っていたので、こちらも購入して茶碗と一緒に布で包んでもらいリュックに仕舞った。

近くの調理器具の店を覗くと、木のヘラが売っていたので、しゃもじ代わりに購入したが箸は売ってないようだ。

料理をする時も、今買った木のヘラとか、フライ返し、フォークなどを使っているので、菜箸のようなものも売っていなかった。

ちょっと思いついて市場の端の方まで足を延ばす。

この辺りには、竈や焼き台を組むためのレンガとか、店の棚を作るための板など、ちょっとした建材を扱う店が集まっている。

材木屋の店先には、焚き付け用に材木の端切れを無料で持って行って構わないと、箱に放り込んで置いてあるのだ。

その中から、目が詰まっていて固そうな材木を選んで、店の人に声を掛けて貰ってきた。

拠点にもどったら、これを削って箸を作ろう。

木の香りがする良い箸が作れそうな気がする。

「鍋よしっ！　茶碗よしっ！　箸……作るから、よしっ！　あとは……ご飯のおかずだな」

足を向けたのは、乾物を扱っている一角で、最初に選んだのはゴマだ。

塩はあるから、ゴマ塩を作るつもりだ。

こちらの世界にも、黒ゴマ、白ゴマ、金ゴマと、色んな種類のゴマが売っていた。

「こんにちは、ゴマが欲しいんですが」

「どんな風に使うんだい？」

丁度暇そうにしていたイタチ人の店主は、気さくにゴマ選びを手伝ってくれた。

「こう、料理にパラパラってかけて風味付けをしたいんですが」

「風味付けねぇ……炒った時の香り付けならばこっちの金ゴマ、味わいが強いのはこの黒ゴマだね」

「黒ゴマは炒っちゃ駄目なんですか？」

「いや、黒ゴマだって炒って大丈夫……というか炒った方が香ばしさも味も良くなるよ」

「じゃあ、その黒ゴマをください」

「はいよ、毎度あり！」

黒ゴマを買って、並びの店を眺めながら歩いていると、魚介類の干物を売っている店があった。

干物といっても、日本で売られているアジの開きのような半生タイプではなく、木材みたいにカチンカチンになるまで干したものだ。

イブーロは海から遠いので、干し魚といえばカチンカチンの物が一般的なのだ。

大きかったり、小さかったり、丸かったり、長かったり、色々な種類の魚の干物が売っているが、これまた違いが分からない。

どれが良いのかと悩んでいたら、店の奥からカワウソ人の店主が出てきた。

「いらっしゃい、何にする？」

「えっと、そのままほぐして食べても美味しいのってどれですか？」

「そのままほぐす？　火を入れないでか？」

「えぇ、こう移動の最中にパっと火を使わずに食べられると楽だと思って」

「うーん……そのままねぇ、出来れば炙(あぶ)るか、スープの出汁(だし)に使うと美味(うま)いんだが……そのままだったら少し値段は張るが貝柱の方が良いんじゃないか？」

「にゃっ、貝柱？」

店主に手招きされて店の奥へと入ると、大小様々な貝柱の干物が置かれていた。

「魚の倍から三倍ぐらいの値段はするが、こいつならそのままでも、水で戻しても美味いぞ」

「じゃあ、この中ぐらいの大きさのをください」

「あいよ！」

「あっ、あのジャコも……」

「あいよ！」

この後、アーモンドに似た豆も買い込んで、乾物エリアでの買い物は終了(しゅうりょう)。

次に向かったのは、鮮魚(せんぎょ)を扱うエリアだ。

「な、に、に、し、よ、う、か、にゃ！」

魚を扱う店にも色々な種類の魚が並べられていた。

ただし、並んでいるのは川や湖で獲(と)れる魚ばかりだ。

移動できる小型の冷蔵庫はあるけど、海から山間(やまあい)のイブーロまで海の魚を大量に運んで来られるような保冷装置は無いからだ。

市場にはレストランや酒場の店主も仕入れに来るので、ドンと大きなままの魚も置かれている。

尾頭(おかしら)付きの塩焼きにしようか、はたまた大きな輪切りのムニエルにしようか、カラっとフライにしようか悩みながら歩いていると、スジコのような物が置いてあった。

「おじさん、これは何？」

「それか、そいつはポラリッケの卵の塩漬けだ。塩辛いがコクがあって美味いぞ。酒のツマミには最高だな」

「みゃっ、買う！　これちょうだい、それとポラリッケの切り身も」

「あいよ、毎度あり！」

虎人の魚屋は、手早く切り身と塩漬けを経木で包んでくれた。

これで買い物は終わり、というか終わりにしないと肉とかもドッサリ買い込んでしまいそうだ。


チャリオットのみんなは早くても明日まで戻って来ないので、今夜は一人でポラリッケの切り身を焼いて、ご飯をワシワシ食べるのだ。

まずは買ってきた土鍋を洗って、米を研いだ。

買って来た米は精米してあるが、米糠がいっぱい残っている。

「にゃ、にゃ、にゃ、にゃ……」

研ぎ汁の濁り具合を見ながら、味が抜けてしまわないように、糠臭さが残らないように何度か水を流してから米をひたしておく。

米に水を吸わせている間に、超振動ブレードを使って材木を箸に加工した。

続いて、黒ゴマを炒って、砕いた岩塩と混ぜてゴマ塩を作った。

ジャコと貝柱の干物、それに豆は明日の朝にしよう。

ポラリッケの切り身は串に刺し、軽く塩を振っておく。

卵の塩漬けは小さく切って、小皿に盛っておいた。

「ではでは、ご飯を炊きますかね」

土鍋をコンロに載せ、水加減を確認した後、空属性魔法で火の魔法陣を作った。

「初めチョロチョロ、中パッパ……だよね？」

水加減も火加減も、正直手探りの状態だ。

前世では、小学校の調理実習でご飯を炊いたはずだが、もう記憶が曖昧だし、家では炊飯器にセットするだけだった。

最初は失敗するかもしれないけど、何事も美味しいご飯のための経験だ。

土鍋を火にかけながら、ポラリッケの切り身も焼いていく。

魚焼きに関しては、何の不安もない。

アツーカ村にいる頃から、何度も何度もやってきた作業だからだ。

焦がさないように、それでいて中までしっかり火が通るように、遠火でジックリと焼いていく。

特に皮の部分をパリパリに仕上げるのが、本日最大のミッションだ。

土鍋がクックツと音を立て、蓋の間からフツフツと蒸気が漏れご飯の炊ける匂いが漂う。

噴きこぼれないように注意しながら、火を止めるタイミングを探る。

ポラリッケの切り身からもプツプツと小さな泡が出て、香ばしい匂いが漂い始めた。

「うにゃぁ……お腹空いたにゃぁ……」

土鍋の音に耳を澄ませ、切り身の焼き加減に目を光らせる。

ご飯の炊ける匂いと、切り身が焼ける匂いが混然となって、日本を思い出してしまった。

「帰れないって分かってるけど……帰りたいにゃ」

音と蒸気の出具合から、ご飯が炊けたと判断して火を止める。

早く食べたい所だけど、じっくり蒸らすためにまだ蓋は取らない。

ポラリッケの切り身は、身の部分にも皮の部分にも軽く焦げ目が入る焼き具合に仕上がった。

切り身を皿に盛りつけ、卵の塩漬けの小鉢を添え、それではご飯を盛りましょう。

布巾を載せて土鍋の蓋を取ると、ふわっと湯気が立ち昇った。

「ふにゃぁ……炊き立てご飯の匂い……」

土鍋の中で、お米が艶々に輝いている。

濡らした木ベラで混ぜる前に、思わず一口つまみ食いした。

「熱っ……うんみゃぁぁぁ！　米、うんみゃぁぁぁ！」

さすが、王都第二街区に店を構える米屋のセレクションだけのことはある。

香り、舌触り、味わい……どれを取っても一級品。

「これ、ササニシキにも負けないいんじゃない？　ヤバい、王都の米屋ヤバっ！」

土鍋のご飯を混ぜると、底の方にはおこげが出来ていた。

「にゃぁぁ、おこげ、エクセレント！」

おこげも一緒に大盛り、てんこ盛り、日本昔話盛りだ。

「いただきます！　まずは、卵の塩漬け……うんみゃぁぁ！　しょっぱいけど、米と一緒に食べると絶妙！　うみゃ、うみゃ、うみゃ……」

茶碗を持ち、箸を構えてワシワシとご飯を掻き込む。

これだよ、これこそご飯の時間だよ。

おっといけない、ポラリッケの塩焼きを忘れるところだった。

「うみゃぁ！　皮パリパリ、身は外ホコホコの中シットリ、俺はホントに魚焼くの、うみゃ！」

焼いた切り身は塩加減控(ひか)えめで、魚の旨味とご飯の旨味が混然となって最高だ。

「ほぐした身をご飯に混ぜて、そこに卵の塩漬けをのせて……うんみゃぁぁぁ！　ポラリッケの親(おや)子丼(こどん)、うみゃすぎるぅぅぅ！」

俺以外誰もいない拠点に雄叫(おたけ)びを響(ひび)かせながら、おこげにバターを載せたり、ごま塩掛けたりしながら、ご飯をおかわりして食べちゃったよ。

第四十一話　魔力回復魔法陣

翌朝、昨晩の冷やご飯を干し貝柱で雑炊にして朝食を済ませ、街の外まで出掛けた。

用途不明の魔法陣の検証作業は、既に多くの研究者が行っているという話だが、安全を考えて人の居ない場所でやろうと思ったのだ。

以前、兄貴とピクニックに出掛けた川原を目指して、イブーロの西門を出てから空属性魔法で作ったオフロードバイクを走らせた。

川原の土手には菜の花に似たオレンジ色の花が咲き、甘い香りが漂っていた。

「んーっ、気持ちいいにゃ……魔法陣の検証をする前に、ちょっと昼寝……って、まだ朝だよな」

日当たりの良い草地に空属性魔法でクッションを作って座り、念のために展開したシールドの向こう側に用途不明の魔法陣を作ってみた。

「うん、何も起こらないな」

左目に身体強化の魔法を掛けて見てみると、魔素が魔法陣の中を流れているのは確認できた。

魔法陣としては機能しているようだが、発動しているかどうか分からない。

「そうだ、分かってる魔法陣で試してみよう」

俺が普段から使っている火や水などの魔法陣を発動させて、身体強化した左目で見てみた。

「なるほど、魔法陣も属性の色で光るのか」

火の魔法陣は赤く、水の魔法陣は青く光りながら発動している。

「じゃあ、これはどうだ？」

重量軽減の魔法陣は属性色には光らず、仄かに白い光を放っていた。

用途不明の魔法陣を改めて一個ずつ発動させ、身体強化した左目で確認してみると、僅かだが色がついているようにも見えた。

「ていうか、こいつは光り方が弱いよね」

十個の魔法陣の中で、一個だけ他に比べると光り方が弱いものがあった。

試しに圧縮率を上げてみると、かえって光り方が弱くなり黒ずんでいるように見える。

「もしかして、重量増加の魔法陣だったりして……」

恐る恐る、自分の体に貼り付けて動いてみたが、体が重たくなった気がしたが、得体が知れないから直ぐ外したので、気のせいだったかもしれない。

「はぁ……自分を実験台にするのは怖いから止めよう」

光らない魔法陣以外の九個の魔法陣は、いずれも圧縮率を上げると光り方も強くなった。

中でも目を引くのは、金色に光る魔法陣だ。

身体強化した左目で発動中の魔法陣を見ると、魔素が煌めいて金色に光っているように見えるのだが、その魔法陣だけは明らかに魔素の煌めきではない金色の光を放っていた。

問題は、どうやって効果を検証して良いのか分からない。

近付いてみても熱くないし、冷たくもない。

小川に沈めても変化は見られないし、アリの列に近づけてみても特に変わった反応は無し。

良く考えてみるまでもなく、これまで専門の学者が研究を重ねても用途の分からなかった魔法陣を、素人の俺が少し試した程度で解明できるはずがないのだ。

ただ、検証中の魔法陣が放つ光が、エルメリーヌ姫に左目を治してもらった時の治癒の光に思えてならない。

暗闇に閉ざされていた左目が感じた暖かな光は、こんな感じの金色だった気がする。

「でもなぁ……自分の体を張るのはなぁ……」

仮に治癒の魔法陣だったとしたら大発見だが、自分の体を傷付けて試して、違っていたら痛い思いをするだけだ。

レンボルト先生だったら嬉々として自傷行為に走りそうだが、そこまでする気になれない。

そこで、近くに咲いていた菜の花に似た草の茎を折って、そこに金色に光って見える魔法陣を近づけてみたのだが……折れた茎は再生しなかった。

一旦、金色に光る魔法陣を消して、光らない魔法陣に切り替えて、同じような検証作業をしてみたが、違いはみられなかった。

「うにゃぁ、しんどい……結構疲れる」

集中して魔法を使い続けたからか、魔力切れの倦怠感を覚えた。

いつの間にか太陽は高く昇り、腹の虫も鳴き始めたので昼食を兼ねた休憩にする。

リュックの中からバスケットを取り出し、茶漉し付きのカップに茶葉を入れ、温熱と水の魔法陣を組み合わせてお湯を注ぐ。

茶葉が開き切ったところで、今度は冷却の魔法陣で少し冷ましてから一服した。

「ふーふー……うみゃ」

お茶で喉を湿らせた後で、拠点近くのパン屋で買ってきたサンドイッチにかぶりついた。

「うみゃ、このパンうみゃ！　外は噛み応えドッシリで中はムチムチ、小麦の香りが香ばしくて、うみゃ！」

小ぶりのバケット状のパンには、薄切りにしたオークのロースハムがギッシリ挟んである。

「ハムもうみゃ！　舌触りシットリで味は濃厚、黒コショウの香りにマスタードがピリっとして、うみゃ！」

サンドイッチとお茶で腹ごしらえをした後、敷物の上に寝転んで見上げた空に金色に光る魔法陣をでっかく作ってみた。

大きく作ったのは、魔法陣の中を魔素が巡っている様子を確かめるためだ。

左目を身体強化して細かくチェックしてみても、ちゃんと魔素が流れて金色の光を放っている。

自分を実験台にするのは怖いのだが、この金色の光は悪いものには思えない。

「隅々まで魔素が流れて光ってるから、発動はしてるはずなんだよなぁ……」

大きく作った魔法陣の中を魔素が流れているのを目で追っているうちに、ポカポカ陽気にも負けて、いつの間にか眠り込んでしまった。

どこからか聞こえてきた鳥の鋭い鳴き声に驚いて目を覚ますと、頭上には大きな魔法陣が発動したままで、太陽の位置からすると一時間以上寝込んでいたようだ。

「なんだよ、魔法を使いっぱなしじゃ休まらな……い？」

自分の体調を確かめてみて、ぞわっと鳥肌が立つ思いがした。

昼休みの前に感じていた倦怠感が、嘘のようにすっかり抜けている。

それどころか魔力ポーションを飲んだ時のように、体の中に魔力が満ちている気がする。

「もしかして……魔力を回復させる魔法陣なのか？」

頭上で輝いている魔法陣を消して、空属性魔法で空気をひたすら大きく、ひたすら圧縮して、倦怠感を覚えるまでバンバン魔力を消費してみた。

「これで、さっきの金色に光る魔法陣を……うにゃぁぁぁぁ！」

圧縮率を高めて作った金色に光る魔法陣を体に貼り付けてみると、実感できるほどの早さで倦怠感が抜けていくのが分かった。

「間違いない。これ魔力回復の魔法陣だ！」

凄い効果の魔法陣だが、身体強化した左目で見ないと金色の光は確認できないし、たぶん普通の魔道具として作ると何の効果も感じられないのだろう。

それに自分の魔力で発動させた場合、消費する魔力の方が回復する魔力を上回り、回復を実感できないのだろう。

身体強化した左目で金色の光が見えていても、偶然でっかく作った魔法陣のおかげで効果を実感しなければ、何の魔法陣か分からなかったのだから、普通の人では分からないはずだ。

「そうだ、これと光らない魔法陣を組み合わせたらどうなるんだろう」

空属性魔法の真骨頂は、複数の魔法陣を自由に組み合わせられるところだ。

これまでの魔道具は台座を魔法陣の形に彫り、そこに魔力を通しやすい魔物の牙や角などの素材を詰めたものが主流だった。

台座があるので、二個の魔法陣を組み合わせて使うという発想が無かったのだが、俺が空属性魔法で作る魔法陣は台座が無い中空構造になっているので組み合わせて使えるのだ。

温熱と風でドライヤー、温熱と水で給湯器、火と風でバーナー、では金色に光る魔法陣と光らない魔法陣では……。

「にゃにゃっ？　消えた？」

魔力回復の魔法陣と思われる金色に光る魔法陣と威力(いりょく)を上げるほどに光らなくなる魔法陣を組み合わせてみたら、急速に効果が失われて消えてしまった。

「えぇぇ……どうなってんの？　じゃあ、水とか風とは？」

驚いたことに、光らない魔法陣と水や風、火、明かりなどの魔法陣を組み合わせてみると、魔力回復の魔法陣の時よりも早く、ほぼ一瞬(いっしゅん)で効果が失われてしまった。

「なんだこれ……魔法陣を阻害(そがい)？　いや、魔力を消費する魔法陣？」

金色に光って見える魔法陣は、おそらく魔力を回復させるポジティブな魔法陣で、逆に光って見えない魔法陣は魔力に対してネガティブに働く魔法陣のようだ。

思い切って、再度光って見えない魔法陣を体に貼り付けてみると、急激な倦怠感に襲(おそ)われた。

「ヤバい、こいつは魔力を消費させる魔法陣だ」

たぶん、最初に試した時には、ビビって体から離(はな)してしまったが、体が重くなったように感じたのは気のせいではなかったようだ。

もしかすると、身体強化した左目で金色に光って見える魔法陣はゲームでいうところのバフ、逆に光って見えない魔法陣はデバフの効果があるのだろうか。

「これ、いきなり大当たりを続けて引いたんじゃない？」

他の八個の魔法陣の中にも、検証結果によっては凄い効果を秘(ひ)めているものが有るかもしれないが、とりあえずこの対照的な二個の魔法陣は役に立つはずだ。

魔力回復の魔法陣を普通の人が活用するには、魔石を使って魔法陣を発動させる必要があるが、俺なら空気中の魔素を使うのでコストを掛けずに回復のメリットを受けられる。

試してみないと分からないが、魔力回復の魔法陣はパーティーの仲間を支援するのにも使えそうだし、魔力消費の魔法陣は相手の弱体化に使えそうだ。

もう少し検証作業を続けたいところだが、日が傾き始めて気温が下がってきたので、魔力回復の魔法陣を試しながらイブーロへ戻ることにした。

空属性魔法で作ったアーマーに、魔力回復の魔法陣を組み込む。

オフロードバイクにフルカウルも装備して、イブーロ目指して風の魔道具を全開にした。

これなら、回復しながら走れるので、どこまでだって走り続けられそうだ。


拠点に戻り、討伐依頼を終えて帰ってきたチャリオットのみんなと合流して、以前ゼオルさんに教えてもらった串焼き屋に来た。

ギルドの酒場で打ち上げをしないのは、今回の遠征も思わしくない結果だったからだ。

「まったく、俺達が三連続でオーガを引いていたっつーのに、王都で騎士様になっただけでなく、お姫様に気に入られて目を治してもらって、美味い物三昧で腹ぽっこり膨れて帰って来たのかよ」

「オーガ三連続とか、俺の責任じゃないよ」

討伐依頼に出掛けたが、オークじゃなくてオーガだったというパターンはハズレの依頼だ。

オークの場合は、持ち帰れば食用として買い取ってもらえるが、オーガの肉は硬くて臭くて食えたものではないから買い取ってもらえないのだ。

そのため、討伐成功の報酬はアップするものの、素材買取の価格が格段に下がり、パーティーで遠征した場合には殆ど儲けが出ない。

おかげでセルージョの愚痴に付き合わされる羽目になっているという訳だ。

「今回の依頼を選んだセルージョが悪い……それにプニプニのニャンゴも悪くない……」

「へぇへぇ、そうでございますよ。みんな俺が悪いんですよ」

留守にしていた分を取り戻すからと、俺はシューレの膝の上に載せられて、さっきからシャツをたくし上げられて腹をモフられ続けている。

兄貴とミリアムは、ガドの膝の上だ。

「セルージョにも、ちゃんとお土産を買ってきたじゃん」

「おう、あのナイフはなかなかの物だな」

ライオス、セルージョ、ガドの三人にはナイフ、シューレにはレイラさん達と石の色違いのネックレス、兄貴とミリアムには胸と背中を守るプロテクターだ。

王都で革鎧を作ってもらった時に、ラーナワン商会のヌビエルさんに、同じような感じで作れないかと頼んでおいた物だ。

兄貴とミリアムが、この先どれだけ遠征に同行するのか分からないけど、万が一のために防具はあった方が良い。

ベルトで調整ができるようになっているし、ミリアムの胸は言われないと気付かない程度の膨らみだから装着には影響しないだろう。

「何よ、シューレの膝を貸してあげてるんだから、文句言うんじゃないわよ」

いや、別にミリアムに文句を言うつもりは無いぞ。

「ニャンゴ、名誉騎士様になって、目も治ったんだから、実家に顔を出しておいた方が良いんじゃないのか？」

「うん、そのつもりでいる」

ライオスに言われるまでもなく、村長にプローネ茸の栽培計画なども話すつもりなので、一度アツーカ村には戻るつもりでいる。

村に戻るなら兄貴も連れて行きたいし、家族やカリサ婆ちゃんへの土産も持って帰りたい。

馬車を借りたいと申し出ると、遠征から戻ったばかりなので、明後日以降なら構わないと言ってもらえた。

御者は、今回もシューレが買って出てくれた。

シューレが行くならと、ミリアムも付いて来るつもりらしい。

「それにしても、名誉騎士様ねぇ……ニャンゴも反貴族派に狙われるんじゃねぇのか？」

「やめてよ、セルージョ。もうあんな戦いとかしたくないよ」

王都に行った土産話をすれば、フロス村や『巣立ちの儀』の襲撃についても話すことになる。

茶トラの猫人が自爆した話をすると、みんな苦い表情を浮かべていた。

「なんで、手前で手前の命を散らしちまうのかねぇ。死んじまったら酒も飲めなきゃ女も抱けなくなっちまうんだぜ」

セルージョの言葉にライオスとガドは頷いていたが、兄貴が真剣な表情でポツリと呟いた。

「たぶん、明日が今日よりも良い日になるって思えなくなったんじゃないかな……」

兄貴は一時期、イブーロの貧民街で暮らしていた。

アツーカ村からイブーロに仕事を探しに来たものの、何の準備もしていなかった兄貴は職に就けず、親切を装った高利貸しから借りた金が返せなくなっていたのだ。

僅かな金で体を売らされ、満足に食う物も与えられず、生きるために盗みに手を染めていた。

「どん底の暮らしから抜け出す術も無く、死んだら楽になれると言われたら……あの頃の俺なら、言われるままにやっていたかもしれない」

兄貴の言葉を聞いて背筋がぞっとした。

倉庫街の店からパンを盗んでいたのを見掛けたのは本当に偶然だったし、助け出す前に反貴族派みたいな連中に目を付けられていたら、どうなっていたことか。

俺一人では兄貴を助け出せなかったし、チャリオットのみんなには感謝している。

やはり、反貴族派が活動できている理由は、貧困であり貧富の格差にあるのだろう。

ラガート領で農民に課せられる年貢は、疑惑のグロブラス領とは違い、王家から通達されている限度額よりも低く抑えられている。

ただし、猫人に対する風当たりは、どこの村でも強いようで、ミリアムの実家もお世辞にも裕福とは言えない暮らしだったらしい。

ものぐさな性質だから猫人だけで反貴族派の組織が作れるとも思えないが、偏見や差別が無くならないと悪党どもに利用される猫人は居なくならない気がする。

反貴族派の話で場が暗くなってしまったので、話題を新しい魔法陣に変えた。

「魔力を回復させる魔法陣？　冗談だろう？」

「セルージョが信じられないのも当然だと思うし、まだ検証中だけど、間違いないと思うよ」

「そいつは、ニャンゴだけでなく他の人間にも効果があるのか？」

「まだ今日見つけたばかりで試してないけど、たぶん効果あるはず」

「それがマジなら、凄ぇ発見じゃねぇかよ。馬鹿高い魔力ポーションの代わりになるぞ」

「うーん……どうなんだろう。俺の場合は空気中の魔素を使って魔法陣を発動させているけど、魔道具として使うには魔石が必要になるよね」

「まぁ、当然だな。そうか、重量軽減の魔法陣みたいに効率が悪いと使いづらいのか」

　セルージョの言う通り、魔石を使って魔法陣を発動させても微々たる量しか魔力を回復できないのでは意味が無い。

「でもよ、ニャンゴが使い慣れればチャリオットのメンバーは支援できるんじゃねぇのか？」

「確かに、俺が使う分には魔石は要らないからね」

　俺が魔力回復の魔法陣でみんなを支援できるようになれば、魔力切れを恐れず大きな魔法を使えるようになって、パーティー全体の戦闘力が上がる。

「いいことを考えた……」

　俺とセルージョの話を聞いていたシューレが、ポンっと手を叩いた。

「ミリアムで試そう……」

「えっ、私ぃ？」

「そう、魔力切れ起こすまで魔法を使って……その魔法陣で回復したら、また魔力切れを起こすまで……」

「にゃぁぁぁ……なんでそんな厳しい特訓しなきゃいけないの？」

「魔力切れから回復すると魔力が増える……」

一般的に、魔力切れを起こすまで魔法を使ってから回復すると魔力が増える。

ただ、普通は一晩眠って回復させるので、強制的に回復させて効果があるのか分からないし、何より魔力切れを起こすまで魔法を使うのはかなりしんどい。

「そんにゃぁ……冗談よね？」

「もちろん冗談……じゃない……」

早速明日から試すというシューレの宣言を聞いて、ミリアムはガックリと項垂れた。


翌日、朝食を済ませると、シューレはミリアムを拠点の庭に連れ出した。

普段は体力トレーニングを済ませてから魔法の訓練を行い、最後に魔力を使い切っているそうだが、今日は最初から全力で魔法を使い始めた。

「風よ、斬り裂け！」

身体強化した左目で見ると、振り上げたミリアムの右手の先から風の刃が空へと撃ち出された。

「もっと鋭く、もっと速く」

「はい！　風よ斬り裂け！」

風の刃は普通の人には見えないのだが、同じ風属性のシューレは感じ取っているようだ。

俺が王都へ出掛けている間、シューレの指導を受けながら訓練を続けていたそうで、ミリアムの魔法の技術は格段に上がっているし、魔力の量も増えていた。

　それでも十発ほど撃ち出すとミリアムは肩（かた）で息をし始め、二十発手前で魔力切れを起こした。

「ニャンゴ、やってみて」

「了解（りょうかい）、ニャンゴ・チャージ！」

　両手を膝について荒（あら）い呼吸を繰（く）り返しているミリアムの背中に、昨日発見した魔力を回復させる魔法陣を貼り付けた。

「にゃにゃ……にゃにこれ！」

　ガバっと顔を上げたミリアムは、目を真ん丸に見開いて俺へ視線を向けてきた。

「どんな感じ？」

「魔力切れの気だるさが、スーッと消えてった」

「ニャンゴ、魔法陣を止めて……ミリアム、もう一回……」

「はいっ！」

　驚いたことに、ミリアムは先程（さきほど）と同じ風の魔法を二十発以上撃ってみせた。

　ただし、魔力切れの反動もこれまでより大きくなっているようだ。

「ニャンゴ、もう一回……」

「にゃぁぁ……これキツいから……」

「ニャンゴ・チャージ！」

「うにゃぁぁぁ……」

　更（さら）に三回、魔力切れと回復を繰り返すことで、ミリアムは四十発近くも魔法を撃ち出せるように

なったが、終わった直後は屍のようだった。

「もう嫌っ……ホントに死んじゃう……」

「しょうがないわね、今日はここまで……」

「ふにゃぁぁぁ……」

特訓から解放されたミリアムは、その場に大の字に倒れ込んだ。

シューレに抱えられ風呂場に連行されるミリアムを見送っていると、兄貴が声を掛けてきた。

「ニャンゴ、俺にもやってくれないか？」

「えっ、兄貴も？」

「だってミリアムの魔力、今日だけで倍ぐらいに増えてたぞ」

確かにミリアムの魔力は驚くほど増えたが、元々の数値が低いからで、ゴブリンの心臓を生で食べて魔力を増やした兄貴では、同じようには増えないかもしれない。

「それなら、俺でも試してみれば良いじゃないか」

「まぁ、兄貴がやりたいなら協力するけど……」

ちょっと意外だったが、最近の兄貴だったら頼んでくるかもしれないとも思っていた。

アツーカ村に居たころの兄貴だったら、自分もやりたいなんて言わなかったと思うが、チャリオットの拠点で暮らすようになってからは成長することに貪欲になった。

周りの人の活躍を目にして、自分もまだ成長できると知ったからだろう。

兄貴は拠点の庭の土を隆起させたり、崩したりして、魔力切れを起こすまで魔法を使った。

魔力切れを起こしたところで俺が回復させ、また限界まで魔力を使う。

ミリアムのように泣き言を口にせず、黙々と魔法を使い続けるのはガドの影響だろうか。

結局、兄貴はミリアムよりも二回多く消耗と回復を繰り返した。

「どうだ、兄貴」

「うん、増えてるけど倍になるほどは増えてないな」

残念そうに話す兄貴だが、一割ぐらいは増えているらしい。

兄貴とミリアムでは魔力値も属性も違うので純粋な比較は難しいが、魔力値が大きくなるほど増えにくくなるみたいだ。

「兄貴、毎日やって同じように増えるか分からないけど、十日間続けたら二倍半になるぞ」

「えっ、そんなに増えるのか？」

「いや、やってみないと分からないし、悪影響が出ないとも限らないよ」

「そうか、でも魔力が増えるなら続けてみたい」

「分かった、でも兄貴の体調を確認しながら慎重にやろう」

「そうだな、よろしく頼む」

以前の兄貴なら尻を叩かないと動かなかったが、今は俺が手綱を引いて止める準備もしておかないと無茶をしそうだ。

それでも、ヘロヘロになりながらも笑みを浮かべている兄貴を見ていたら、できる限り協力してやりたくなっちゃうよなぁ。

近くのパスタ屋で少し早めの昼食を済ませた後、拠点に戻って昼寝をしてから里帰りのための買い出しに出掛けた。

最初に向かったのは魔道具を扱っているカリタラン商会だ。

店に入ると顔なじみの女性店員さんが歩み寄って来て、キッチリと腰を折って挨拶してきた。

「ようこそいらっしゃいました、エルメール卿。ただいま店主が参ります」

「いやいや、そんなにかしこまらないでください」

さすが繁盛している商会とあって情報を仕入れるのが早い。

それに王都の店とは違って、貴族が訪れることは滅多に無いので、余計に対応が仰々しくなっているのかもしれない。

店の奥から小走りで出て来た会長のルシオさんも、丁寧に頭を下げて挨拶してきた。

「ニャンゴ・エルメール様、名誉騎士へのご就任、金級冒険者への昇格おめでとうございます」

「ありがとうございます。でも、今まで通りニャンゴさんで構いませんからね」

「とんでもございません。当店に大きな利益をもたらして下さった恩人にして、シュレンドル王国貴族となられたのですから……」

「いやいや、ホントに今まで通りで構いませんから……」

何度か押し問答を続けて、ようやく今まで通りに接してもらえるように納得してもらった。

というか、ルシオさんとすれば、自分の店を貴族が贔屓にしてくれている……というアピールを店に居合わせたお客さんにしたかったのかな。

この日購入したのは、水の魔道具が四つ、火の魔道具が二つ。

水の魔道具は、畑の水やりにも使えるように、親父と一番上の兄貴、それと家で使う分と予備。

火の魔道具は火種を点す程度のもので、台所で使う分と予備だ。

お袋が火属性なので、普段は火種に困らないが、体調を崩して寝込んだりした時には、姉貴は水属性なので火種に困るからだ。

ちなみに、実家用の炬燵も注文しておこうかと思ったが、うちの家族では冬の間ずっと潜ったままになりそうなので止めておいた。

カリタラン商会の次に向かったのはクローディエの実家のホイスラー商会だ。

ここでもクローディエの父親で会長のアベーロさんと、普通に接して押し問答になった。

商人だから街の噂に敏感なのもあるのだろうが、前世の日本に比べると娯楽が少ないので、五十年振りの名誉騎士は話のタネになっているのかもしれない。

「今日はどのような物をお探しですか？」

「故郷の家族が着る春夏の服を探しに来ました」

前回来た時には、お袋や姉貴の服を選ぶために俺と兄貴で試着する羽目になり、しかもクローディエに目撃されるという惨劇が起こってしまったが、今日はミリアムが居るから大丈夫だ。

手間賃としてミリアムの分も買うから文句は無いらしい……というかノリノリだった。

シューレにも、御者を務めるのだからと服をねだられてしまった。

どっさり買い込んだが、会計すると半額ほどに割り引きしてもらえた。

さすがに、この値段では申し訳ないと言うと、会長のアベーロさんから提案を持ち掛けられた。

「名誉騎士様御用達の店という看板を出させていただきたいのですが……」

「それは、ちょっと恥ずかしいですね」

「駄目でしょうか？」

「俺が贔屓にしている店は沢山あるので、宣伝になるか分かりませんよ」

「とんでもない！　今やイブーロでは知らない人が居ない有名人でいらっしゃいますから、看板を出させていただければ鼻が高いです」

「うーん……ただ、名誉騎士の称号を勝手に使って良いものなのか……」

「以前、子爵様に同様のお願いをいたしまして、その時には称号にそぐわない商売をしたら処罰するという条件でお許しいただきました」

ホイスラー商会では、今も子爵様御用達の看板を掲げているので、名誉騎士の称号を使って不誠実な商売を行った場合には子爵様から処罰を受けることになるそうだ。

それならば大丈夫だと思い看板を許可したが、強欲貴族と悪徳商人みたいな感じに思えてしまうので、会計の割引は減らしてもらった。

この他、実家とカリサ婆ちゃん用に、肌触りの良いシーツや夏掛けの布団、ゼオルさん用に香りの良い茶葉を買い込んだ。

村長に挨拶に行く時のため焼き菓子も、イネスの分も含めて買っておいた。

全ての買い物を終えた時には、日は西に傾いていた。

兄貴とミリアムは、午前中の特訓が応えたのか、起きているのが辛そうだったので、荷物と一緒にカートに積み込んだ。

今は、夏掛け布団の包みの上で丸くなって寝息を立てている。

てっきりシューレがミリアムを抱えると思っていたが、今日は愛でて楽しむそうだ。

拠点に向かってカートを押して歩いていると、何やら道の先が騒がしくなった。

怒鳴り声と共に、魔法で作られた炎弾が撃ち上げられるのが見える。

一瞬、反貴族派が質の悪い魔銃を乱射しているのかと思ったが、炎弾は大きさも不揃いだし弾速もバラバラで、魔法に不慣れな人が撃ち出しているような感じだ。

「何だろう、喧嘩かな？」

「行けば分かる……」

どの道、拠点に帰る方向なので、騒ぎが起きている所へと歩を進めた。

「嫁だ、嫁っ、俺の嫁を連れて来い！」

喚き散らしているのは、四十過ぎぐらいのブルドッグ面をした犬人のオッサンだ。

道の真ん中に座り込み、酒瓶からラッパ飲みで酒を呷りながら、腕を振り回しては炎弾を撒き散らしていた。

幸い炎弾は制御圧縮されたものではなく、少し飛ぶと形が崩れてしまうが、それでも熱気は伝わっているらしく、野次馬たちは犬人のオッサンを遠巻きにしていた。

「またかよ……」

「火は危ねぇから近づけないな」

「官憲はまだなのか？」

野次馬の話から、犬人のオッサンは騒ぎを起こす常習犯かと思ったら、どうも違うらしい。

「ニャンゴが王都に出掛けた頃から、変な酔っぱらいが増えてる……」

「変な酔っぱらい？」

「魔法というか、魔力を制御出来ずに暴れる……」

冒険者の中にも、酔っぱらった挙句に喧嘩で魔法を使う者がいるが、周囲に被害を出した場合には賠償は当然だが、一定期間依頼受注禁止とか、ランク格下げなどの厳しい処分を食らう。

収入に直結する処分なので、余程腹を立てるとか、泥酔して冷静な判断が出来ない状態でもなければ、喧嘩で魔法は使わない。

俺の場合は体格的なハンデもあるし、穏便に済ませられるので魔法を使ってるけどね。

「こいつも、おかしい……」

シューレが言う通り、座り込んでいる犬人のオッサンは様子がおかしい。

ただの酔っぱらいにしては、オッサンの顔色が赤い……というより、薄暗い紫色をしている。

ギョロリと見開いた目も、白目の部分が朱色に見えるほど血走っている。

試しに身体強化した左目で見てみると、オッサンの体から魔素が漏れ出していた。

普通の人は、意識して魔法を使わない限り魔素が漏れたりしないのだが、オッサンの体からは縁取りをしたみたいに魔素が漏れ、しかも所々赤く色が変わっている。

オッサンが腕を振り回す度に撒き散らされる炎弾は、漏れ出た魔素が無意識に火属性に変換されたもののようだ。

昨晩行った串焼き屋でも左目に身体強化を掛けてみたが、体から魔素が漏れ出している酔っぱらいなんて居なかった。

まだ左目の魔眼は使い始めたばかりだし、泥酔した人なら魔素が漏れ出すのかもしれないが、そうだとしても犬人のオッサンの様子は尋常ではない。

「貴様、往来のど真ん中で何をしてる！」

「あぁん……？」

駆け付けた官憲の係官が声を掛けたが、オッサンの様子は更におかしくなっていた。

「ほら、立って移動……」

「うるさい！」

「うわぁ！　何をする！」

官憲の係官が立たせようとしたが、犬人のオッサンが右腕を大きく振ると火柱が上がった。

オッサンの体から漏れ出している魔素の量が、さっきよりも多くなっている。

「お前か！　お前が俺の嫁を連れ去ったんだな！」

「な、何を言っている！」

喚き散らすオッサンの口許からも、吐き出す息と共に炎が飛び散り、まるでドラゴンのようだ。

「嫁を連れて来い！　いや、嫁を返しやがれ！」

「知らん、貴様の嫁など私は知らんぞ！　大人しくしろ！」

「とぼけるな、この間男め！」

「うわぁ……」

勢い良く駆け付けてきた官憲の係官だったが、オッサンの剣幕に押されて腰が引けている。

「くそぉ、お前らが嫁を攫ったんだな！　許さん、許さんぞぉ！」

オッサンは喚く度に火を吐いていたが、とうとう服に燃え移り始めた。

このままでは火達磨になりそうだし、更に魔力が暴走すれば周囲に被害を及ぼしかねない。

「えっと、まずは水の魔法陣……」

全身を炎に包まれそうになっているオッサンの頭上に、空属性魔法で大きな水の魔法陣を発動させて大量の水を浴びせ掛けた。

「ぶあぁ、ちくしょう、何しやがる！」

ジュワっと音を立てて一旦は火が消えたが、オッサンが激昂すると全身から先程よりも激しい炎が噴き出した。

浴びせられた水が蒸発して大量の湯気が噴き上がる。

「にゃっ、マズい」

慌てて水の魔法陣を消して、次なる一手を打った。

「ニャンゴ・ドレイン！」

発動させたのは、発見したばかりの魔力を消耗させる魔法陣だ。

「出て来い！　水をぶっかけやがった……なんだ？」

水の魔法陣の代わりに魔力を消耗させる魔法陣を発動させると、オッサンの体から漏れ出していた魔素が消え、喚き散らす口許からも、振り回す腕からも炎が消えた。

どうせなら、このまま水をぶっかけてやりたいが、この状態で水の魔法陣を発動させても消えてしまう可能性が高い。

「くそぅ、どうなってやがる。嫁、嫁を返せ……」

さっきまで喚き散らしながら暴れていた犬人のオッサンはグラグラと体を揺らすと、その場に両手をついて蹲った。

おそらく、魔力消耗の魔法陣によって急速な魔力切れを起こしたのだろう。

四つん這いになっていたオッサンが、ゴロリと横倒しになったところで魔法陣を消した。

「ニャンゴ、何をしたの？」

「魔力を回復させる魔法陣の逆で、魔力を消耗させる魔法陣を使って強制的に魔力切れにした」

「そんな魔法陣があるの？」

「うん、これも昨日見つけたんだ」

「ふーん……」

シューレは官憲の係官に取り押さえられている犬人のオッサンを眺めた後、カートの上で眠り込んでいるミリアムに視線を移して微笑んだ。

あれっ、もしかしてミリアムの特訓に魔力消耗の魔法陣まで使おうと思ってるのか。

いくらなんでも鬼畜な所業だと思うけど、俺も試してみたい気持ちが無い訳ではない。

ただ、官憲の係官に両側から抱えられ、引き摺られるようにして連れて行かれる犬人のオッサンを見ていると、使い方を間違えるとヤバそうな気がする。

騒ぎの張本人が連行されて、集まっていた野次馬たちも帰り始めた。

「そろそろ行こうか……シューレ？」

拠点に戻ろうかと声を掛けたのだが、シューレは野次馬の方を目で追っていた。

「どうしたの？」

「酒瓶を持ち去った奴がいた……」

「えっ、犬人のオッサンが飲んでた酒瓶？」

「そう、その酒瓶……」

目で追っていた人物が建物の陰にでも入ったのか、シューレは鋭い視線を緩めた。

「やっぱり、その酒が原因なのかな？」

「それしか考えられない……貧民街の方へ逃げていった……」

「それって、貧民街であの酒が造られているってこと？」

「分からない。そうかもしれないし、ただ盗んでいったのかもしれない……」

思い返してみると、喚いていた犬人のオッサンは薄汚れた格好をしていた気がする。

まぁ、嫁さんに逃げられたみたいだし、生活が荒んで薄汚れていたのかもしれないが、あるいは金を使い果たして貧民街で暮らしていたのかもしれない。

シューレの話では、酒瓶を持ち去った人物も身なりは良くなかったらしい。

貧民街で暮らす者の中には、盗みで食い繋いでいる者もいるので、単純に酒が飲みたくて盗んでいったのかもしれないが、誰かの指示で回収した可能性もある。

「魔力を暴走させる酒なんてあるのかな？」

「ニャンゴは身に覚えがあるんじゃない……？」

「えっ……あっ！」

確かに身に覚えはある。

魔物の心臓を生で食べると、体中に魔力が溢れて暴走する。

暴走を抑えるために大きな魔法を連発しないと、最悪の場合には魔脈や血脈が破裂して死に至ってしまうのだ。

ワイバーンを討伐した時も、解体を手伝っていた冒険者が生の心臓を口にして死んだ。

魔物が強力になるほど、心臓に含まれる魔力も膨大になって暴走の度合いが上がるらしい。

「魔物の生の心臓を酒に混ぜたってこと？」

「それは分からない……けど、あの酒が原因だと思う……」

言われてみれば、酒を飲むほどに犬人のオッサンから漏れる魔素の量は増えていた。

「たぶん、まだ騒ぎは大きくなると思う……」

「うにゅう、嫌な感じだね」

「だけど、上手くすれば稼ぎになるかもしれない……」

ふっと笑ってみせるシューレは、やっぱり冒険者なんだなぁと感じた。

第四十二話　もう一人の黒猫（カバジェロ）

チャンスは一度きりだった、逃がせば間違いなく処刑されていたはずだ。

別に死ぬのは怖くなかったし、そもそもとっくに死んでいるはずだった。

俺の名はカバジェロ、世間で反貴族派と呼ばれている組織に属する黒猫人だ。

綿密な計画に沿って行われたラガート子爵一行への襲撃は、思わぬ存在によって失敗に終わった。

仲間が自分の命と引き換えに敢行した攻撃は、確かに成功したと思ったのに、子爵も家族も全員無事、死傷したのは護衛の騎士と見物に集まったフロス村の住民だけだった。

その後も仲間が魔銃を使って襲撃したが、ことごとく返り討ちにされた。

相手が油断したタイミングを見計らって仕掛けた俺の命懸けの攻撃も封じられ、仲間と共に捕らえられてしまった。

襲撃が終わった後、俺達は混乱に乗じてバラバラにアジトを目指して逃走する予定だった。

共に捕らえられた仲間の他に、襲撃の最中に殺された者もいたようだし、果たして何人が逃げられたか分からないが、成功しても失敗しても次の機会のために逃げろと言われていた。

捕らえられた俺達は王都の騎士団に送られることになったが、一般的な人種用の拘束具は猫人の俺には大きすぎで、隙間を埋めるために巻かれた布を解けば抜け出せると気付いた。

襲撃失敗の理由や一緒に捕まった仲間達の言葉を伝えるために、拘束具から抜け出した俺は隙を見つけて馬車から飛び降り、クラージェの街の雑踏へと飛び込んだ。

後ろから怒号が聞こえたが、もちろん振り返らないし、どこだか分からなかったが細い路地に飛び込んでメチャクチャに走り回った。

息が切れて心臓が破裂しそうになっても、壁を乗り越え、雨どいを伝い、屋根を走り、人気の無い倉庫の片隅でじっと息を潜めて夜が来るのを待った。

夜の闇こそが、黒猫人の俺にとっては姿を隠す最高の場所だ。

息を潜め、暗がりから隙を窺い、食い物などを盗みながら故郷の村を目指した。


グロブラス伯爵領、ロデナ村、領地の端に位置する俺の生まれた村は、開拓の拠点として築かれた村だったが、あまりにも土地が痩せていたために放棄された。

無人になって荒れ放題となったロデナ村に、俺達のアジトがある。

グロブラス領に生まれた農民は、身を粉にして働いても貴族や金持ち共の食い物にされる。

自分の土地を求めて開拓に勤しんだ者達は、それこそ死ぬような思いをして切り開いた土地を僅かな金で奪われ、死ぬまで小作人として働き続けるしかない。

俺達農民が死ぬほど働いて稼いだ金は、ボロボロに荒れた指の間から零れ落ち、苦労知らずの綺麗な金持ちの手に収まって二度と戻って来ないのだ。

着るものどころか、日々の食事にも満足にありつけない日々を過ごしてきた俺達は、もうとっくに我慢の限界を超えていた。

そんな時に現れたのが、ダグトゥーレという白虎人の若い男だった。

ダグトゥーレは貧しい開拓民の所を回り、痩せた土地でも育つ種類の芋を選んで、種芋を無料で配っていた。

なぜ貧しい人間に手を差し伸べるのかと尋ねられたダグトゥーレは、現状を変えるには力が必要だが、生きるのに精一杯では抗議する気力も持てないからだと答えていた。

俺達が飢えに耐えかねて貰った種芋すら食べてしまっても、ダグトゥーレは怒るどころか一緒に泣いてくれた。

ダグトゥーレは、貴族が使用人に手を付けた結果できた子供らしい。

妊娠が発覚した直後に母親は屋敷から追い出され、いつか子供の存在を認めてもらえると信じて一人でダグトゥーレを育てたが病に倒れ、若くして世を去ったそうだ。

成人したダグトゥーレは恵まれた体格を活かして冒険者として活動する傍ら、貴族や豪商の屋敷に忍び入って金を盗み出し、その金を使って貧しい者を支援しているそうだ。

最終的には、今の王族や貴族という制度を無くし、真面目に働く者達が中心となる社会を築くという理想を語って聞かせてくれた。

間違いなく犯罪だが、俺達がダグトゥーレの人柄や思想に傾倒していったのは当然だろう。

ダグトゥーレは外部から物資を持ち込み、農業指導や賛同者の軍事訓練まで行っていた。

そして、ダグトゥーレが持ち込んだ物の中には、粉砕の魔法陣と魔銃があった。

どこから手に入れてくるのかと聞いても、後ろ暗い場所としか教えてくれなかった。

ダグトゥーレは、グロブラス領で農民が苦しみ続ける理由を教えてくれた。

領主のアンドレアス・グロブラスは、地主から土地を取り上げ、農民には道路や橋の普請を理由にして法外な年貢を課しているそうだ。

その結果、収入が減った地主は地代を上げ、小作人達の生活はますます苦しくなった。

そして王族や周辺に領地を持つ貴族達は、そんな横暴を見て見ぬ振りを続けているらしい。

この国は腐りきっている。この腐った現状を変えるには実力行使しかないのだ。

俺達は、ダグトゥーレの計画に賛同し、グロブラス領の……そして、この国の未来を変えるために命を懸けることにした。

ダグトゥーレが狙いを定めたのはグロブラス領を通って王都へと向かうラガート子爵の一行で、現王国騎士団長であるエスカランテ侯爵の息子も同行しているそうだ。

グロブラス領で貴族の一行が殺されれば、さすがに王家も住民の反発を黙認出来なくなる。

騎士団長の息子と、国王に対して諫言する権利を有するラガート子爵家が事件に巻き込まれれば、グロブラス伯爵への貴族たちからの風当たりも強くなるという話だったが……失敗に終わった。


脱走に成功した後、俺は姿を隠しながら街道脇の茂みの中を進み、アジトを目指した。

反貴族派のアジトはロデナ村の他にも、王国各地に存在しているという話だった。

詳しい場所を知っていれば、脱走した直後に知らせられたのだが、闇に紛れ、食糧などを盗みながらロデナ村まで帰るしかなかった。

やっとの思いで辿り着いたアジトでは、五人の仲間が途方に暮れていた。

当日体調を崩した者やアジトの維持のために残った連中だが、襲撃の結果も知らされず、今後の行動を決めかねていたらしい。

襲撃に参加した後に、戻って来られたのは俺だけだった。

「カバジェロ、お前無事だったのか！」

「無事なんかじゃねぇ、みんな返り討ちにされて、捕まっちまった」

襲撃が失敗に終わり、仲間は王都まで連行されたと伝えると、仲間達は頭を抱えた。

ダグトゥーレは、襲撃前の打ち合わせの後は一度も顔を出していないらしい。

「もしかして、ダグトゥーレも捕まっちまったのかな？」

「分からない、あの人は謎な部分が多すぎて……俺達は信用されていなかったのか？」

「馬鹿、知り過ぎたら俺達が危険だからって言ってただろう！」

俺という新しい情報源が現れたので一時的に話が盛り上がったが、結局この先どうするかという結論には辿り着けなかった。

「どうするんだよ、この先」

「ダグトゥーレは襲撃が失敗したら、仲間が戻り次第アジトは放棄しろって言ってたぞ」

「でも、ここ以外に行く場所なんて無いぞ」

「他のアジトは？」

「どこにあるのか知らねぇよ」

結論を見いだせない仲間に、俺は戻って来る途中で考えていた計画を口にした。

「なぁ、あれをやってみないか？」

「あれって……まさか」

「ダグトゥーレが言っていた、魔物の心臓を生で食うってやつだよ」

アジトの中が水を打ったように静まり返った。

戦闘力を上げるための最後の手段としてダグトゥーレが教えてくれたのは、オーク以上の大型な魔物の心臓を生で食べるという方法だ。

魔物の心臓の横には魔石を内蔵する器官があり、心臓には多量の魔素が含まれているらしい。

熱を加えると魔素が逃げてしまうらしく、魔力を増やすためには生で食べるしかないそうだ。

「でも、命に関わるヤバい方法だって言ってたぞ」

「このまま何もしなかったら、貴族や金持ちに奪われ続けるだけだぞ。それで良いのかよ！」

「良くはないけど……」

「俺はやるぞ、猫人の俺じゃ魔物に返り討ちにされるかもしれないけど、一度死に損なった身だからな、死ぬのは怖くない」

虚勢ではなく襲撃が成功していれば死んでいた身だし、何よりも自分と同じ黒猫人が、一人で殆どの仲間を制圧したのを見せつけられてしまった。

あれだけの働きが出来るならば、さぞや魔力も高いのだろう。

あいつに対抗するには、俺も魔力を高めるしかない。

「俺もやる……カバジェロに負けていらんねぇよ」

「お、俺も……」

「みんながやるなら……」

アジトに残されていた武器や魔銃を使って、オークを倒して心臓を食べることにした。

春先のこの季節は若いオークのオスが群れを離れて自分の群れを築く時期で、はぐれ者を狙うには丁度良い時期だ。

俺が囮になって誘き寄せ、ロープを張った罠で転ばせてから袋叩きにしてオークを仕留めたが、仲間の馬人が反撃を食らって死亡した。

死んだ仲間に手を合わせてから、やっとの思いで手に入れたオークの生の心臓を一口大に切り分けて、俺を含めた五人で分けた。

「いいか、とりあえず一人五つ、噛(か)まずに一気に飲み込んだら、じっと動かずに堪(た)えるんだぞ」

いつの間にか牛人のウルマスがリーダー面(づら)して場を仕切り始めた。

ウルマスは俺と同じ火属性だが、体は大きいクセに魔力は大して高くない。

オークの心臓を食べれば、体格的にも自分が一番強くなると思っているのだろう。

この時、俺はニャンゴとかいう片目の黒猫人の冒険者を思い出した。

あいつは俺達が騙(だま)されていると言っていたが、騙されているのはあいつの方だ。

俺を見下して自信たっぷりに話す姿が、偉(えら)そうなウルマスに重なったのかもしれない。

尋問(じんもん)された時の腹立たしさを思い出していたら、ウルマスが開始の合図を出した。

「じゃあ、食うぞ、せーの！」

仲間達はウルマスの合図と同時に、オークの心臓を切り分けた物を次々と飲み込み始めた。

出遅(でおく)れた形になって焦(あせ)った俺も、切り分けたオークの生の心臓を飲み込もうとしたのだが、ウルマス達なら飲み込める大きさでも、猫人の俺が飲み込むには大きすぎた。

あにあにと噛んで、ようやく一つ目を飲み込んだところで、突然(とつぜん)ウルマスが呻(うめ)きだした。

「ぐぅあぁぁぁぁ……」

ウルマスは獣(けもの)のように呻きながら、目、鼻、口、耳……穴という穴から血を噴(ふ)き出しながらガクガクと痙攣(けいれん)し始めた。

他の三人もウルマスと同様に、全身から血を噴き出しながら不気味な痙攣をし始めていた。

その直後、俺の体にも異変が襲い掛かってきた。

胃袋が猛烈に膨れ上がるように、膨大な力が溢れ出て体を突き破ろうとし始めたのだ。

ダグトゥーレからは動かずに堪えろと言われたそうだが、この状況で耐えようとすれば、仲間の二の舞になるのは目にみえている。

俺は咄嗟に左手を空に向かって突き上げて、火属性の魔法を発動させた。

これまで火種程度の小さい炎しか灯せなかったのに、巨大な火柱が噴き上がった。

魔法の威力は上がったが全く制御出来ず、自分の左腕までも焼き焦がしている。

このまま左腕が燃え尽きて魔法の発動が止まれば、俺もウルマスのようになるだろう。

だが、右手で魔法を使えば両腕を失ってしまう可能性が高い。

それでは助かったとしても、生きていくのが困難になる。

「うぅぅにゃぁぁぁぁ！」

俺が選んだ手段は、右足で魔法を発動する方法だった。

できる、できないではなく、やるしかないという思いで初めて試した。

無事に魔法が発動して火柱が噴き上がったが、やっぱり全く制御出来ていない。

左腕と右足、肉が焼け爛れても、骨が灰になろうとも魔法を使い続けるつもりだし、それでも駄目なら左足を犠牲にしてでも生き残るつもりだ。

この時、俺の脳裏に浮かんでいたのは、またしてもニャンゴだった。

そうだ、あいつは魔力に恵まれたから冒険者として食っていられるんだろう。

貴族に取り入って媚びを売り、俺らでは逆立ちしても稼げない金を手に入れてるんだ。

俺の体を焼き焦がしている膨大な魔力を制御出来たなら、魔法であいつを焼き尽くしてやる。

あいつの目の前で、貴族を魔導車ごと灰にしてやる。

「ふみゃぁぁぁぁぁぁぁぁ！」

左腕と右足を犠牲にして俺は何とか生き残ったが、一緒にオークの心臓を食った仲間は、全員血塗れの姿で息絶えていた。

生き残りはしたが体はガタガタで、アジトまでは這うようにして戻り、辿り着いたところで力尽きて気を失ってしまった。


あれから何日気を失っていたのか分からないが、目を覚ますと俺の漆黒だった毛並みは、燃え尽きたような灰色へと変わっていた。

アジトに残されていた保存食で食い繋ぎ、焼け爛れた傷が癒えるのを待った。

不幸中の幸い、傷口が炭化していたおかげで出血が抑えられ、膿まずに済んだようだ。

オークの心臓を食ったおかげで魔力は以前とは比較にならないほど高くなったが、状況が良くなったかと問われれば首を横に振るしかない。

魔力の代償として支払うことになった、腕一本、足一本の欠損は大きな痛手だ。

何かに掴まらないと、立ち上がることすら出来ないし、片足で跳ねると傷口に激痛が走った。

アジトにあった棒きれを組み合わせて杖を作って、ようやく立って動けるようになったが、これからどうすれば良いのか分からない。

これまで反貴族派としての活動はダグトゥーレの指示に従うばかりで、自分で考えて行動したのはクラージェの街で脱走したことぐらいだ。

この先、どうするか考えた時に、真っ先に頭に浮かんだのはニャンゴだった。

「王都に行ったなら、いずれ戻って来るんだよな？」

俺達の襲撃を阻止したニャンゴは、ラガート子爵家の護衛として王都まで行くと言っていた。

子爵の娘が『巣立ちの儀』とか言っていたから、それが終われば領地に戻るはずだ。

その帰り道で待ち伏せて、手に入れた大きな魔力を使って丸焦げにしてやろうと思ったのだが、何時戻って来るのか分からない。

フロス村での襲撃は、日時や場所までダグトゥーレが指示してくれたが、今は連絡が取れないから貴族共の行動日程も全く分からない。

待ち伏せしようにも、いくら猫人が世間から見捨てられた存在だとしても、片腕片足の無い猫人が街道脇に居座っていたら目立ってしまうだろう。

「それなら、こっちからラガート領に乗り込んでやるか？」

ふと口にした思いつきは、悪くない考えのように思えたが、この体でラガート領まで行けるのかという不安が頭をもたげた。

「ラガート領まで行くことすら出来ないなら、生きている価値がねぇだろう」

逆に言うなら、ラガート領まで移動ができるなら、この体でも生きていけるだろう。

そのためには、大きくなった魔力を制御して自在に魔法を使えるようになる必要がある。

あの忌々しいニャンゴは、猫人でありながら自在に火の魔法を使いこなしていた。

魔銃を持った連中を圧倒した巨大な火の球、弓矢を使った連中を圧倒した連続発射、どちらも制御された魔法だった。

それに比べて今の俺は、増えた魔力をまともに使いこなせない。

魔法の練熟度でも、機動力でも太刀打ち出来そうもない。

「いや、刺し違えるつもりで不意打ちを仕掛ければ何とか……無理か？」

そもそも、こんな目立つ姿になってしまった以上、不意打ちを仕掛けるのは難しい。

考えてみると、ラガート領までの移動も問題が山積みだ。

クラージェの街から逃げて来た時は、夜闇に紛れて移動し、食い物は盗んでいたが、こんな体では盗みを働くことすら難しいし、まともな仕事にもありつけないだろう。

「ちっ、魔力が増えたって、何にもならねぇじゃねぇか！」

魔力が増えたメリットは、まともに魔道具が使えるようになったぐらいだ。

これまで水の魔道具に魔力を流しても、持っている魔力が小さすぎてカップ一杯も満たせずにヘトヘトになっていた。

貧乏な猫人が魔石なんて買えるはずもないので、魔道具とは無縁の暮らしをしてきた。

魔力が増えたことで、アジトに残されていた水の魔道具を普通に使えるようになったが、これは猫人以外の人種ならば当たり前にできることだ。

魔道具が使えるようになったからといって、仕事にありつけるわけではない。

「どうしろってんだ！　どうすれば、あの野郎を……待てよ、そうか冒険者か」

片腕、片足が無くても、魔物をぶっ殺して魔石を売り払えば金になる。

冒険者になるには、何の資格も縛（しば）りも無かったはずだ。

このまま何もしないでいれば、野垂（のた）れ死にするだけだ。

それならいっそ、魔物と命のやり取りをする方がマシだ。

魔物に勝つには、今の垂れ流しの魔法じゃ駄目だ。

幸い、アジトの付近は人など通りかかる心配は無いので、魔法の練習に没頭（ぼっとう）した。

頭に思い浮かべたのは、忌々しいニャンゴの野郎が使っていた魔法。

意識しないと燃え広がるだけの魔力を集めて、固めて、的に向かって撃（う）ち出す。

ニャンゴは簡単そうにやっていたが、まるで思い通りにならない。

だが、俺にはもうこれしか残された道は無いから、朝から晩まで魔法の練習を続けた。

こんなに集中して一つの物事に取り組んだのは、生まれて初めてだった。


練習を始めて四日程経（ほどた）った日の午後、腹ごしらえをしてアジトを出るとゴブリンがいた。

数は二頭、むこうもこちらの存在に気付いたようだ。

お互（たが）いに存在には気付いたが動かない。

いや、俺は動けなかった。

オークを倒した現場にはいたが、囮になって逃げ回っていただけだ。

魔銃を撃ったのも、死にもの狂（ぐる）いで止（とど）めを刺したのも、死んだ仲間達だ。

散々魔法の練習を繰（く）り返していたのに、いざゴブリンを前にしたらビビってしまった。

先に動き始めたのはゴブリンだった。

二頭で顔を見合わせた後、ジリジリと距離を縮めてくる。

逃げられないようにと、二頭は左右に分かれて俺を挟み込むつもりだ。

「はぁ、はぁ、はぁ、はぁ……」

気付けば呼吸が荒くなり、心臓がバクバクしている。

以前の俺なら、走れば逃げ切れる可能性があったが、今は無理だ。

この足では逃げ切ることなど出来やしない。

「そうだ、やるか……やられるかだ！　炎よ！」

ゴブリンが走り出すと同時に、ようやく腹が決まって右側のゴブリンに向けて魔法を放った。

興奮状態で放ったから制御が甘く、収束しない火の塊だったが、魔力も絞られなかったからゴブリンを飲み込むほどの大きさになった。

「ギギャァァァァ！」

「やった……うにゃぅ……」

右のゴブリンの全身が火に包まれたのを見て、気を抜いた瞬間にもう一頭のゴブリンに押し倒されてしまった。

「ガァァァ！」

「炎よ！」

「ギャァァァァ！」

牙を剥いて噛みついてくるゴブリンに向かって、無我夢中で魔法を発動させたが、まるで制御出来ずに俺の毛並みまで焼け焦げた。

「うにゃぁぁぁ……」

二頭のゴブリン共々、地面を転がり回って必死に火を消した。

「くぅ……炎よ、炎よ、炎よ、炎よ……」

「グギャァァ……」

もう何がなんだか、訳が分からないまま魔法をゴブリンに向かって放ち続けた。

辺りには肉が焼け焦げる臭い(にお)が立ちこめ、気が付くとゴブリンは動かなくなっていた。

「はぁ、はぁ……やったのか？」

地面に座り込んだまま見守ったが、黒焦げ(くろこ)になってブスブスと燻って(くすぶ)いるゴブリンは動かない。

ジワジワとゴブリンを倒したという実感が湧いて(わ)来た。

「やった……やった、やった！　やってやった！　うにゃぁぁぁぁぁ！」

雄叫び(おたけ)を上げても興奮は収まるどころか高まったままだ。

杖を拾って立ち上がり、ゴブリンに歩み寄る。

杖の先で突いても動かないのを確認したら、理由もなくゴブリンの死体を滅多(めった)打ちにした。

アジトにナイフを取りに戻り、ゴブリンの胸を切り開いて魔石を取り出す。

片手しか使えないし、座り込んで作業したので血塗れになってしまったが、それよりも自分の手で倒して魔石を取り出したという達成感で頭がいっぱいだった。

魔石を取り出した後、ようやく我に返って水の魔道具を使って体についた血を洗い流した。

「どうする……食うか？」

魔石を取り出す時に一緒に心臓も取り出したのだが、悩ん(なや)だ末に食わないと決めた。

また魔力が制御出来なくなったら、左足か右腕を失うことになる。

それでは一人で生きていけなくなってしまう。

心臓は捨てて、脇腹の柔らかそうな所を切り取り、アジトの暖炉で炙って食ってみた。

貧しい俺達が、肉を口にする機会はめったに無い。

考えてみれば、苦労してオークを倒したのだから、心臓なんかを食う前に肉をたらふく食っておけば良かった。

同じ死ぬなら、美味いものを食ってからにすれば良かったのだ。

「不味っ、臭いし、固いし……それでも食うけどな」

ゴブリンは不味いという話を聞いたことがあったが、本当に不味かった。

不味かったが、肉を食うと体に力が漲ってきた気がした。

魔法のせいで片腕と片足を失ったが、魔法のおかげでゴブリンを二頭も倒せた。

満足感に包まれながら眠りについたのだが、日が暮れてから物音と唸り声で目が覚めた。

扉の隙間から外を見ると、放置しておいたゴブリンの死体にコボルトが集まって来ていた。

全体を見渡せないが、十頭以上のコボルトがいるようだ。

少し考えたが、アジトに籠って息を潜めていることにした。

ゴブリンよりも素早いコボルトを一人で十頭も相手になんかできない。

ちょっと魔法が使えるようになったからといって調子に乗る気は無い。

死んだら終わり……あの憎らしいニャンゴに吠え面をかかせてやるまでは死ねない。

ゴブリンを倒した後、生まれて初めて身体を鍛えた。

他人が鍛錬をしているのを見たことはあったが、自分でやってみようとは思わなかった。

どんなに鍛えたところで、猫人が力で他の人種に敵うはずがないからだ。

鍛えても無駄ならば、鍛える時間が勿体ないと感じていた。

だが、片腕と片足を失って、杖にすがってノロノロと動いているだけではどうにもならない。

片足を失う前と同じように走れるようになるとは思えないが、せめて人並みの速度で歩けて、早足程度で動けるようになろうと考えたのだ。

アジトの中で壁に手をついて、しゃがんだり立ったりを繰り返す。

今までは両足で支えていた体重を左足だけで支えるのだから、二十回も繰り返すと足がプルプルしはじめ、四十回を越えたところで立ち上がれなくなった。

「くそっ、しゃがんで立つだけでこれかよ……」

床に寝転んで、プルプルしている足を揉む。

村にいた爺さんたちが、腰が痛い、膝が痛いとぼやいていたが、今の俺はもっとヨレヨレだ。

床に寝転んだついでに、右腕だけで上体を起こしてみる。

膝どころか、腿まで床についているのに、伏せて上げてを十回も繰り返すと腕が震えてきた。

全然思い通りにならず、もどかしさで腹が立ってくるが、他に良い考えも浮かばない。

翌日には、腕も足も曲げ伸ばしするだけで痛みが走って、満足に動けなくなった。

「情けねぇ、なんで猫人なんかに生まれなきゃいけねぇんだ……」

腹立ちまぎれに杖を壁に叩きつけたら、ポッキリと折れてしまった。

「くそっ……」

手元に残った杖を投げ捨てようとして、ゾッとした。

今はアジトの中にいて、杖を作り直すための木切れも手に入るが、これが街中や草地の真ん中だったら、這いつくばって移動する羽目になる。

五体満足の頃ならば、癇癪を起こして失敗したところで自己嫌悪に陥る程度で済んでいたが、この体では下手をすれば命に関わりかねない。

「駄目だ、もっと冷静にならないと生き残れねぇ……」

ナイフで木切れを削って杖を作り直しながら、性格を改めようと思った。

これまでだって、理不尽な扱いに対する怒りは飲み込んで生きてきた。

それが反貴族派なんかに加わって、理不尽な思いを吐き出しても構わないと知ってしまった。

猫人でも、冒険者として活躍している者がいると知ってしまった。

オークの心臓を食べて魔力が高まったから、ゴブリンだって倒せるようになったから……歯止めが利かなくなっていたのだろう。

「落ち着け、まだ本物の力を手に入れた訳じゃない……調子に乗るな……冷静に行動しろ……」

体を鍛える、魔法の練習をする、夜はアジトの中の木箱に入り、蓋を紐で固定して眠った。

万が一アジトの中にまで、魔物が入り込んで来た時のための備えだ。

昼間はアジトの近くに現れた、少頭数のゴブリンやコボルトを魔法で倒して魔石を手に入れ、臭くて旨くない肉を食って命を繋いだ。

やはり肉を食うと体に力が付くのは、気のせいではないようだ。

溜め込んだ魔石が十個になったところで、アジトを出る決心をした。

もう保存食も殆ど残っていないし、ギルドで冒険者登録をして、魔石を売って金にしよう。

ギルドカードと金が手に入ったら、ラガート領を目指して旅に出るつもりだ。

当然、不安はあるが期待もしている。

毛色も変わり、片腕片足を失ったから、貴族を襲撃した者とは思われないだろう。

腐敗した貴族と、それに尻尾を振る黒猫の冒険者に今度こそ鉄槌を下してやる。

その為ならば、刺し違えても構わない。

集めた魔石をアジトにあった布袋に詰めて、カーヤ村の冒険者ギルドを目指した。

カーヤ村は、グロブラス領で穫れた穀物の集積地で、ここから各地へと運ばれていく。

運ばれる荷物があるということは護衛の仕事が生じるので、カーヤ村の冒険者ギルドは領内でも一番規模が大きいと聞いた覚えがあった。

ギルドは朝と夕方が混雑すると聞いたので、昼少し前の時間を選んで行ったのだが、引っ切り無しに人が出入りしていた。

蹴り飛ばされないように用心しながらギルドの内部に足を踏み入れると、俺に気付いた者は顔を顰めて避けていった。

中には、これみよがしに舌打ちしてみせる者もいる。

歓迎されていないと思っていたが、これほど露骨だとは思わなかった。

どこの列に並べば良いのかも分からず、カウンター前で途方に暮れていると、ニヤニヤと笑みを浮かべた鹿人の男が近付いてきた。

細身の剣を腰に下げた鹿人の男は、俺の倍ぐらいの身長がある。

年齢は十代後半から二十代前半ぐらいで、俺と大差ないように見える。

「おい、ゴミ。臭ぇから消えろ」

周囲からもクスクスと笑い声が聞こえてきたが、帰る訳にはいかない。

冒険者として登録しなければ、生きていく術が無い。

ただ、何と答えて良いのか言葉が思い浮かばず、無言で首を横に振った。

鹿人の冒険者の顔から笑みが消え、眉間に深い皺が刻まれた。

「ちっ、面倒掛けさせせんじゃねぇぞ……」

「やめてください！」

足の運びから見て蹴られると思ったが、制服姿の女性が俺を庇うように割って入った。

「一般の方への暴力は懲罰対象となります。よろしいんですか？」

「ちっ、ちゃんとゴミは片付けておけよ」

ギルドの職員の制止を振り切ってまで痛めつける価値は無いと思ったのか、鹿人の冒険者は捨て台詞を残して去っていった。

「申し訳ございませんでした」

「いや……その……助かった」

ウサギ人の女性職員は、薄汚れている俺にも満面の笑みを浮かべて尋ねてきた。

「本日は、どのようなご用件でございますか？」

「登録したい」

「えっ、冒険者登録ですか?」

「他に……他に生きる術が無い」

女性職員は一瞬憐(あわ)れみの表情を浮かべたが、ブルブルっと顔を振ると軽く頭を下げた。

「失礼いたしました。登録でございますね。では、こちらにどうぞ……」

案内されたのはカウンターの一番端、天板が一段低くなっている場所だった。

他のカウンターでは高すぎて、伸び上がっても天板の上が見えないが、ここなら台に上らなくても手続きが出来そうだ。

「本日担当をさせていただきます、ミーリスと申します。この書類に記入をお願いします」

「あっ、字は……」

読み書きが出来ない訳ではないが、間違って書きそうで自信が無い。

「代筆いたしましょうか?」

「頼(たの)む」

「では、お名前からお願いいいたします」

名前を聞かれて、一瞬考えてしまった。

カバジェロだとラガート領に入る時に捕まりそうなので、偽名(ぎめい)を使う。

「ジェロだ」

「ジェロさん、ですね」

その後、住所、年齢、魔法の属性などを聞かれた。

「では、こちらの水晶球に手を載せていただけますか？」

「こうか？」

手を乗せた水晶球は、赤い光を強く放った。

「凄い……確かに火属性、魔力指数は三百七十四です」

「それって高いのか？」

「一般の成人男性の三倍ぐらいです。冒険者としても高い部類に入りますよ」

「そ、そうか……」

冒険者としても魔力が高い部類に入るとは思ってもいなかったが、生まれて初めて人並み以上と認められた喜びに頰が緩んでしまう。

「ではジェロさん、この針を使って血を一滴垂らしていただけますか？」

「こうか？」

「はい、結構です」

ミーリスが何やら操作を行うと、俺の魔力と血液が入力されて登録が完了するらしい。

「ジェロさん、登録には銀貨一枚をいただきますが……」

「金は無い……でも魔石ならある」

担いでいた袋をカウンターに載せると、ミーリスは目を見開いて驚いていた。

「これは、ゴブリンとコボルトの魔石ですね。ジェロさんが倒されたのですか？」

「そうだ、何か問題があるのか？」

「いいえ、ございませんよ。こちらの魔石は買い取りで宜しいのでしょうか？」

「そうだ、金にしてくれ」

「全部で、金貨一枚になりますが、貯金なさいますか？」

「えっ……？」

ゴブリンとコボルトの魔石は、俺が思っているよりも遥かに高い値段で売れた。

金貨や貯金なんて、全く縁の無い生活をしていたので、どうしたら良いのかも分からない。

「手許にお金が無いと不便でしょうから、大銀貨二枚と銀貨十枚を手許に残して、残りは貯金でよろしいでしょうか？」

「そ、それで……」

ミーリスは、テキパキと貯金の処理を行い、大銀貨と銀貨を革袋に入れてくれた。

「以上で登録手続きは終了ですが、ジェロさん少しお時間ございますか？」

「時間はあるけど……」

「では、こちらにいらしてください」

ミーリスに連れていかれたのは、水浴び場だった。

「これは？」

「石鹸です。この粉に少し水を垂らすと泡立ちますから、それで体を洗ってください。こちらのブラシを使って背中も良く洗って、最後に水で流してください。ここに体を拭く布と着替えを用意しておきますから、良く体を乾かしてから着替えてください」

「なんでだ……なんで、こんなに世話を焼く？　憐れみか？」

「いいえ、登録を終えたジェロさんは、このギルドに所属する冒険者です。我々職員は、所属する冒険者の質を維持するのが仕事です」

「ゴミを片付けるのか？」

「違います。ゴミなんて呼ばせなくするためです」

捻くれた言葉を真っ直ぐな視線とともに否定されて、自分の卑屈さを思い知らされた。

「着替えを終えたらどうすれば良い？」

「私はカウンターにおりますので、声を掛けてください。お金とカードはお預かりしておきます」

「分かった」

これ以上、捻くれた態度をとっても自分が情けなくなるだけなので、大人しく言われた通りに体を洗うことにした。

初めて使った石鹸は泡々して変な感じで、目に入ると酷く染みたが、確かに汚れは落ちた。

最初真っ白だった泡は、俺の灰色の毛並みを潜り抜けると、濁った茶色に変わった。

水で洗い流した後で、ブルブルっと体を振って水気を飛ばし、大きなタオルで体を拭いた。

片腕になって手拭いを絞れなくて困っていたので、大きなタオルは有難い。

それでも背中を拭くのは、椅子に座って足も使わなければならなかった。

「てか、これ大きな人種用の半ズボンだろう……」

用意されていた着替えは誰かの忘れ物のようで、猫人の体に合うものは無かったのだろう。

丈は余らないが腹回りはガバガバなのをベルトで無理やり締め、シャツは袖も丈も長すぎるのでナイフで切って詰めた。

ここまで来る時に着ていた服は、見当たらないから処分されたのだろう。

すでに服というよりも、小汚い布切れにしか見えなかったから未練は無い。

着替えを終えてミーリスの所へ向かったが、カウンターは昼の休憩時間で閉まっていた。

カードも金も預けたままなので、どうしたものかと思案していると声を掛けられた。

「すみません、ジェロさん。やっぱり大きかったですね」

「いや、猫人の冒険者なんて滅多にいないのだろう？　仕方ないさ……ボロ布よりはマシだ」

「すみません、おっしゃる通り猫人の方で冒険者をなさっている方は稀なんです」

この後、ミーリスにギルドの商談エリアに連れていかれた。

ここはギルドに依頼を出す人間と職員が打ち合わせをするスペースだが、この時間に利用している者は俺達だけだ。

「どうぞ、よろしければ召し上がってください」

「い、いいのか……？」

ミーリスが、パンで具を挟んだものとお茶を出してくれた。

なんだか、すごく色々な良い匂いがしている。

恐る恐る、パンの端っこを齧ってみると、外はカリッ中はシットリで口の中に旨味が広がる。

パンに挟まっている肉も野菜も、これまで口にしたことのない旨さだった。

「うみゃい……うみゃい……うみゃ……」

「ジェロさん……」

気付けば俺は、ボロボロと涙を流しながらパンを頬張っていた。

襲撃に失敗して死んでいった仲間、オークの心臓を食って死んだ仲間、開拓村で飢えて死んだ爺さん、婆さん、みんなに食わせてやりたかった。

「いくら……いくら払えばいい？　大銀貨一枚か？」

「いいえ、お金は結構ですし、そんなに高いものじゃないですよ。銅貨二枚です」

「えっ……これが銅貨二枚？」

貧しい開拓村で育った俺は、金を使って買い物をした記憶が無い。

村には店など無く、年に数回行商人が訪れては、商売にならないと馬鹿にされていた。

「ジェロさんの手持ちのお金だと、百個以上買えますね」

「もの凄い御馳走じゃないのか？」

「普通の昼食ですよ」

「開拓村じゃ、こんな物は……」

「やっぱりジェロさんは開拓村のご出身なんですね」

反貴族派を率いていたダグトゥーレに聞いていたが、グロブラス領では農民が搾取され、特に開拓村は搾取の度合いが酷かったらしい。

カーヤ村は穀物の集積地で、いわゆる商人の村なので他の地域に比べれば景気が良いそうだ。

「カーヤ村の景気が良いといっても、それはグロブラス領の中だけの話で、他の領地の村や街とは比べものになりません」

確かに、脱走したクラージェの街は、カーヤ村よりも遥かに賑やかで活気に溢れていた。

盗みを働いたレトバーネス公爵領の農家は、グロブラス伯爵領の農家よりも裕福に見えた。

「それで、一つご相談なのですが……ジェロさん、他の領地に拠点を移してみませんか？」

「えっ……？」

ミーリスの申し出は予想外のものだった。

憐れみから手助けをして、登録の手続きの中で魔力が高く、ゴブリンなども討伐できると知り、上手く丸め込んで利用しようとしているのだと思っていた。

「俺が拠点を他に移したら、これまでの行為が無駄にならないか？」

「無駄になんかなりませんよ。冒険者ギルドは、冒険者の皆さんが実力を発揮できるようにサポートするのが仕事です。それでですね……」

通常、登録したての冒険者には値段の安い下宿を紹介しているそうだが、ここカーヤ村には猫人を受け入れてくれる下宿が無いらしい。

「他の領地ならばあるのか？」

「レトバーネス公爵領は期待できませんが、エスカランテ侯爵領ならば大丈夫だと思います」

「ラガート領はどうだ？」

「はい、ラガート子爵領も大丈夫でしょう」

ミーリスの話では、エスカランテ侯爵領もラガート子爵領も民衆の暮らしは遥かに良いそうだ。

「グロブラス伯爵の悪政を見て見ぬ振りをして、自分達だけ良い思いをしてるんだな？」

「ジェロさん、その話を何処で誰から教えられたのかは聞きませんが、領地を治める貴族の方であっても、他の領地を治める貴族の内情を糾弾する権利なんてございませんよ」

「えっ？　隣の貴族が悪事を働いたら注意したり止めたりするんじゃないのか？」

「領地というのは小さな国のようなもので、他の領主が内情に口出しすれば、最悪内戦に発展するので、むしろ禁じられています」

ミーリスの話は、ダグトゥーレに聞かされていたものとは食い違っていた。

グロブラス伯爵の悪政は聞いていたものとほぼ一緒だったが、他の領主の役割が異なっている。

取り調べを行ったラガート家の騎士も憎らしいニャンゴも同じような話をしていたが、自分達を正当化するための言い訳だと思っていた。

「王家や他の領主が密かに調べを進めているというのは……」

「そうした噂を聞いていますが、真実かどうかまでは分かりかねます」

冒険者ギルドは、あくまでも冒険者のための組織なので、そうした裏情報までは分からないそうだが、噂としての信憑性は高いらしい。

だとしたら、俺達はダグトゥーレに騙されていたのだろうか。

そういえば、オークの心臓の食べ方も、食べた後の対処法も間違っていた気がする。

少しずつ食べて、魔法を使って魔力を消費していたら、ウルマス達は助かったのではないか。

ダグトゥーレは襲撃の現場にも来なかったし、その後は音信不通のままだ。

俺達を利用するだけ利用して使い捨てたのだろうか、それともダグトゥーレも捕らえられたり、何らかの事情があって連絡が取れなくなっているのだろうか。

なんだか急に自分の足下が崩れて、空中に放り出されたような気になった。

「ジェロさん、どうされました？」

「い、いや、何でもない……とりあえず、エスカランテ侯爵領に行ってみる」

ニャンゴの言うことが正しいのか、ダグトゥーレの言うことが正しいのか、分からないなら自分の目で確かめるしかない。

「そうですか。では、お出掛けになる準備を調えた方がよろしいですね」

「準備……？」

「旅をなさるなら、着替えや水筒、携帯食、雨具ぐらいは準備された方がよろしいですよ」

「そうか……そうだな」

恥ずかしながら、まともな旅などしたことが無いので、何が必要なのかも分からない。

そんな俺にミーリスは、旅の道具を調えるための店をいくつか紹介してくれた。

信用がおけるとギルドが把握している店で、ギルドの紹介で来たと伝えれば法外な値段を請求される心配も要らないそうだ。

買い物に必要な金を追加で下ろし、エスカランテ侯爵領に向かう地図をもらい、ギルドを出る。

「色々、世話になった……ありがとう」

「ジェロさんの道行が幸福でありますように……ご利用ありがとうございました」

ミーリスは、キッチリと頭を下げて見送ってくれた。

たぶん、もう会うことも無いのだろうが、開拓村以外で初めて人間として扱ってくれた彼女を生涯忘れることは無いだろう。

いや、あの憎らしいニャンゴも俺を人間として、真正面から向き合っていた。

冒険者ギルドに来るまでは、ダグトゥーレの言葉を疑いもしなかったし、ニャンゴの言い分など信じる気にもならなかった。

だが、俺は余りにも物を知らなすぎるのだと知った。

ダグトゥーレの言葉も、言われるままに信じているだけで、それが正しいのか間違っているのか判断するだけの知識が無いのだ。

「無いなら手に入れれば良い……行って自分の目で確かめれば良い……」

旅の道具を買いそろえに古道具屋へ行くと店主は渋面で俺を出迎えたが、ギルドのミーリスの紹介だと告げただけで態度を一変させた。

理由を聞くと、ギルドの紹介で来る者は、ちゃんと金を持っている客だからだそうだ。

駆け込みの客のように値段を吹っ掛けることは出来ないが、紹介を受けて来る客の多くはまとめ買いをするし、ギルドの期待に応えておけば、また客を紹介してもらえるそうだ。

猫人の体にも合う古着、下着、雨具、小ぶりの鍋や携帯食、それらが収まる鞄、それと店の隅に転がっていた折れ曲がった鉄棒を杖代わりに購入して金を払った。

「兄ちゃん、買った服に着替えて、そっちは処分してやろうか？」

「いや、いい……みすぼらしい方が金を持ってなさそうで狙われないだろう」

「ははっ、確かにその通りだが、物取り目的で猫人を襲うような奴はいないぞ」

「それもそうか……」

準備を調えて古道具屋を出た。

旅の支度を調えた後、すぐにでもエスカランテ領を目指して出発したかったが、すでに太陽は真上から西に移動している。

今から片足の俺が移動したのでは、次の街に着く前に日が暮れてしまうかもしれない。

ミーリスの助言に従って、生まれて初めて宿というものに泊まった。

金を払い、一晩の寝床と食事を出してもらえる所だとは知っていたが、これほど居心地の良い場所だとは知らなかった。

恥も外聞もなく、生まれて初めて宿に泊まると言ったのも良かったのかもしれない。

夕食と翌朝の食事付きの代金を先に払うと、女将は部屋に案内した後で一般的な宿に泊まる方法を説明してくれた。

うちは安宿だと女将は言っていたが、良くて寝藁、土間にそのまま眠るのが当たり前の暮らしを続けてきた俺には、大きなベッドと柔らかい布団は豪華そのものだ。

裏の井戸で水浴びもできるそうだが、ギルドで体を洗ってきたから今夜は必要無いだろう。

ただ、こんな部屋に泊まるには、埃まみれではいけないのだと俺でも理解出来た。

ギルドで食べたパンも美味かったが、宿の食事は更に美味かった。

大きな肉の塊が入ったシチューを口に含んだら、美味さのあまりにまた涙してしまった。

驚いた女将に、シチューが美味くて泣いていると話したら、いくらでもおかわりしろと言われたが、そんなに食ったら罰が当たりそうだから一度だけにしておいた。

温かい食事をして、温かい布団で眠る、このまま死んでも構わないと本気で思った。

翌朝の食事は、炒り卵と分厚いハムのソテー、付け合わせの野菜、柔らかいパン、新鮮なミルクで、また涙が溢れてしまったが、女将が言うにはごく普通の食事らしい。

開拓村がどれほど貧しかったのか、改めて思い知らされた。

そして、なぜ同じ領地の中なのに、これほどまでに貧富の差があるのか疑問に思った。

どうしてカーヤ村の人達は、開拓村に手を差し伸べてくれなかったのかと女将に聞いてみた。

「そりゃ無理な話だよ。ここでは、これが当たり前の生活だし、遠く離れた開拓村がそんなに貧しいなんて知りもしなかったよ。知らないものは助けようが無いし、たとえ知ったとしても開拓村まで足を運んで助けるだけの余裕は無いよ。私らだって、今の生活を維持していくのに精一杯さ」

「そうか……それもそうか……」

俺がカーヤ村の生活を知らなかったように、カーヤ村の人達が開拓村の生活を知らなくても当然だし、助ける義理も無いのだ。

同じ領地に暮らす者すら開拓村の貧しさを知らないのに、隣の領地を治める貴族が知り、助けてくれるのを期待するなんて、ミーリスが言う通り無理な話なのだろう。

「大きな声じゃ言えないけど、馬鹿領主のせいだよ。噂じゃ金ピカの御殿に住んでるって話だよ。そんな金があるなら、もっと税金を安くすれば開拓村が飢えることも無かったんじゃないかい」

「何とかならないのか？」

「あたしら平民じゃ無理だよ。国王様か、神様に頼むしかないね」

「国王様にも、神様にも、俺らの声は届きそうもないな」

「まったく、嫌な世の中さ……」

朝食を済ませた後、布団の誘惑を必死に振り払って宿を出た。

とりあえずは、グロブラス領の北隣のエスカランテ侯爵領に向かう。

同じグロブラス伯爵領の中でさえ知らないことばかりだったのだから、隣の領地ともなれば更に知らないことは増えるだろう。

無事に旅を続けられるのかも分からないが、ニャンゴがいるラガート子爵領までは行ってやる。

不安はあるが、こんな体だから野垂れ死にしたところで悔いはない。

ただ、ロデナ村のアジトでラガート領に行くと決めた時には、ニャンゴや子爵と刺し違えてでも鉄槌を下すつもりでいたが、その憎悪は薄れてきている。

ラガート領まで足を運ぶのは、外の世界を見て自分の頭で判断するためだ。

俺達を反貴族派に引き入れたダグトゥーレは善人だったのか、それとも悪人だったのか。

同じグロブラス領のカーヤ村の住民すら知らなかった開拓村の貧しさに手を差し伸べてくれたダグトゥーレは、俺らからみたら神様みたいな存在だった。

本当に有難いと思っていたが、俺らとは違って広い世界を見て来たはずのダグトゥーレが、何でエスカランテ侯爵やラガート子爵に開拓村の貧しさの責任があるかのように言ったのか。

俺達を騙して利用したのか、それとも本当にそう思っていたのか、本人に聞かなければ分からないが、それでも外の世界を見ればダグトゥーレの考えが少しは分かるかもしれない。

カーヤ村を出て、街道を北へ向かう。

時折、穀物を積んだ馬車が追い越していった。

後ろから蹄の音が近づいて来たら、道から外れて馬車が通り過ぎるの待つ。

体の小さい猫人が杖にすがって歩いていたら跳ね飛ばされる危険があると、ミーリスにも宿の女将からも注意されたからだ。

カーヤ村を目指していた時は、とにかくギルドに行くことだけを考えていたので気付かなかったが、言われてみると確かに危ない。

ミーリスが乗合い馬車の乗り方も教えてくれたが、何となく利用する気になれなかった。

自分の足で歩いて行く、その間に目に映る物から世界を知る必要がある気がするのだ。

とはいえ、片足で長い時間歩くのは疲れる。

丈夫さを優先して鉄の杖にしてしまったし、着替えなどが入った鞄も下げている。

木陰に入って休むと、立ち上がるのが嫌になってしまう。

暑くも寒くもない、心地良い陽気は昼寝するのに最高だが、眠っていたら先へは進まない。

ダグトゥーレの考えを知る……なんてもっともらしい理由を考えながら歩きだしたが、すぐに疲れてくる足と減ってくる腹具合しか考えられなくなった。

そんな時、また後ろから蹄の音が近づいて来た。

ふり返ってみると、荷馬車ではなく箱馬車のようだ。

また道を外れて、馬車が通り過ぎるのを待つ。

大柄なサイ人の男が手綱を握り、馬車の側面には店の名前が描かれていた。

「グラーなんとか……何の店だろう？」

速度を落として俺の前を通り過ぎて行く時に、御者のサイ人と目が合った気がした。

馬車はそのまま速度を落とし、少し進んだところで停まった。

「用でも足したくなったか？」

なんで馬車が停まったのか分からないが、さっき休息したばかりだから、一緒に立ち止まっている理由も無いので歩き出す。

停まった馬車からはサイ人の御者が降りて、客室に乗っている者と何か話をしていた。

俺には関係ないので馬車の横を通り抜けようとしたら、サイ人の御者が話し掛けてきた。

「どこまで行くんだ？」

「……ラガート領まで」

「はぁ？　その足でか？」

「悪いのか」

「いや、悪くはないが大変だろう。エスカランテ領のキルマヤまで乗って行くか？」

咄嗟に何て答えれば良いのか分からなかった。

サイ人の御者が俺を乗せる義理など無い。

騙して途中で持ち物を奪うつもりかと思ったが、俺の持ち物など高が知れている。

それに、馬車は名のある商人の持ち物に見える。

「なんでだ、なんで乗っていけなんて言うんだ？」

「歩いて行くより楽だろう？」

「それはそうだが、乗せてもらう理由が……」

「街道では助け合う、旅する者の常識だ」

常識だと言われても、初めて旅をする俺には判断が出来ない。

「いいのか、俺みたいな得体の知れない者を乗せて」

「構わんさ、ただし御者台の俺の隣だ」

雇い主の乗っている車内は駄目だが、自分の隣なら怪しい動きをしても、どうとでも対処できる自信があるのだろう。

俺も強い魔法を使えるようにはなったが、手の届く範囲にいるサイ人に勝てる気はしない。

「遠慮するな。俺も一人じゃ退屈だから、話し相手をしてくれ」

「分かった、世話になる……」

乗合い馬車を使わず自分の足で歩くことに意義がある……なんて考えていたが、楽ができると分かったら楽な方を選んでしまう自分が情けなかった。

ただ、俺よりも人生経験が豊富そうなサイ人と話すことには意味がある気がする。

乗せてもらうと言ったものの、手を借りないと御者台に上れなかった。

杖も荷物も、御者台の後ろに載せてもらった。

サイ人の男は、俺をひょいっと御者台に乗せると、雇い主に声を掛けた後で俺の隣に座り、馬車を動かし始めた。

「俺はキルマヤにあるグラーツ商会で用心棒をやっているタールベルクだ」

「カ……いや、ジェロだ。初級の冒険者だ」

「ラガート領には、何をしに行くんだ？」

「何をしに……見て、確かめるため……かな」

「ほう、見て確かめるか……お前さん、どこの出身だ？」

「ロデナだ」

「ロデナ？　聞かないな、グロブラス領なのか？」

「そうだ、もう廃村となった開拓村だ」

エスカランテ領の人間が廃村となったロデナを知らないのも当然だろうが、タールベルクは意外な言葉を口にした。

「そうか……若いのに苦労したんだな」

「開拓村を知っているのか？」

「少し噂に聞いただけだが、開拓が目的の村が廃村になるんだ、生活が楽だとは思えん」

「その通りだ。貧しかったが、どれほど自分達が貧しいのか、村の外に出るまで知らなかった」

「だからラガート領まで行ってみるのか？」

「それもあるが、それだけではない。いずれにしても、俺は世間を知らなすぎる」

「それに気付けただけでも大したものだ」

「いや、まだ俺は何も出来ていない。何も……」

村は廃村になり、身を投じた反貴族派の襲撃は失敗、捕らえられ、脱走して、残っていた仲間と合流したが、オークの心臓を食べて仲間は全滅。

何とかゴブリンやコボルトを倒して冒険者にはなったが、まだ何の依頼もこなしていない。

「お前さん、何がやりたいんだ？」

「分からない。分からないが、こんな体でできることには限りがある」

「そいつを見つける旅でもあるのか？」

「そうかもしれない……」

話し相手をしろと言うだけあって、タールベルクは途切れることなく話を続けた。

反貴族派に絡む話は出来ないので時折言葉を濁したが、深く追及はしてこなかった。

カーヤ村を出発して三日目、俺はまだタールベルクの隣に座って馬車に揺られている。

拾われた初日に魔法を披露すると、タールベルクが臨時の補佐役として雇うように商会主に進言してくれたのだ。

タールベルクの仕事を補佐する代わりに、キルマヤまで馬車に乗せてくれて、宿と食事も用意してくれる約束だ。

金には困っていないが、余分な金を使わず、しかも楽ができるのだから断る理由は無い。

タールベルクの雇い主は、エスカランテ領のキルマヤに本拠地を置くグラーツ商会の会長で、オイゲンというシマウマ人の男だ。

余程タールベルクを信頼しているのだろう、得体の知れない猫人の俺をあっさり雇ってくれた。

グラーツ商会は家具などの製品を扱っている店で、今回はレトバーネス領のクラージェまで商談に出向いた帰りらしい。

あと少しで昼の休憩をする村に着くとタールベルクが言った直後、馬車の行く手に一頭のオークが姿を見せた。

「さて、お手並み拝見といこうか……殺すなよ」

「なんでだ！」

「いいから殺さず追い払え。それとも出来ないのか？」

「くっ……やってやる。炎よ！」

街道を塞ぐように立っているオークに向かって、火属性魔法で作った火球を投げつける。
二、三発でゴブリンを焼き殺せる程度の火力があり、直撃させたらオークでも死ぬかもしれないと思い、足元に叩き付けた。
「ブギィィィ！」

道に広がった炎に驚いたオークは二、三歩後退りしたが、炎の勢いが弱まると踏み越えて来た。

「直接ぶつけろ、その程度の威力なら一発当たった程度じゃ死なんぞ」

「分かった。炎よ！」

御者台に座ったまま、頭上に掲げた手の先に火球を生み出し、オーク目掛けて投げつける。

「ブギィ？」

狙いが外れた火球は、オークの肩先をかすめて後方へと飛んでいった。

「どうした、しっかり狙え」

「くそっ、炎よ！」

今度の火球は、逆方向へとハズレてしまった。

「頭じゃなく、的の大きい腹を狙え！」

四発目の火球は、真っ直ぐオークに向かって飛んでいったが、右手で叩き落とされてしまった。

「炎よ！」

「ブギィィィ！」

腹には命中しなかったが、炎はオークの右手にまとわり付いて燃えている。

「どうした、呆けてないで追撃だ」

「殺さないんじゃないのか？」

「まだ追い払えてもいないぞ」

「くっ、炎よ！」

五発目の火球は、オークの左胸を直撃した。

「ギヒィィィィ……」

オークは、道の上で転がり回って火を消そうともがいている。

「もう一発、ケツに叩きこんでやれ」

「炎よ！」

六発目の火球は、狙い通りに転げまわるオークの尻（しり）を直撃した。

「ブギャァァァァ！」

悲鳴を上げたオークは、森の奥（おく）を目指して走り去っていった。

「なかなかだな。経験を積めば護衛としてやっていけるぞ」

「なんで殺さないんだ？」

「俺達の仕事はオークの討伐ではなく馬車の護衛だからだ」

「殺したって馬車は守れるぞ」

「そうだが、死体を片付けている暇（ひま）は無い。殺して放置しておけば別の魔物を引き付けてしまう。街道の真ん中で魔物が群れていたら、後から通る連中の迷惑（めいわく）になる。死体の処理が出来ない者は、魔物は殺さず追い払うのが街道を進む者のマナーってやつだ」

「なるほど」

タールベルクは雇い主のオイゲンに声を掛けると、ゆっくりと馬車を動かし始めた。

「なぁ、俺でもオークを倒せるよな？」

「そいつは、やり方次第だが、今の魔法の腕前では難しいな」

「いや、さっきは殺すなと言われていたから手加減しただけだ」

「そうか、では火球の速度はあとどの程度上げられる？」

「速さは……」

「さっきの何倍の速度で連射ができる？　何発まで撃ち続けられる？」

威力は少し落としたつもりだが、火球の速度や連射の速度はあまり上げられる気がしない。

あと二十発ぐらいは撃ち続けられるとは思うが、それ以上は試したことがないから分からない。

「ジェロの魔法は発動も早いし威力もあるが、いかんせん速度が足りないし、片腕片足が無いというハンデもある。オークが襲い掛かれる状況で、一人で立ち向かうのは自殺行為だな」

「でも当たれば動きを止められたぞ。あの状態で畳み掛ければ、止めだって刺せただろう」

腕に火がついただけでオークは悲鳴を上げていたし、胸に直撃した後は転げ回っていた。

まだ威力は上げられるし、オークだって倒せるはずだ。

「さっきのオークは、ハグレと呼ばれている若い個体だ。まだ経験も乏しく、冒険者と戦ったこともなかったのだろう。歳を重ねたオークになると、ジェロ程度の魔法なら軽く避けてみせるぞ」

「だったら引き付けて、避けられないタイミングで撃てば……」

「本気で突っ込んでくる奴は、魔法を三、四発食らった程度では止まりもしない。引き付けようなんて考えたら、踏み潰されちまうぞ。それとも、オークの突進を避ける自信があるのか？」

杖にすがってヨタヨタしか動けない俺では、オークの突進を避けられるはずがない。

魔法で止められなければ、待っているのは死だけだ。

「ジェロ、お前はさっきのオークみたいなもんだ。圧倒的に経験が足りん。それに、自分に何が出来て、何が出来ないかの見極め(みきわ)も甘い。もう少し慎重(しんちょう)にならないと、早死にするぞ」

「そ、それでも、ゴブリンやコボルトなら倒せたぞ」

ロデナ村のアジトでゴブリンを狩(か)った時の話をしても、タールベルクの考えは変わらなかった。

「状況に恵まれただけだ。一つ間違えば狩る側と狩られる側が逆になっていたはずだ」

確かに、倒したゴブリンやコボルトは、先にこちらが気付いて先制攻撃が出来たから倒せた。

それに頭数も二頭までだったが、あれが四頭、五頭の群れに囲まれていたら、俺が奴らの腹の中に収まっていただろう。

「俺には魔物の討伐は無理なのか？」

「まぁ、一人では無謀(むぼう)だな」

「仲間がいれば、大丈夫なのか？」

「見つかれば……の話だな」

「そうか……この体じゃ無理か」

「五体満足でも、猫人の場合には特殊(とくしゅ)能力持ちでなければパーティーへの加入は難しいぞ」

「特殊能力？」

「索敵(さくてき)や罠感知だが、そうした能力の殆どは風属性魔法を応用するから、お前では難しいな」

「そうか、じゃあ運に任せてゴブリンを倒して生きていくしかないな」

そもそも索敵だとか罠の探知とか、不器用な俺にできるとは思えない。

この体じゃ魔法を使って何とかするしかないし、魔物退治ぐらいしか稼ぐ方法が思い付かない。

五体満足だったら今ほど強い魔法は使えなかっただろうし、どっちにしたってロクな人生を送れていなかったはずだ。

だったら、運任せだとしても戦って生きる方がマシってもんだろう。

「ジェロ、このまま俺の助手になってみるか？」

「はぁ？　助手だと……？」

「そうだ、護衛の見習いみたいなものだな」

「一人じゃオークも倒せないのにか？」

「別に倒す必要は無い、さっきみたいに追い払えれば十分だ」

「護衛は、あんた一人で十分じゃないのか？」

「まぁ、そうだな。オーク程度は追い払えるが、俺は水属性だから加減が難しいのさ」

魔物も獣と同様に火を恐れるらしく、余程空腹とか手負いでなければ、さっきのように体が炎に包まれると戦意を失うらしい。

だが水は炎のように恐れないので、痛みを感じさせる攻撃をする必要があるが、ダメージの度合いによっては逆上して襲ってくるし、手負いとなって別の人間を襲う可能性もあるらしい。

護衛として魔物を追い払うには、火属性の方が断然有利だそうだ。

「俺でも、役に立つのか？」

「もちろんだ。経験を重ねて、魔法の腕を磨いたら、正式に雇ってもらえるように推挙するぞ」

「こ、こんな体だぞ」

「見れば分かる」

「お、俺は猫人だぞ」

「それも見れば分かる」

「本当にいいのか？」

「まぁ、助手のうちは宿と飯の他は小遣い程度しか出せんが、それでも良いなら……」

「やらせてくれ。俺は……俺は物を知らなすぎる。だから……」

「まぁ、そう気負うな。一度に何でも覚えられるものじゃない。急に強くなれるはずがない。何事も小さなことの積み重ねだ。慌てて積んでも、土台が脆ければ崩れるだけだ」

タールベルクは、金級の冒険者だったそうだ。

一線から身を引いて今の仕事をしているそうで、俺が学ぶには最適な人物に思える。

「そうか、そうだな……積み重ね、土台か」

貧乏な開拓村に生まれ育った俺は、今まで無駄な苦労しか重ねてこなかったのだろう。

まともな生活ができるようになるには、まともな経験を重ねていくしかない。

「あいつは、どれだけのものを積み重ねたんだろう……」

人並みに魔法が使えるようになって、開拓村という狭い世界から飛び出してみて、改めてニャンゴが積み重ねた努力を想像するようになった。

猫人の体で、あれほどの強さを手に入れるには、一体どれほど努力したのだろう。

どれだけ鍛錬を続け、工夫して、経験を積み重ね続けてきたのだろう。

「どうかしたのか？」

「いや、先は長そうだと思って……」

「ふふっ、それだけ楽しみがあると思え」

「そうか、そうだな」

軽快な蹄の音を響かせて、馬車は一路エスカランテ領のキルマヤを目指す。

カーヤ村から杖にすがって歩き出した時には、旅の目的も意味も曖昧だったが、どうやら俺にも目標が出来たようだ。

いずれラガート領にも行くつもりだが、少し寄り道していくのも悪くないはずだ。

第四十三話　上位個体

里帰り当日、空は雲一つなく晴れ渡っていた。

既に暦は四月に入っているが、夜明け前の空気はピンと冷えている。

アツーカ村に比べれば山の麓にあるイブーロだが、王都に比べると一週間ぐらい前の寒さだ。

それでも、俺たちが乗っている馬車の中は、春本番のように暖かい。

御者台までシールドで囲い、内部は温熱と風の魔法陣を組み合わせたヒーターで暖めている。

ヒーターだけなら魔道具でも代用可能だが、ただの幌では熱が逃げてしまうし、後方を警戒するためには幌を開ける必要がある。

「やっぱりニャンゴが居ないと駄目ね……」

「良く言うよ。俺とミリアムを抱えて温まっていたくせに」

「大変だったな、兄貴」

「まったくだよ」

俺が王都へ行っている間、案の定兄貴はシューレにモフられ続けていたようだ。

武術の指導をしてもらっているので無下に断ることも出来ず、シューレが討伐に出ている時以外は殆どの時間を拘束されていたらしい。

風呂にもミリアムと一緒に連れ込まれ、入念に洗われてドライヤーで乾かされ、そのままベッドに連行されていたそうだ。

「兄貴、こう見えてもシューレは人気があるから、ギルドの酒場ではボヤかない方がいいぞ」

「そうか、ニャンゴみたいに呪われたらマズいもんな」

あぁ、やっぱり俺は呪われてるのか。

「ニャンゴ……」

「なぁに、シューレ」

「こう見えてもは余計……」

「はいはい」

実際、シューレは美形だし、スタイルも良いから冒険者からは人気がある。

人気はあるが、実力者でもありクールな佇まいのシューレには声を掛けづらいようだ。

オッサン冒険者の中には、シューレにセクハラまがいの声を掛けて、ゴミでも見るような冷たい視線を向けられるのを喜びとしている特殊性癖の人達もいるらしい。

何でも紳士協定を結んでいて、声を掛けられるのは一人一日一回までで、他の者が声を掛けたのを見たら一定時間以上の間隔を開けないといけないそうだ。

そうした人達からすれば、シューレの胸元に抱えられているだけでも、俺たちは嫉妬の対象となってしまうのだ。

俺の場合は、レイラさんにお持ち帰りされているのが一番の原因だと思う。

夜明け前のこの時間でも、街のあちこちからは馬車を引く馬の蹄の音が響いてくる。

長距離の移動をする場合、途中でアクシデントに巻き込まれても良いように、できる限り余裕をもって行動するのが鉄則だからだ。

ただ、馬車の向かう先は殆どが南門か東門だ。

南門は王都へと向かう街道へ通じていて、子爵様の居城があるトモロスや隣のエスカランテ領へと向かう方角でもある。

東は牧畜が盛んなカバーネへ向かう方角で、ミルクやチーズなどの畜産品を扱う業者や魔物の討伐に向かう冒険者が多く集まる。

その一方で、アツーカ村へ向かう北門は閑散としていた。

この状況こそが、アツーカ村が寂れていることを如実に表している。

イブーロの北門を出た先にあるのは、キダイ村とアツーカ村、その先は隣国との国境を守るビスレウス砦があるだけだ。

ビスレウス砦の先、隣国エストーレとは今でこそ敵対していないが、激しい戦争が行われていた時代が長く、あまり交易も行われていない。

キダイ村もアツーカ村よりも広い農地を有しているものの、これといった特産品は無いので、北門からは日に一便の乗り合い馬車と行商人が数日に一度出発するぐらいなのだ。

この状況を打開するためのアイディアが、プローネ茸の栽培だ。

プローネ茸の栽培が成功しても、急にアツーカ村を目指す馬車が増えたりはしないだろうが、何かが変わる切っ掛けぐらいにはなると期待している。

「ミリアム、居眠りしないで見張りなさい……」

「にゃっ、は、はいっ！」

御者台には俺とシューレが座り、後方の見張りはミリアムが担当しているのだが、朝早かったし暖房が利いているので、時折首がカクンとなっている。

兄貴はミリアムの向かい側に座って、持ってきた土を使って魔法の練習をしている。

作っているのは投げナイフだそうで、俺が留守の間にシューレから教わったそうだ。

どんな場所でも、素早くナイフを作り出して戦えるように練習しているらしい。

俺としては、兄貴に戦闘技術までは求めていないのだが、本人は足手まといになりたくないという思いが強いようだ。

オークやオーガには敵わなくとも、ゴブリンぐらいは倒したいらしい。

日が昇ってくると、ヒーターは必要無いほど暖かくなってきた。

街道の両側に目を向けても、すっかり雪は解けている。

魔物にも山賊にも出くわさず、何事も無く昼前にはキダイ村に到着できた。

まぁ、通行する馬車が少ないので、そもそも山賊なんて居ないんだけどね。

村の近くを通ると、農作業をしている人達が顔を上げて馬車へ視線を向ける。

行商人の馬車じゃないか確かめているのだ。

行商人も頻繁には訪れないので、一度逃すと数日先になってしまう。

イブーロの市場に比べれば大した品物は扱っていないが、それでも村では手に入らない品物は少なくないのだ。

キダイ村に到着後、村長に挨拶に出向いて王都への道中や『巣立ちの儀』の襲撃などの情報を伝え、名誉騎士に叙任されたと言ったら、お祝いに替え馬を使わせてもらえた。

チャリオットの所有馬エギリーは帰りまで預かってくれるそうだ。

まぁ、今日はガドやライオスは乗っていなかったし、馬車には重量軽減の魔法陣を貼り付けていたから、エギリーも大して疲れていないと思うけどね。

キダイ村で借りた馬を馬車に繋いで、アツーカ村に向かって坂道を登っていく。

イブーロからキダイ村までとキダイ村からアツーカ村までは、直線距離だと半分程度だが、道路の傾斜がキツくなるので同じぐらいの時間が掛かる。

それにこの時期は、雪解けのぬかるみにできた深い轍が残っていたりするので、速度を上げると危険なのだ。

馬車に貼り付ける重量軽減の魔法陣を増やしたので、キダイ村で借りた馬は息を切らすことも無く軽快に坂道を登っていく。

パカッ、パカッと長閑に蹄の音が響いているが、俺たちは警戒度を上げている。

キダイ村から先は、街道の両脇に木が生い茂り見通しが悪くなるからだ。

出発前に少し脅しておいたからか、ミリアムも真剣な表情で馬車の後ろを見守っている。

キダイ村とアツーカ村の間にある峠を上り終えたところで、シューレが鋭く呼び掛けてきた。

「ニャンゴ！」

「うん、見えてる」

アツーカ村の方から勢い良く馬を走らせて、近付いて来る人が見えた。

木立を透かしてだが、乗り手は革鎧を身に着けているようだ。

「止まれぇ！　ここから先は危険だから引き返せ！」

大声で呼び掛けて来たのは、村長の家で働いているヘリセスさんだった。

「ヘリセスさん、何があったんですか」

「ニャンゴか、村がオークの群れに襲われて、住人は学校に避難している。俺は、イブーロに救援を頼みに行くところだ」

「シューレ、出して！　急いで！」

「馬鹿、戻れ、ニャンゴ！　二頭や三頭じゃないんだぞ……」

ヘリセスさんは引き留めようとしたが、シューレは手綱で合図をして馬車を動かし始めた。

馬車に積んでいた討伐に行く時の装備は下ろしてしまったが、シューレが使う武器や兄貴とミリアムの防具は積んであるし、俺の武器は空属性魔法で作れる。

冒険者の俺達が加われば、それだけ村の住民の生存率が上がるはずだ。

俺だけオフロードバイクで先行しようかとも考えたが、シューレが手綱を握らなきゃいけない状況で馬車が襲われたら危険なので残った。

「シューレ、深い轍が残っているかもしれないから気を付けて」

「分かった……でも、飛ばすわよ……」

「うん、お願い……」

こういう時こそ冷静に……と思っても、腹の底からジワジワと焦りが湧き上がってくる。

どうか、みんな無事でいてくれと祈りながら、馬車の行く手を睨みつけた。

峠を下る道へと入り、速度を上げた馬車は何度も大きく揺れた。

雪解け時期にぬかるみ、荒れた路面は少しずつ補修が行われていくが、深い轍を優先するので比較的浅い凹みは後回しにされるのだ。

速度を落として乗り越えるならば影響は少ないが、勢い良く通ると突き上げるような衝撃が走り馬車が大きく揺れる。

兄貴とミリアムは、揺さぶられながらも防具を身に着けて、幌の支柱にしがみついている。

俺は空属性魔法を使って体を馬車に固定して、御者台に立って先を眺め続けた。

「シューレ、もうすぐ左に大きく曲がるから速度を落として」

「了解……」

シューレは手綱を引き、馬車のブレーキも併用して速度を落とす。

左に百八十度近い角度で曲がるカーブを馬車は片輪を浮かせながら通過した。

更にいくつかのカーブを曲がると、アツーカ村の入り口が見えてきたが、そこには二頭のオークが立ち塞がっていた。

「邪魔だ！　ニャンゴ・ダイナマイト！」

轟音と共に、特大サイズの粉砕の魔法陣がオークどもを道の脇へと吹っ飛ばした。

「ニャンゴ・キャノン！」

更に、村の上空に向けて立て続けに五発の炎弾を打ち上げた。

これ以上、俺の故郷を勝手にはさせないという宣戦布告だ。

「ニャンゴ、そんなに飛ばしていたら魔力切れを起こす……」

「大丈夫、魔力回復の魔法陣を使っているから、魔力切れの心配はないよ」

ヘリセスさんからアツーカ村がオークに襲われていると聞いた後、魔力回復の魔法陣を組み込んだ新しいプロテクターを着込んだ。

今も大きな魔法を使ったけれど、落ち込んだと思った魔力はすぐに回復した。

これならば、魔力切れを心配せずに戦い続けられる。

「ニャンゴ、左に二頭！　人が襲われてる！」

「了解、ニャンゴ・キャノン！」

峠を下りきって村に入った途端、オークに追われている人が見えた。

すかさず砲撃を加えて、一頭は頭を吹き飛ばし、もう一頭は腹に風穴を空けてやった。

左目の視力が戻ったので距離感が掴みやすくなり、狙いも格段に付けやすくなっている。

オークに追われていた人を馬車に回収して村長の家を目指す。

「助かったよ、ニャンゴ、もうイブーロに知らせが届いたのか？」

「ううん、たまたま里帰りに戻ってきてたんだ」

オークに追われていたヌベスさんは、避難を促す鐘が鳴ったがまだ大丈夫だと思い、家で避難の準備を進めていたところに、扉を壊してオークが入り込んで来たらしい。

「あいつら、俺が必死に逃げてるのに、余裕たっぷりに追い掛けて遊んでやがった」

「えっ、食うために襲って来たんじゃないの？」

「分からねぇけど、俺が途中で転んでも襲って来ないで見ていやがった」

そう言われてみれば、オークが走る速度は人間よりも遥かに速いのに、ヌベスさんは捕まらずに追い掛けられていた。

それに、村の入り口に立ち塞がるように待ち構えていたオークの行動も変だ。

「オークが連携して動いている？」

「ニャンゴ、マズいかもしれない……」

いつも冷静なシューレが少し焦ったような表情を浮かべている。

「どういうこと？」

「オークジェネラルとか、オークキングとか呼ばれる上位個体がいるかも……」

オークは一頭のオスと数頭のメスで群れを作るのが普通だが、時々群れを束ねるような強力な個体が現れるらしい。

束ねる群れの数が五つまではオークジェネラル、それ以上の場合はオークキングと呼ばれる。

通常のオークは、作戦を立てるといっても待ち伏せ程度で、襲ってくる時には各自がバラバラの動きをするが、上位個体がいる場合には複雑な連携も行うそうだ。

「じゃあ、何か狙いがあって動いているのかな」

「たぶん……」

街道で二頭、村に入ってから更に二頭を討伐したが、まだ他にもいるのだろう。

奴らの目的が何なのか分からないが、とにかく村長の家へと急いだ。

村長の家の敷地へ馬車を乗り入れると、隣接する学校に村のみんなが避難していた。

オークなどの危険な魔物が村に入り込んだ場合には、避難を促す鐘が鳴らされて、学校に避難してくるのが村の決まりだ。

「村長！」

「ニャンゴじゃないか、お前、目が治ったのか？」

「その話は後で、ゼオルさんは？」

「ゼオル達は北西の山でオークどもが降りて来るのを食い止めている。行って助けてやってくれ」

「はい、でもその前に、カリサ婆ちゃんは無事でしょうか？」

「カリサか、そういえばまだ見ていないような……」

俺達が馬車で乗り込んで来たので、避難していた村人達が集まってきた。

その中には俺の親父やお袋など家族の姿は確認できたが、カリサ婆ちゃんの姿が見えない。

「まだ家にいるのかもしれんな……」

「婆ちゃん！　シューレ、ここをお願い！」

村長の一言に全身の血の気が引いた。

シューレに後を頼んで全速力で走り出す。

身体強化魔法とエアウォークを併用し、通常の全力疾走の三倍の速度で婆ちゃんの薬屋を目指し、空中を一直線に走った。

「婆ちゃん……婆ちゃん……あぁ、扉が！」

駆け付けたカリサ婆ちゃんの薬屋は、表の扉がメチャメチャに壊されていた。

「ブフゥ……」

「うわぁ！」

急いで飛び込もうとした店の中から、ぬっと姿を現したのはオークだった。

五メートルほどの距離で鉢合わせとなって、一瞬ギョッとした表情を浮かべたオークだったが、俺に向かって牙を剥いて鼻息を荒くした。

「ブフゥゥゥ……」

「お前……お前、お前、お前ぇぇぇぇぇ！」

オークの口許から覗く牙が赤い血に染まっているのを見て、頭の中が怒りで沸騰した。

「うぅぅにゃぁぁぁぁぁ！」

俺が怒りの咆哮を上げても、オークは半笑いを浮かべて近付いてくる。

「ニャンゴ・キャノン！」

二メートル程まで近づいてきたオークを見上げながら、手加減無しの全力の砲撃を食らわせた。

魔法陣が閃光を放った瞬間、オークの胸から上が消失し、特大の炎弾が空の彼方に向かって飛んでいった。

バッタリと倒れていくオークから目を背けて急いで駆けこんだ店の中は、暴風が吹き抜けた後のように住居の方まで破壊されていた。

「そんな……婆ちゃん、婆ちゃん、婆ちゃぁぁぁ……」

あと少し、もう少し早く俺が駆けつけていれば、エルメリーヌ姫に治してもらった左目も、名誉騎士の青い騎士服を着た姿も見せられたのに、カリサ婆ちゃんの姿はどこにも無かった。

せっかく見えるようになった左目が、涙でグチャグチャに歪んだ。

「婆ちゃん……」

この薬屋でカリサ婆ちゃんと過ごした日々が、走馬灯のように蘇る。

初めて訪れた時には、汚い格好で店に入るなと怒られた。

それでも、水浴びをして出直し、図々しく薬草の知識を教えてくれと頼み込んだ俺をカリサ婆ちゃんは受け入れてくれて、本当の孫のように可愛がってくれた。

「ニャンゴかい……」

婆ちゃんの声が聞こえた気がして、脳裏に優しい笑顔が浮かぶ。

俺が間違ったことをした時には厳しく叱り、でもその何倍も優しく俺を包んでくれた笑顔だ。

涙がボタボタと溢れて止まらない。

「婆ちゃん……婆ちゃん……」

「ニャンゴ、ニャンゴなんだね？」

「婆ちゃん……？」

なぜかカリサ婆ちゃんの声が、足下から聞こえてきた気がした。

「手を貸しておくれ、扉が開かないんだよ」

「婆ちゃん！　どこ、どこにいるの？」

「薬棚の下だよ。床下の物入れに隠れているんだけど、戸が開かないのさ」

薬棚の下には、カウンターが横倒しになっている。

そういえば、薬棚の下には乾燥した薬草を保存する収納庫があった。

「うんにゃぁ！」

身体強化を使って重たいカウンターを押しのけると、ガチャっと掛け金の外れる音がして土間に設えた扉が開いてカリサ婆ちゃんが姿を現した。

踏み台を上がって出て来たカリサ婆ちゃんに夢中でしがみ付いた。

「婆ちゃん、婆ちゃん……良かった、良かったぁぁ……」

「おやおや、どうしたんだい？」

「だって、だって、店がメチャクチャになっていて、オークがいるのに婆ちゃんがいなくて……てっきり、てっきり……」

「そうかい、それは驚かせちまったねぇ……」

俺の頭を優しく撫でてくれるカリサ婆ちゃんからは、いつもの薬草の匂いがした。

「ニャンゴ、あんた目が……」

「うん、王都で手柄を立てて、そのご褒美に治して……」

「ブッフゥゥ！」

せっかくカリサ婆ちゃんの無事を喜んでいるところなのに、無粋な声が店に響いた。

「ニャンゴ、危ない！」

「複合シールド！」

「ブギィイ……」

店の惨状を見て、てっきりカリサ婆ちゃんが殺されたと思い込み、気が動転して周囲への警戒を怠っていたが、展開したシールドはオークの突進を撥ね返した。

俺より先にオークが店に入ってきたのを見たカリサ婆ちゃんは、俺を抱え込むようにして守ろうとしてくれていた。

「大丈夫、婆ちゃんは俺が守るよ」

「ブッフゥゥ……」

シールドに顔をぶつけて突進を阻まれたオークは、こちらを睨み付けて怒りの声を上げた。

薬草の知識を教えてもらいに通っていた頃の俺なら失禁しながら腰を抜かしていたかもしれないが、今の俺はオークに睨まれた程度ではビビったりしない。

カリサ婆ちゃんを背後にかばい、目の前のオークに視線を向けつつ、探知ビットをばら撒(ま)いて店の周囲にも警戒態勢を整えた。

「ブムゥ？」

俺が恐(おそ)れる様子も見せずに一歩を踏み出すと、オークは警戒するように目を見開いた。

「お前ら、婆ちゃんの大事な店を滅茶苦茶(めちゃくちゃ)にしやがって、タダで済むと思うなよ、バーナー！」

「ブギィイイ！」

火と風の魔法陣を組み合わせたバーナーで顔面を炙(あぶ)ってやると、オークは悲鳴を上げながら店の外へと後退(あとずさ)りしていった。

「バーナー、バーナー、バーナー……」

魔法陣を展開する場所、角度を変化させて、オークを薬屋から遠ざける。

「ブギィ、ブギィイイイ……」

全身のあちこちを炙られたオークは、悲鳴を上げながら背中を向けて走り出した。

「ニャンゴ・キャノン！」

ドンっという発射音の直後、頭を吹き飛ばされたオークは前のめりに倒れて動かなくなった。

「ニャンゴ……」

振(ふ)り返ると、カリサ婆ちゃんが目を丸くしながら見守っていた。

「婆ちゃん、俺、イブーロに行って強くなったんだ。さぁ、学校に避難しよう」

「あぁ、逞(たくま)しくなったんだねぇ……」

カリサ婆ちゃんは俺の治った左目の辺りを皺(しわ)くちゃな右手で撫でながら、ポロポロと嬉(うれ)し涙をこぼした。

空属性魔法で背負子を作って、婆ちゃんを背負って学校へと向かう。

「婆ちゃん、ちょっと上から村の様子を見たいんだけど良いかな？」

「あぁ、構わないよ。全部ニャンゴに任せるよ」

エアウォークを使って高度を上げて、村を見下ろしながら村長の家に向かう。

村のみんなが避難したからか、近くにオークの姿は見当たらない。

さっき村長は、オークの本隊が北西の山から降りてこようとしていると言っていたが、キダイ村へと向かう道は村の南東だ。

本隊が到着していないのに、村の反対側までオークが回り込んでいることになる。

上位個体から指示を受けた別動隊のようなものが存在するのだろうか。

学校へ戻るとシューレが村のオッサン達と守りを固めてくれていたが、ゼオルさん達は戻っていなかった。

「ニャンゴ……カリサさんも無事で良かった……」

「シューレ、こっちにオークは？」

「この近くまでは来ていない……」

「あいつら何を考えているんだ？」

「もしかすると、オークに追い詰められているのかも……」

オークの群れが最初に目撃されたのは北西の山で、炭焼き用の木を伐りに出掛けた人が見掛けて村長に知らせたそうだ。

オークはパッと見ただけでも二十頭以上いたそうで、村長はゼオルさんと相談してすぐさま鐘を鳴らすように指示して村人に避難を促したらしい。

同時にビスレウス砦のラガート騎士団とイブーロのギルドに救援要請を出したそうで、俺たちが途中で出会ったヘリセスさんがイブーロ担当だ。

あのタイミングだと、まだビスレウス砦まで救援要請は届いていないと思うし、ラガート騎士団の救援が到着するまでには更に時間が掛かる。

ゼオルさんは救援要請の馬を見送った後、村でも腕っぷしの強いオッサン達と一緒に少しでもオークの群れが降りて来るのを遅らせるために山に入ったらしい。

そして、ゼオルさんが山に入って少し経った頃、村の周囲のあちこちからオークが現れて住民を追い立てたそうだ。

「それじゃあ、まるで魚の追い込み漁じゃないか」

「オークの上位個体が居るのは確実……」

オークジェネラルやオークキングは、通常のオークよりも知能が高く、複数の群れを統率して大きな被害をもたらすそうだ。

率いる群れの規模にもよるが、ワイバーンよりも甚大な被害が出る場合もあるらしい。

シューレもオークの上位個体については話には聞いているが、実際に戦った経験は無いそうだ。

こうなると、ゼオルさんが戻って来るのを待つしかなさそうだ。

「ゼオルさんだ！　ゼオルさん達が戻ってきたぞ！」

一時間ほどして戻ってきたゼオルさん達は、満身創痍という感じだった。

ゼオルさんも頭に巻いた布に血が滲んでいる。

「ニャンゴ、戻ってたのか?」

「はい、ちょっと前に戻ったところです」

「助かった、これで少しは生き残る目が出てきたぜ……って、お前左目は?」

「その話は後で……オークの上位個体なんですか?」

「そうだ、恐らく夜になってから襲ってくる。今のうちに守りを固めるぞ」

オーク達は明るいうちに村人を一ヶ所に追い込み、夜目が利いて有利になる夜を待って襲ってくるらしい。

効率良く狩りをして、更には襲った村を自分達の縄張りにするらしい。

ゼオルさんの指示で避難してきた村人は、学校に立て籠ることになった。

学校は隣国エストーレと戦争をしていた頃の砦の一部だそうで、今回のように魔物の群れが襲って来た場合には村人全員を収容できるようになっている。

一階の窓は砦だった頃の名残で、猫人の俺でも通り抜けるのが困難なほど細い。

子供の頃、なんでこんなに細い窓なのかと思ったが、外からの侵入を防ぎつつ、魔法や弓矢、槍で内部から攻撃するためだそうだ。

二階の窓は敵を上から狙えるように一階よりは大きいが、頑丈な鎧戸が付いている。

一階への侵入を許しても二階に立て籠れるように、階段は上から落とせるようになっている。

階段を落とした後は、上から蓋をするように扉が付いているので、オークでも簡単には昇ってこられないはずだ。

学校の二階には、村長の家の台所や蔵からは備蓄していた食糧が運び込まれた。

村民全員が食べて、何日持つか分からないが、ラガート騎士団やイブーロの冒険者が駆け付けて来るまでの時間稼ぎにはなるだろう。

「学校の周囲を泥濘の堀にする、水属性と土属性の者は手を貸してくれ！」

ゼオルさんの言葉を聞いて手伝いに行こうと思ったら、兄貴が俺の所に走ってきた。

「ニャンゴ、俺にもそれを作ってくれ」

「魔力回復の魔法陣？」

「そうだ。後でぶっ倒れたって構わない。ここでやらなきゃ俺は一生後悔すると思う」

プロテクターに魔力回復の魔法陣を仕込んだとシューレに話していたのを聞いていたのだろう。

自分は使っているのに、兄貴に使うなとは言えない。

「分かったよ、兄貴」

俺と同様のプロテクターを着せると、兄貴は大きく頷いてみせた。

「ゼオルさん、どうやるんですか？」

「建物の周囲に人が歩ける幅を残して、土属性の魔法で掘り返した所に水を注いで深い泥濘を作る。そうしておけば、オーク共も勢いを付けて突っ込んで来られないからな」

「深さは？」

「最低でも大人が胸まで浸かるぐらいだ！　外側から始めないと遠くまで魔法が届かないぞ！」

ゼオルさんが木の棒で、泥濘を作る範囲を地面に線を引いた。

説明を聞き終えて兄貴が作業に参加しようとすると、熊人のペンゾールさんに止められた。

「フォークスには無理だろう、中で大人しくしてろ」

「大丈夫だから、手伝わせてくれ」

「そう言われても……おぉ？」

「お、俺だって役に立てる」

兄貴がオッサンの背丈よりも大きな土の柱を作ってみせると、周囲の視線が一変した。

「凄いじゃないか、フォークス。イブーロで修業したのか？」

「そ、そんな感じだ……さぁ、早く作業しよう」

「おぅ、急ごう！」

「ニャンゴ、手伝ってくれ！」

「任せて」

兄貴が土を掘り起こして柔らかくした所に、俺が空属性魔法で作った水の魔法陣で注水する。

さっきまで硬く押し固められていた地面が、作業が進むほどにダバダバの沼地になった。

確かにこれなら、体重の重いオークは足を取られて突進出来なくなるだろう。

土属性や水属性の魔法が使える村のオッサン達は、意外にも器用に作業を進めていた。

土を掘ったり、水を撒くのは農作業として日頃からやっているからだ。

ただし、作業はできるが魔力が続かない。

「すまねぇ、ゼオルさん。魔力が……」

「俺もちょっと……」

「マズいな、まだ半分近く残ってるぞ」

建物の北側と西側は作業が終わったが、南側は半分以上、東側に至ってはほぼ手付かずの状態で残っている。

オッサン達が魔力切れを起こしたのなら、ミリアムみたいに回復させれば良い。

「ゼオルさん、俺に任せて。魔力が切れた人は、こっちの明かりの下に集まって」

「ニャンゴ、何をするんだ？」

「いいから、いいから」

数人が一度に回復できるように、大きな魔力回復の魔法陣を発動させた。

普通の人には空属性魔法で作った魔法陣は見えないので、目印に明かりの魔法陣を発動させておいた。

「おぉ、なんだこりゃ！」

「魔力切れのダルさが抜けていくぞ」

「どうなってるんだ、ニャンゴ」

「説明は後でします。とにかく回復した人から作業に戻ってください」

魔力回復の魔法陣を組み込んだプロテクターを着けている兄貴は、魔力切れを起こす気配も見せず黙々と作業を続けている。

作業を進めている間、ゼオルさんは何度も西の空に目をやっていたが、どうにか日没までには籠城の態勢を整えられた。

「どうにか最低限の準備は調えられたな」

「ゼオルさん、何頭ぐらいで攻めてくるんですかね？」

「正直、分からん。少なくとも五十頭以上のオークがいたように見えた。あれが一度に襲い掛かってきたら、かなり厳しい迎撃戦になるだろうな」

ゼオルさんがオークの群れを食い止めていた時も、村のあちこちでオークが住民を襲っていた。俺が倒した以外にもオークは居たはずで、それを加えると更に数は増える。

別動隊と思われるオークどもが村人を追い込むような動きをしていたのだから、これから行われる襲撃も組織だった動きをするはずだ。

東西南北、学校を囲む全ての方向から一度に襲われたら、かなり苦しい戦いになるだろう。

「ニャンゴ、シューレ、ちょっと来てくれ」

泥濘の確認を終えたゼオルさんに、一階の隅に呼び出された。

いつもは豪放磊落という言葉が服を着て歩いているようなゼオルさんだが、この時は沈痛な面持ちを隠そうとしなかった。

「正直に言って、かなり厳しい」

「でも、ラガート騎士団も救援に来てくれるんですよね？」

「上位個体に率いられたオークの群れと聞けば、すぐ部隊を編成して出立してくれるはずだが、間に合うか微妙なところだ。それに、救援要請が届いていない可能性もある」

アツーカ村からビスレウス砦へ向かう街道がオークに押さえられていたら、救援要請は届かずラガート騎士団は助けに来てくれない。

イブーロギルドへの救援要請は届くだろうが、どんなに急いだとしても助けが来るのは明日の午後になるはずだ。

「ゼオルさん、とりあえず夜明けまで守りきれば勝ちが見えますよね？」

「そうだな、まずは今夜を乗り切るのが目標だ。もちろん無事に朝を迎えられたからといっても、安心できるとは限らんぞ」

「分かってます。まずは朝まで撃って、撃って、撃ちまくってやりますよ」

「ふむ、その様子だと威力のデカい魔法を扱えるようになったみたいだが、上位個体に率いられたオークは普通のオークと思うな」

「どういう意味ですか？」

「狂乱状態というか、催眠状態というか、普通のオークならビビって逃げ出すような状況でも、自分の生死を度外視して突進を続けたりする」

例えば、強固な陣地に立て籠った相手に対して、殺されると分かっていても遮二無二突進を繰り返し、積み上がった仲間の死体を踏み越えて突っ込んで来たりするらしい。

「痛みや恐怖で奴らが止まることは期待するな。生きてる限りは止まらんぞ」

「いわゆる死兵って奴ですね？」

「そうだ、動けないようにぶっ壊すしかない相手だ」

昼間のオークがバーナーの炎を恐れて逃げ出したのは、まだ本格的な襲撃ではなかったからだろう。

だが今夜の相手は、バーナーとか銃撃程度では止まらない可能性が高い。

それなら淡々と、砲撃や粉砕で物理的に壊して止めるだけだ。

「ゼオルさん、やってやりましょう。百発でも、二百発でも魔法をぶっ放して壊してやりますよ」

俺がオーク皆殺し宣言をしても、ゼオルさんの表情は晴れない。

「オークの襲撃が始まったら、女、子供と働き盛りの男は二階に上がって階段を落とす。一階に残るのは俺と爺連中だけだ。お前らも二階に上がれ」

一階に残る者は死ぬまで戦い続けて一頭でも多くのオークを倒し、死んだ後は餌となり、二階に上がった者が助かる確率を上げるつもりなのだろう。

ゼオルさんの覚悟を聞いて言葉を失っていると、それまで黙っていたシューレが口を開いた。

「そんな作戦はお断りよ。全員で生き残るわよ」

「馬鹿野郎、そんなに甘いもんじゃねぇ！　上位個体に率いられたオークを舐めるな！」

ゼオルさんが声を荒らげても、シューレはまるで動じた様子を見せずに微笑んだ。

「ゼオルこそ不落の魔砲使いを舐めすぎ……」

「不落の魔砲使い？　なんだそりゃ？」

シューレから俺の二つ名を聞いたゼオルさんは、毒気を抜かれたように表情を緩めた。

「国王陛下と元王国騎士団長から貰ったニャンゴの二つ名……砲撃を見たらきっと驚く……」

そうなんだけど、なんでシューレが自慢げなんだ。

「ニャンゴ、お前いったい何をやらかしたんだ？」

「ワイバーンを討伐したらラガート子爵に同行して王都に行くことになって、途中で立ち寄ったエスカランテ家で『魔砲使い』の二つ名を貰い、大聖堂の『巣立ちの儀』の会場警備に加わったらエルメリーヌ姫の命を救うことになって、名誉騎士の叙任を受けて、国王陛下から『不落』の二つ名を貰い金級冒険者になりました」

「おいおい、短期間に随分と色々あったみたいだな」

「まぁ、後でゆっくり土産話をしますから、生き残りましょう」

「ほう、面白い、それは是非とも聞かせてもらわないといかんな」

ニヤリと笑ったゼオルさんは、いつもの表情に戻っていた。

俺の使える魔法、シューレの攻撃能力、そして村の戦力を総合して、全員が生き残るための新たな作戦が立てられた。

第四十四話　深夜の激闘

夕食は、村長の家から持ち込んだ食料を使って豪勢にふるまわれた。

負ければ最後の晩餐、勝てばオーク食い放題、それならば士気を高めるためにもケチケチせずにガッチリ食おうということらしい。

「お前ら、動けなくなるほど食い過ぎるんじゃねぇぞ！　意地汚く食わなくても、明日はもっと美味い物をたらふく食えるから安心しろ！」

ゼオルさんの言葉に、村のみんなから笑い声が上がる。

普段より豪華な食事に子供達は大喜びだし、大人も笑みを浮かべて一見すると和やかだが、これから起こる事態を想像してか空気がピリピリしている。

オークなんかに負けて食われるつもりは無いけど、万が一を考えてオラシオの両親に王都での騎士候補生の暮らしぶりを話した。

「そうか、オラシオは元気で頑張っているんだな」

「同室の仲間に会ったけど、みんな良い奴で助け合って騎士を目指していたから大丈夫だよ」

「そうか、そうか良い友達にも恵まれたのか」

「伝えてくれてありがとうね、ニャンゴ。これで思い残すことは無いわ」

「何言ってんだよ、おばちゃん。正騎士になったオラシオが帰ってくるまでは死ねないよ。オークなんかに負けるもんか」

「そうね、そうよね。こんな所で死ねないわね」

夕食の後、俺が使う砲撃と粉砕の魔法陣について説明をしておいた。

どちらも大きな音がするので、村のみんなが驚かないようにするためだ。

そして、夕食を食べ終えた者から持ち場へと散っていく。

女性や子供、お年寄り、それにうちの家族のように戦闘に向かない種族は全員二階に上がり、魔法や弓を使って攻撃を行う。

当初は先に階段を落としてしまう予定だったが、ギリギリまで待って、一階の人間が避難した後に落とすように作戦を変更した。

一階では、ゼオルさんや体格の良い村のオッサン達が槍や魔法を使い、細い窓から建物に取り付いてきたオークを突き倒す予定だ。

ただ、窓の数は限られているし、壁を壊そうとするオークを完全には止められない。

そこで俺とシューレは二階から、近付いてくるオークを狙い撃ちしつつ、建物に取り付いた連中を吹き飛ばす役割を担う。

ただ、建物の全周に取り付かれてしまうと、全部を排除するのは難しくなるだろう。

泥濘にした場所を渡られる前に、どれだけ削れるかが勝敗の行方を左右しそうだ。

一階に陣取るゼオルさんには、空属性魔法で作った通信機を渡しておいた。

細い窓しかない一階からは全体を見渡すことが難しいので、二階から見た情報を伝える予定だ。

学校の南と西をシューレが、北と東を俺が見張る。

シューレにも魔力回復の魔法陣を組み込んだプロテクターを作った。

「凄い、これなら魔力切れの心配が減る……」

「ねぇ、あたしにも作ってよ」

シューレにプロテクターを作っているのを見ていたミリアムが自分の分も要求してきたのだが、あまりいくつも作っていると俺の使える魔力が減ってしまう。

ミリアムが実戦でどの程度使えるのか分からないので、シューレに判断してもらおうと視線を向けると頷き返された。

「今のミリアムなら、効果のある攻撃魔法を撃てるわ……」

シューレのお墨付きならば大丈夫だろう。

プロテクターを装備したミリアムは南側に配置された。

戦闘に加わらない人達は、なるべく窓から離れた場所に集められた。

「ニャンゴ、無理をするんじゃないよ」

「大丈夫だ、婆ちゃんは、皆とくつろいでいてくれ」

カリサ婆ちゃんは俺を心配してくれたのに、親父は自分の身の方が心配らしい。

「お、おい、ニャンゴ、本当に大丈夫なんだろうな？」

「じゃあ、ここから出て別の場所に避難するか？　みんなが力を合わせてオークどもを撃退しようと頑張ってるんだ、気分を落ち込ませるような話はするなよ」

親父はまだ何か言いたげだったが、周りのオバサン連中に睨まれて、口の中でうにゃうにゃ言いながら引き下がった。

まったく、あれが自分の父親だと思うと情けなくなってくる。

同い年の幼馴染イネスも家族で避難していた。

「イネス、カリサ婆ちゃんを頼むな」

「うん、ニャンゴも気を付けて」

「任せろ、オークなんか返り討ちにしてやる」

「じゃあ、明日はお肉を一杯食べられるのね？」

「おぅ、期待していいぞ」

「やったぁ。お肉、お肉、オークの丸焼き」

オークの群れを倒しきれるか不安はあるが、倒したオークの肉はイネスが片付けてくれそうだ。

全員が持ち場についた所で、ゼオルさんが通信機経由で呼び掛けてきた。

「どんな感じだ、ニャンゴ」

「気持ち悪いぐらい静かですね？」

「上位個体のせいだろうな。単純に腕っ節で従わせるだけでなく、何らかの魔法で従わせているという説もある」

「そんなことができるんですか？」

「さぁな、嘘か本当かは分からんが……この静けさが答えじゃねぇのか？」

空属性魔法の探知ビットを使って北側の様子を探ってみたのだが、オークの反応を捉えられない。

探知ビットには、相手が動いていないと捉えにくいという欠点がある。

例えばオークが地面に伏せてジッとしていたら分からないし、膝を抱えて丸くなっていたら岩と間違えてしまう可能性がある。

反応が無いからと言って、オークがいないと思い込むのは危険だ。

ゼオルさんはオークが襲ってくるのは月が沈んでからだろうと言っていたが、月が沈み、日付が変わる時刻になっても何も起こらなかった。

配置に付いた当初は緊張していたオッサン達も、今夜の襲撃はないかもしれないと思い始めたのか小声で話し始めたようで一階から話し声が聞こえて来るようになった。

二階で弓を手に警戒していたオバサン達も、ヒソヒソ話したり、ウトウトし始めたりしている。

極度の緊張状態から何事もなく待機する時間が続いて、緊張の糸が切れ始めているようだ。

それにしても気持ちが悪いほど静かだ。

アツーカ村に居た頃には、あまり夜更かしした記憶は無いのだが、コボルトの遠吠えやフクロウの鳴き声などがして、こんなに静かではなかったはずだ。

緊張感を維持しようとしているのだが、夜半を過ぎた頃から強烈な眠気に襲われている。

四月中旬とはいえ、アツーカ村の夜は肌寒さを感じる気温なのだが、俺は自前の毛皮もあるし空属性魔法で防寒着も作っているから寒いどころかポカポカだ。

暗くて静かでポカポカなんて、猫人には眠れと言われているようなものだし、頑張って見張っているつもりだが、首がカックンカックンしている。

いっそオークが襲ってくるまで、丸くなって眠っていようかと思った時だった。

不意に北側に反応が現れた。

「ゼオルさん、北側に設置した、探知ビットに反応がありました。あっ、東側もです」

「よぉし、野郎共、来るぞ。気合い入れろ！」

「おぉ！」

ゼオルさんが村のオッサン達に気合いを入れた直後、どこからかオークの鳴き声が響いて来た。

「ブゥウ……ブッフゥウゥウ……」

微妙な抑揚を付けた声が、静まり返っていたアツーカ村全体に広がっていくと同時に、探知ビットの反応が一気に増えた。

北側だけでも五十頭ぐらい居そうだ。

「ブゥモォォォォ！」

それまでの静けさが嘘のように、学校を取り囲むようにオークの雄叫びが上がり、眠り込んでいた子供達が悲鳴を上げた。

月が沈んだアツーカ村は真っ暗で、二階の窓から篝火を吊るしているが、明かりが届く範囲はせいぜい三十メートル程度だ。

俺たち猫人は夜目が利くし、身体強化すれば更に闇を見通せるようになるが、それでも昼間のように鮮明には見渡すことは出来ない。

ドドドドド……っと地面を揺らすような重たい足音を立てながら、速度を上げて接近してくるオークの群れ目掛け、開戦の狼煙代わりの魔法を撃ち込む。

「ニャンゴ・ファランクス！」

ズダダダダダダ……重機関銃をイメージした炎弾の連射が闇を切り裂き、北側から接近を試みるオークの群れを薙ぎ払うように飛んで行った。

「ブモォォォォ！」

連射性を重視したので撃ち出された魔法は砲撃程の威力はないが、それでも並みの魔銃よりは破壊力があるはずなのにオークの勢いは全く落ちなかった。

　東側もニャンゴ・ファランクスで薙ぎ払ったが、オークの突進は止まらない。

　オーク達は頭を下げ、姿勢を低くして突っ込んでくるので、炎弾は肩口や背中に当たってしまい、突進を支える後ろ脚はほぼノーダメージのようだ。

「くそっ、ニャンゴ・ダイナマイト！」

　粉砕の魔法陣を発動させて先頭を走っていたオークを吹き飛ばしたが、周囲のオークは爆発の音や光にも怯んだ様子を見せずに突進を続けている。

「ニャンゴ・キャノン！　嘘だろう、これでも止まらないのかよ」

　砲撃で腹を半分ぐらい吹き飛ばしても、オークは腹から溢れ出した腸を引き摺りながら前へ、前へと進もうとしていた。

　しかも、俺が攻撃を始めた直後から、オーク達はジグザグに走り始めている。

　さすがのオークでも頭を吹き飛ばせば一発で止まるのだろうが、こうも不規則に動かれてしまうとヘッドショットを狙うのは難しい。

　オークが弓の射程に近付いたところで、学校から五十メートルほどの距離に空属性魔法で明かりの魔道具を浮かべた。

　明かりが点いたのを見て、一階からゼオルさんが大声で呼び掛ける。

「まだ射るなよ、奴らが泥濘にはまって動きが鈍った所を狙え！」

　時々練習はしているそうだが、弓矢を扱うオバサン達は実戦経験が皆無だ。

　動き回るオークを狙うのは難しいので、泥濘にはまった所を狙う作戦だ。

俺の砲撃を免れたオークが、勢い良く突っ込んで来て、泥濘に足を取られて前のめりに倒れる。

「今だ、放てぇ！」

「ブギィィ……」

泥濘に足をとられて藻掻いているオークに次々に矢が突き刺さるが、オークは前に進もうとする動きを止めない。

矢の何本かは頭に突き刺さり、確実に脳に達しているはずなのだが、それでも止まらないのだ。

頭や肩に何本もの矢が刺さったオークが、泥濘を掻き分けるようにして進んでくる姿は、前世で見たゾンビ映画の何倍もの恐ろしさだ。

更には、その死にぞこないのオークを踏みつけて後続のオークが突っ込んで来た。

ドーンっという衝撃音と共に建物が振動し、また子供たちが悲鳴を上げる。

「ニャンゴ・ダイナマイト！」

突っ込んで来るオークの正面に粉砕の魔法陣をカウンターで発動させ、肉片にしてぶちまけてやったが、突っ込んで来るオーク達は怯んだ様子を微塵も見せない。

通常、何頭かのオークと対峙した場合、仲間の一頭が殺されたり重傷を負わされたりすると、他のオークは警戒して動きを鈍らせるものだが、今夜のオーク達は全く勢いが変わらない。

ゼオルさんが、上位個体に率いられたオークは痛みや恐怖じゃ止まらないと言った時、理解したと思ったが、分かったつもりになっていただけだった。

「ニャンゴ、東側に死体が溜まりつつある。このままだと二階に取り付かれるぞ！」

「分かりました、吹き飛ばします」

北側から東側の窓へと移動すると、仲間を踏み台にしてオークが飛び上がろうとしていた。

「複合シールド！」

「ブギィイ……」

オークは空属性魔法のシールドに顔をぶつけて転落したが、もう次のオークが迫ってきている。

「複合シールド、アーンド、ニャンゴ・ダイナマイト！」

一階に被害が出ないようにシールドで窓を塞いだ状態で、建物の壁に平行するように粉砕の魔法陣を発動させて溜まったオークの死体を吹き飛ばす。

死体を踏み台にして飛び込んできたオークは、両足を吹き飛ばされて落下した。

普通のオークなら、その場で痛みにのたうち回り悲鳴を上げるだけの存在になるが、両足を失ったオークは腕だけで這って学校に取り付こうとしていた。

窓枠に手を掛けて上体を起こしたところで、室内から突き出された槍に頭を貫かれるが、それでもオークは動き続けて窓枠を壊そうとする。

「うわぁぁ……死ね、死ね、死ねぇぇぇぇ！」

何度も槍が突き出され、顔面をズタズタにされ、ようやくオークは動きを止めた。

正直、俺はオークの群れを舐めていた。

ワイバーンを一撃で屠る砲撃、大きな岩すら粉砕する魔法、エルメリーヌ姫を守り抜いた堅牢な盾を身に着け、名誉騎士に叙任された俺なら大丈夫だと高を括っていた。

だが、狙いを定められない暗闇、痛みや恐怖を感じずに突っ込んでくるオークの物量は、俺の想定を大きく上回っていた。

泥濘を渡り切る前に数を減らすどころか、積み上がる死体を吹き飛ばすのがやっとだ。

「ニャンゴ・ファランクス！」

狙いを付けられないから、連射で薙ぎ払って少しでもダメージを加えるしかない。

「ブゥゥ……ブッフゥゥゥ……」

体当たりによる衝撃音が断続的に響き、悲鳴と怒号、オークの咆哮が響き渡る中、抑揚を付けた不気味な鳴き声がずっと響いている。

たぶん、この声でオーク達を操っているのだろうが、周囲の山に反響して聞こえてくるので、どこに声の主が居るのか分からない。

ドガァっと一際大きな衝撃音が響き、二階に居ても空気が震えるのが分かった。

「ニャンゴ、南側が危ない、援護できるか！」

「今行きます！」

南側ではミリアムが必死に風の刃を飛ばしていたが、切り裂く攻撃ではオークを止めきれない。

建物に取り付いたオークが、槍で突かれながらも拳を振るって壁を壊していた。

「ニャンゴ・キャノン！」

砲撃で頭を吹き飛ばしてオークを止めたが、すぐに後続のオークが仲間の死体を押しのけて窓枠を壊して広げようとする。

「複合シールド、ニャンゴ・ダイナマイト三・連・発！」

壊されかけている窓枠を複合シールドで塞ぎ、外に向けて放射状に粉砕の魔法陣を連発した。

「ゼオルさん、壊された南側の窓をシールドで塞いでいます。今のうちに塞げませんか？」

「無理だ、手が足りねぇ！」

「ニャンゴ、俺が行く！」

「駄目だ、兄貴ぃ！」

兄貴は俺の制止する声を振り切って階段を駆け下りて行ってしまった。

「あんた、北側は大丈夫なの？」

「しまった！」

ミリアムに指摘され、慌てて建物の北面に駆け戻ると、何頭ものオークが建物に取り付き、なかには二階の窓枠に手を伸ばしている奴までいた。

「バーナー！」

「ブモォォォォ！」

使い慣れた火と水の魔法陣を組み合わせたバーナーで顔面を炙ってやったが、オークは火達磨になりながらも手を伸ばしてくる。

「ロケット・サンダーブロー！」

雷の魔法陣を貼り付けた拳で殴り付けると、オークは体を硬直させて転落していった。

「複合シールド、ニャンゴ・ダイナマイト！」

積み上がった死体ごと、建物に取り付こうとしているオークを吹き飛ばす。

もう何頭のオークを倒したのか分からないが、それでも暗闇からオークが湧いてくる。

北側に続いて東側のオークを吹き飛ばしていると、弓を射っていたオバサンが声を上げた。

「街道の方に灯りが見えるわ。きっと騎士団よ、助けが来たんだわ！」

わっと歓声（かんせい）が上がって、二階に避難していた人達が一斉（いっせい）に北側の窓に殺到（さっとう）した。

「本当だ、光の列が見える！」

「おーい！　おーい！　早く来てぇ！」

俺も光の列を確かめたかったが、村のオバサン達が窓の周囲を埋（う）め尽（つ）くして近付けない。

ドーン、ズドーンと連続して衝撃音が響いて建物が大きく揺れた。

直後にゼオルさんの緊迫（きんぱく）した声が響いた。

「ニャンゴ、北側が破られた！」

「そんな……みんな窓枠から離れて、攻撃が出来ない！」

オバサン達を掻き分けて北側の窓から下を覗（のぞ）くと、破れた壁の穴から次々とオークが一階に入り込もうとしていた。

「くそっ、オークが邪魔（じゃま）でシールドが張れない」

壁の穴を塞ぎたいが、オークの体が邪魔になってシールドを展開出来ない。

「ニャンゴ・ファランクス！」

穴の真上から炎弾を連射しても、オークは恐れもせずに突っ込んで来る。

「ニャンゴ、ダイナマイト！　複合シールド展開！」

突っ込んで来るオークを吹き飛ばして、ようやくシールドを展開して穴を塞げたが、その間に何頭ものオークに入り込まれてしまった。

「くそっ、全員二階に上がれ！　急げ、階段を落とすぞ！」

一階から槍を携（たずさ）えたオッサン達が駆け上がって来る。

「場所を空けてくれ！　まだ後ろから上がって来る！」

階段を上がってきたオッサン達は、そのまま二階の窓辺に陣取って守りを固め始める。

「そうだ、兄貴！　兄貴、どこだ！」

一階南側の壁を塞ぎに行った兄貴の姿が見えない。

「くそっ！」

駆け上がってくるオッサン達の頭の上をエアウォークで飛び越えていくと、ゼオルさんと鉢合わせになった。

「ニャンゴ、どこに行くつもりだ！」

「兄貴が戻ってないんです。俺たちには構わず階段を落としてください」

「馬鹿、戻れ！」

「俺なら宙を走って二階に戻れるから大丈夫です！」

一階の廊下に出ると、早速オークと鉢合わせになった。

「ブフゥゥゥ！」

「ロケット・サンダーブロー！　ニャンゴ・ファランクス！」

大出力の雷の魔法陣をぶつけて動きを止め、連射で頭を吹き飛ばす。

外なら砲撃でも粉砕でも使えるが、室内では建物を壊してしまう恐れがあるから使えない。

連射では意識を操られたオークは止められないが、高電圧を食らわせれば体を動かせなくなる。

その状態で頭を連射で吹き飛ばしてしまえば良いだけだ。

同じ方法で、更に二頭のオークを倒して南側を捜す。

「兄貴、どこだ！　兄貴ぃ！」

「ニャンゴ、こっちだ！」

声のした方向へ視線を向けると、槍を構えた兄貴が二頭のオークに壁際に追い込まれていた。

「ブッフゥゥ！」

「複合シールド・ダブル！」

オークが振り下ろした拳は、一枚目の複合シールドの一層目を砕いただけで撥ね返された。

「ロケット・サンダーブロー！　ニャンゴ・ファランクス！」

頭をハチの巣にされた二頭のオークは、グラリと体を揺らした後で折り重なるように倒れた。

放心したようにヘナヘナと座り込む兄貴を見て、俺もほっと一息ついてしまった。

「ニャンゴ、後ろだ！」

「シ、シールド……ふぎゃ！」

咄嗟に展開出来た単独のシールドはオークに砕かれて、俺は両腕でガードしたけど壁まで蹴り飛ばされてしまった。

頭を打ってしまったせいで、展開していた魔法が全部解けてしまった。

同時にプロテクターに付けていた魔力回復の魔法陣も消えて、ズシっと倦怠感が襲ってくる。

ニタリと笑ったオークが歩み寄って来るのに、体を上手く動かせないし魔法が使えない。

せっかく名誉騎士になったのに、騎士服姿をカリサ婆ちゃんに見せられずに死ぬのか。

動け、動け、発動しろ、俺の空属性魔法。

「うにゃぁぁぁぁ！」

もう駄目だと思った時、兄貴がオークの横っ腹に槍を突き入れた。

「うにゃ、うにゃ、うにゃぁぁ！　俺が相手だ！」

勇ましい言葉とは裏腹に、オークに向かって槍を突き出す兄貴の耳はピッタリと伏せられ、脚はガクガクと震えている。

「こっちだ！　こっちに来い！」

「ブフゥゥ……」

「そうだ、こっちだ！」

兄貴は震えながらも槍を構えて後退りして、少しでも俺からオークを引き離そうとしているが、シールドが解けてしまったことで南側の壁を崩して別のオークが入り込んできた。

背後から入ってきたオークに気付いた兄貴は、絶望的な表情を浮かべながらも叫んだ。

「立て、ニャンゴ！　立って逃げろぉ！」

くそっ、なにが名誉騎士だ、なにが金級冒険者だ、ここで何も出来ないなら、そんな肩書き何の意味も無いだろう。

集中しろ、俺ならできる、俺は不落の魔砲使いニャンゴ・エルメールだ。

「にゃぁぁ……フルチャージ！」

気力で魔力回復の魔法陣を発動すると、魔力切れの倦怠感が去って意識がハッキリした。

兄貴の持っていた槍が払い飛ばされて、オークの拳が振り下ろされる。

「複合シールド！　ニャンゴ・キャノン！」

兄貴をドーム状のシールドで覆い、二頭のオークを串刺しにするつもりで、壁の穴に向かって砲

撃を撃ち放った。

「くそっ、油断した……」

頭を振って起き上がりながらシールドを解除すると、泣きそうな顔で兄貴が駆け寄って来た。

「ニャンゴ、大丈夫か、ニャンゴ！」

「兄貴のおかげで命拾いしたよ」

「良かった、死ぬかと思ったぞ……ニャンゴ、またオークが！」

廊下から、またオークが顔を覗かせたが、こいつは探知ビットで捉えている。

「分かってる。兄貴、俺におぶされ」

「おぶされって……」

「いいから、早く！」

「ニャンゴ、これ……」

俺におぶさった兄貴と一緒にシートに腰を下ろす。

オフロードバイクのフレーム上部にシートとハンドルだけを付けた物だ。

速く動かすことは難しいが、空属性魔法で作った物は魔力で移動させられる。

「兄貴、ちゃんと掴まってろよ」

「お、お前、にゃにをする気だ……」

「ニャンゴ・ダイナマイト！」

オークが壊した南側の壁の穴から外部のオークも吹き飛ばし、兄貴と一緒に脱出する。

「ニャンゴ、お、落ちる……」

「掴まっていれば大丈夫だ」

そのまま、学校の屋根の上まで昇（のぼ）って周囲を見渡す。

街道の先には騎士団らしき光が見えるが、既（すで）にオークと交戦中なのか炎弾の光も見えた。

移動しているように見えないので、足止めを食らっているのだろう。

「ニャンゴ、オーク共がドンドン壁を壊してる。このままだと学校が崩れるぞ」

二階の西側から攻撃しているはずのシューレも、南側で頑張っていたミリアムの姿も見えないのは、俺の作った魔力回復の魔法陣が消えて魔力切れを起こしているのだろう。

既に一階内部では、入り込んだオークが暴れ回って壁を壊しているようだ。

二階は頑丈（がんじょう）な柱に支えられているから、今すぐ落ちる心配は無いけれど、騎士団の到着（とうちゃく）まで持つかは微妙だし、村に響いている上位個体の鳴き声が群れを更に興奮させるように変わっていた。

「ブオッ、ブオッ、ブオッ、ブオッ」

響き渡る声に煽（あお）られたように、オーク達の暴れっぷりが更に激しくなっている。

この声を止められなければ、オークの狂乱（きょうらん）も止まらないのだろう。

だが、オークの鳴き声は周囲の山に反響して聞こえて来るので、どこが出所なのか掴めない。

「どこだ、どこに居やがる……そうだ！」

「どうした、ニャンゴ」

「オークの上位個体を見つける」

「どうやって？」

「ごめん、兄貴、ちょっと集中させて」

「分かった」

身体強化の魔法を左目に掛けて騎士団の方向を見ると、火属性、風属性、水属性などの魔法が使われているのが見て取れた。

更に左目に意識を集中させると、魔法の輝きが強くなり術者の姿も見えてきた。

その状態で学校の周囲を見回していく。

北側には何も見えないし、西側にも真っ暗な森が広がっているだけだったが、南側の茂みの向こうから紫色の光が漏れていた。

「そこか！　ニャンゴ・ラピッド・キャノン！」

騎士訓練所で射撃の的を粉砕した砲撃十連射を紫色の光が漏れている茂みに向かって撃ち込む。

ズドドドド……砲撃の轟音が夜明け前の山の大気をビリビリと震わせた。

周囲の山に反響した音が空へ吸い込まれていくと、耳が痛くなるような静けさが戻ってきた。

目を凝らしても紫色の光は見えないし、上位個体のものと思われる鳴き声も聞こえない。

そして足下から聞こえてきたのは、痛みに苦しむオークの呻き声だった。

「ニャンゴ、やったのか？」

「分からない、でも声は消えた」

村に響いていた不気味なオークの鳴き声は止まったまま再開する気配は無い。

「バーナー」

「ブギィィィ！」

試しに足下にいるオークをバーナーで炙ると、悲鳴を上げて逃げ惑った。

どうやら上位個体による精神支配が解けたようだ。

「兄貴、戻るよ」

「ゆっくり、ゆっくりだぞ、ニャンゴ」

兄貴と一緒に、二階北側の窓から学校の中へ戻った。

「ゼオルさん、上位個体を倒せたみたいです」

「無事だったのか、ニャンゴ！」

「はい、それよりもオークの精神支配が解けたみたいです。今なら追い払えます」

「そうか、よくやった！」

俺の報告を聞いたゼオルさんは、二階にいる全員に向かって声を張り上げた。

「ニャンゴが上位個体を仕留めた。勝鬨(かちどき)を上げろ、残った雑魚(ざこ)オークを追い払うぞ！」

「うおぉぉぉぉぉ！」

村のオッサン達の叫び声に驚いて、学校を囲んでいたオーク達が逃げ出していく。

一階の壁の穴からは、入り込んでいたオーク達が飛び出して行った。

奴らにしてみれば、正気に戻ったら訳の分からない状況(じょうきょう)で、野太いオッサン達の叫び声を聞かされたのだから、尻尾(しっぽ)を巻いて逃げ出すのも当然だろう。

エアウォークを使って二階の窓から屋根に上り、学校の周囲を見回し、状況が把握(はあく)できずウロウロしているオークを粉砕の魔法陣で脅(おど)して追い払った。

いつの間にか東の空が白み始めている。

探知ビットも使い学校の周囲にオークが居なくなったのを確認(かくにん)して二階に戻ると、みんな笑みを浮かべつつも疲労困憊といった様子だった。

一階にいたオッサン達も、怪我をした人はいるが逃げ遅れた人はいないようだ。

シューレとミリアムは、予想通り魔力切れでダウンしていた。

「いきなり解除されるとキツい……非常時以外は使わない方がいいかも……」

確かにシューレが言う通り、魔力回復の魔法陣に頼ってしまうと、俺が倒されてしまうと全員が共倒れになりかねない。

今回のように、生きるか死ぬかの瀬戸際ならば使うべきなのだろうが、普段の依頼では使う必要性は低いし、使うにしても運用方法をもっと良く考えるべきだろう。

「おーい！　生存者はいるかぁ！」

窓の外から聞こえて来た声に、オッサン達が窓から手を振って答える。

オークの足止めが解かれて、ラガート騎士団が到着したようだ。

「みんな無事だ。何とか生き残った！」

「そこ、深い泥濘になってるから気を付けてくれ！」

「よし、動ける奴は階段を元に戻すぞ！」

ゼオルさんが村のオッサン達に声を掛けて指示を出す。

「一休みしたらオークの解体だ。今夜は御馳走だぞ！」

「うおぉぉぉぉ！」

みんな疲れているけど、一斉に喜びの声を上げた。

ラガート騎士団が到着したなら、もう緊張を解いても大丈夫だろう。

魔力回復の魔法陣を組み込んだプロテクターを解除すると、どっと疲れが襲い掛かってきて、その場に座り込んでしまった。

もう、ここで丸くなって寝（ね）ちゃおうかな。

「ニャンゴ、どこだい？　どこに居るんだい？」

「あぁ、婆ちゃん、こっちだよ……」

床（ゆか）に寝転がろうとしている俺を見て、カリサ婆ちゃんは血相を変えて駆け寄ってきた。

「ニャンゴ！　どうしたんだい、どこを怪我したんだい？」

「大丈夫、どこも怪我してないよ。ただ、ちょっと疲れちゃった……」

「あぁ、よく頑張ったね。村を助けてくれて本当にありがとう」

カリサ婆ちゃんに抱えられながら頭を撫（な）でられると、子供の頃に戻った気がした。

「やだなぁ、故郷の村を助けるなんて当然だよ」

「頑張った、よく頑張ったよ」

「うん……婆ちゃん、俺、なんだかとっても眠いんだ……」

「いいよ、ゆっくりとお休み。騎士団が来てくれたから大丈夫さ」

「うん……うん……」

カリサ婆ちゃんの膝に頭を預けて、俺は安心しきって意識を手放した。

第四十五話　誇らしい気持ち（フォークス）

オークの群れを撃退した後、戦闘に加わった村の人達は休息することになった。

俺も学校の二階でニャンゴやシューレと一緒に休もうとしたのだが、気持ちが昂っているからか目を閉じても眠れなかった。

眠れないままジッとしているのも落ち着かないので、何か手伝えることが無いかと思って学校の外に出てみると、戦闘に加わらなかった村の人達が忙しなく動いていた。

倒したオークを川原に運んで、解体を始めるらしい。

陣頭指揮を執っていたゼオルさんが、俺を見つけて声を掛けてきた。

「フォークス、休んでいて良いんだぞ」

「ゼオルさん、俺は戦っていた訳じゃないから……」

「何を言ってる、ニャンゴの危機を救ったんだろう？」

「あれは無我夢中だったから……それに、何だか眠れなくて」

「それなら、ニャンゴが空けた穴でも埋めてくるか？」

「そうか、それなら俺にもできる」

我が弟ながらニャンゴの砲撃魔法の威力は凄まじい。

ワイバーンの頭を一撃で吹き飛ばしてしまう程の威力があり、学校の二階から撃ち出した魔法はオークを貫通して、学校の周囲の地面に大きな穴を空けていた。

「そうだ、あそこに行ってみよう」

オークとの戦いの終盤、ニャンゴは群れを操っている上位個体を見つけ出して、学校の屋根から激しい砲撃を食らわせた。

たぶん、はっきりとした居場所が特定できなかったからなのだろうが、ただでさえ威力の高い砲撃を連発で打ち込んでいたから、あの場所が一番大きな穴が空いているはずだ。

「確か、学校の南側だったよな……」

ニャンゴが魔法を放つのを後ろから見ていた時、左手の空が白み始めていた気がした。

うろ覚えだったが、砲撃の跡は探すまでもなく見つけられた。

村の人達やラガート騎士団の騎士が集まって、大きな穴を覗き込んでいたからだ。

「凄ぇな、どうやったらこんな穴が空くんだ？」

「私は窓から見てたけど、昼間になったかと思うほど明るくなって、凄い音がしたよ」

「さすがは『不落の魔砲使い』ニャンゴ・エルメール卿だな」

「さぁさぁ、見てるだけじゃ終わらないよ。せっかくのオークが腐っちまうよ」

集まっていた人垣が崩れて穴の全貌が見えると、あまりの大きさに驚いてしまった。

畦道や灌木の茂みが吹き飛び、畑には一軒家がすっぽり入ってしまうほどの穴ができている。

「いくら見えなかったからって、やり過ぎだろ……」

野次馬が居なくなった穴の周囲に、ポツンと山羊人のデメルさんが佇んでいる。

確か、この辺りの畑の持ち主のはずだ。

畑は麦踏みを終えた小麦が青々と葉を伸ばし始めたところだったようだが、根こそぎ吹き飛んだり埋まったりしている。

「ごめんなさい、デメルさん。うちのニャンゴが、やり過ぎて……」

「あぁ、フォークスか……畑は残念だが、これは仕方なかったのだろう？」

「はい、ここに上位個体が隠れて指示を送っていたらしくて……」

「それなら、村を守るためには止むを得ないだろう。それに、ワシの畑だけでなく周りの畑も踏み荒らされて酷いものだ」

デメルさんの言う通り、オークの群れに踏み荒らされて、畑はどこも酷い有様だ。

「畑は残念だが、生きていれば何とかなるもんだ。オークから村のみんなを守ってくれたニャンゴには、感謝こそすれ文句を言うつもりなど無いよ」

「すみません、俺が出来る限り復旧させますから」

気にするなと言ってくれたデメルさんに、それでも頭を下げてから穴埋めを始める。

畦道は単純に固めておけば大丈夫だろうが、畑はそうはいかない。

何も考えずに固めてしまったら作物が育たないし、水捌けが悪くなってしまう。

表面に近い土には堆肥が混ぜてあったはずだし、深く抉れた部分と混ぜてしまうと土が痩せてしまいそうだ。

土属性魔法で穴の周囲に飛び散った土を集めて、穴の底から埋めていく。

全部を埋め終わるまでに何日掛かるか分からないけど、ニャンゴの兄貴である俺の仕事だ。

「焦らず、丁寧に、魔力を使い過ぎないように……」

「なんだ、フォークス一人でやってるのか？」

黙々と穴埋め作業を進めていると、熊人のペンゾールさんが声を掛けてきた。

「上位個体をやっつけるためだったけど、ニャンゴが空けた穴だから」

「そうだってな、いやぁ物凄ぇ威力だな」

「あぁ、自慢の弟だ」

「そうだな、でもフォークスだって大したもんだぞ。昨日は侮って悪かったな」

ペンゾールさんが言っているのは、学校の周囲に泥濘の堀を作る作業に参加しようとした時に、中で大人しくしていろと止められたことだろう。

「いや、俺の魔法はニャンゴのおかげだし……」

俺が作業を続けられていたのは、ニャンゴに魔力を回復する魔法を使ってもらっていたからだと説明したのだが、ペンゾールさんは大きく首を横に振ってみせた。

「いくら魔力があっても、ちゃんと制御できなければ使いものにならない。昨日だって今だって、フォークスがどれだけ努力したのかは、魔法を使っている様子を見れば分かるぞ」

「そ、そうなのか？」

「あぁ、一緒に作業していた他の連中も感心してたぞ」

「そうなのか……」

これまで村の人から褒められた記憶が無かったので、目頭が熱くなって涙が零れそうだ。

「まぁ、親父と上の兄貴は相変わらずだがな……」

ペンゾールさんは、穴埋め作業を手伝ってくれながら苦笑いを浮かべてみせた。

「親父も兄貴も、村の外で暮らしたことが無いからだと思う」

俺もイブーロに行くまでは、親父や兄貴と同じように過ごしていたし、それが当たり前だと思っていて何の疑問も持たなかった。

だが、村の外では親父や兄貴のような生き方は通用しないし、実際に貧民街で酷い目に遭った。

「そうか、イブーロで苦労したんだな……」

「ニャンゴが居なかったら、今頃は死んでいたかもしれない」

「それでも俺の目には、今のフォークスは立派に見えるぞ。ちゃんと自分の足で立って、自分で考えて行動している。何一つ恥じることなんか無いだろう。胸を張れ、胸を」

「そ、そうかな？」

「あぁ、もっと自信を持っていいぞ」

褒められるのに慣れていないから、顔が熱くなってくる。

周囲の人から賞賛されて照れ臭そうにしているニャンゴを見て、もっと堂々としていれば良いのにと思っていたけれど、ちょっとその気持ちが分かったような気がする。

ペンゾールさんと作業を続けていると、土属性の人達が集まって来て手を貸してくれた。

その人達からも口々に褒められて、背中がムズムズして隠れたくなってしまったけれど、胸の奥がじんわりと温かくなって誇らしくなった。

ニャンゴが頑張れるのは、何度もこんな気持ちを味わっているからなのだろう。

俺ももっともっと頑張って、ニャンゴの兄として胸を張れるようになりたいな。

第四十六話　後始末と村の未来

どれだけ眠ったのだろうか、息苦しさを感じて目を覚ますと、シューレに抱き枕にされていた。

「ふふっ、踏み踏みニャンゴ可愛い……」

「うにゅう、ここは何処？」

「村長の家の客間……」

厳重に戸締まりをしていたのと、近くの学校にだけ明かりが灯っていたからか、村長の家はオークに荒らされずに済んだらしい。

シューレを挟んだ反対側にはミリアムも眠っているが、例によって目が半開きだ。

今日は口も半開きでベロ出ちゃってるし、寝ている時のミリアムは不細工なんだよね。

「オークの上位個体は死んだのかな？」

「分からないけど、地面が二階建ての家がすっぽり入りそうなぐらい抉れていて、肉片が飛び散っていたらしいから、それでしょ……」

「えっ、二階建ての家が入るような穴？」

「大丈夫、そんなのニャンゴ以外に出来ないから……」

いやいや、俺がやっちゃったのが問題なんだよ。

オークの上位個体が隠れている茂みを狙ったけど、周りは畑だったよなぁ。

「ニャンゴ、起きてるのか？」

「兄貴、先に起きてたのか」

「当たり前だ、もう昼過ぎだぞ」

「えっ、本当に？」

どうやら、魔力回復の魔法陣に頼ってバカスカ魔法を撃った反動でグッスリ寝込んでいたらしい。

「ニャンゴ、魔力を回復するやつを作ってくれ」

「何するんだ？」

「お前が空けた穴を埋めるのを手伝ってるんだ」

「うっ……悪いな、兄貴」

「なぁに、みんなギリギリの状況だったのは分かっているし、ニャンゴのおかげで乗り切ったのも分かっているから大丈夫だよ」

どうやら俺の砲撃は、オークの上位個体と一緒に冬蒔き小麦の畑も吹き飛ばしたようだ。

非常事態だったとはいえ、後で畑の持ち主には謝りに行こう。

「そうだ、ニャンゴ。起きたら話があるって、村長が言ってたぞ」

「分かった、今から行ってくるよ」


シューレに解放してもらい、身支度を整えて役場の建物へ出向くと、村長の他にゼオルさんとラガート騎士団の隊長の姿があった。

騎士団の隊長は、俺の姿を見るとサッと立ち上がって敬礼してみせた。

「お初にお目に掛かります、エルメール卿。ラガート騎士団四番隊隊長マイラスです。お会い出来て光栄です！」

「ど、どうも……」

想定外の対応に、俺だけでなく村長とゼオルさんも驚いている。

マイラスの話によれば、ビスレウス砦にはラガート騎士団の定時連絡によって、王都の襲撃だけでなく、フロス村での襲撃の詳細も伝わっているそうだ。

「子爵様ご一家を守っていただき感謝しております」

「いえいえ、自分は冒険者として依頼を遂行しただけですから」

マイラスは騎士という仕事柄、身分に応じた対応をするように命じられているだろうし、ラガート家の騎士はシュレンドル王国の騎士とは違って貴族の身分を持たない。

なので、俺に対しては身分の高い人に対する応対をしなければならないようだ。

「ニャンゴ、お前本当に貴族様になったのか？」

「ゼオル、お前なんて呼ぶんじゃない。失礼しました、エルメール卿」

「やだなぁ、村長。そんなに余所余所しくしないでください。ゼオルさんも、いつもみたいにニャンゴとか、お前で構わないですよ」

丁度良い機会なので、名誉騎士のギルドカードを見せて、叙任された経緯を簡単に説明した。

「なるほどなぁ、それだけの功績を上げれば金級冒険者や名誉騎士になるのも当然だな」

「そうなのかもしれませんが、急すぎて頭がついていきませんよ」

「まぁ、確かに見た目の貫禄は足りてないな」

「ゼオルさんに言われるまでもなく自覚してます。ところで村長、話があると聞きましたが」

「そうじゃった……」

村長は姿勢を改めると、俺に向かって頭を下げた。

「エルメール卿、この度は村の窮地をお救いいただき、ありがとうございました」

「頭を上げてください、村長。そういうのは……」

「いやいや、村の窮地を救っていただいたのに、無理なお願いをしなければなりませんから」

「無理なお願い……ですか？」

「エルメール卿が倒したオークの魔石や肉を村の復旧費用に充てさせていただきたいのです」

ラガート騎士団が到着した後で被害状況を確認したところ、村の殆どの家がオークによって多かれ少なかれ被害を受けていたそうだ。

俺の実家も扉や壁が壊されているそうだし、カリサ婆ちゃんの薬屋もメチャメチャだ。

多くの畑が踏み荒らされてしまっているし、ラガート子爵に年貢の免除などをしてもらったとしても、生活を立て直すのには多額のお金が必要だ。

「構いませんよ、全部村に寄付します。誰が何頭倒したか分からない状況ですし、一応確認しないといけませんが、シューレ達も同意してくれると思います」

「申し訳ない。殆どのオークはエルメール卿達が仕留めたものなのに、本当に申し訳ない」

「その代わり、婆ちゃんの薬屋再建に力を貸してください」

「もちろんです、カリサやエルメール卿のご実家は、責任をもって再建します」

「それと、今はこんな状態で手を付けられる状況ではないですが、村が落ち着いたらお願いしたいことがあります」

「何でしょう？　我々にできることならば全面的に協力させてもらいますよ」

「実はですね……」

プローネ茸の栽培の話を切り出すと、村長は身を乗り出すようにして話を聞いていた。

村長も村民の生活を向上させるために、外貨を稼げる特産品や産業の育成については、前々から対策を考えていたそうだ。

「なるほど、プローネ茸ですか。確かに価値はありますが、栽培なんてできるのでしょうか？」

「そこが問題ですよね。年単位の試行錯誤が必要だと思いますが、成功すれば大きな利益を生む可能性を秘めています」

既にラガート子爵とも話し合い、学校の植物学の先生にも相談していると伝えた。

「では、そのルチアーナ先生が協力してくれるのですね」

「はい、出来れば最初から計画に参加したいそうなので、一度会ってもらえますか」

「分かりました。私も村長として領主様と面談しなければならないし、商業ギルドにも手を借りる必要があるでしょう。イブーロへ行くついでにルチアーナ先生にお会いしてきましょう」

「よろしくお願いします」

こうしてプローネ茸の栽培に関しては、村長の全面的な協力が得られることとなった。

俺達が眠っている間に、学校近くの川原では村民総出でオークの解体作業が進められていた。

前世の日本では食肉は店で買うものだったが、アツーカ村ではモリネズミやイノシシなどを自分達で解体して食べる。

なので、大人も子供もオークの解体作業を見て気持ち悪いと思う者は居ないし、むしろ新鮮な肉が食べられる喜びに目を輝かせている。

俺たちを食おうと襲い掛かってきたオーク達も、腹を割かれて内臓を取り出され、皮を剥がれ、切り分けられて、恐ろしい魔物から食材へと変わっていく。

こちらの世界では、魔物と獣は基本的に生では食べない。

ファティマ教の戒律で禁忌とされているのは、おそらく寄生虫対策なのだろう。

新鮮プリプリのレバーとか、薬味を加えて刺身で食べれば美味しそうだが、解体の途中で口に運ぼうとする人は居ない。

レバーや心臓など内臓の多くは、刻んで腸詰の材料として使われる。

腸の内容物などを綺麗に洗い流すために、解体は川の近くで行われているのだ。

解体作業の主力は村の女性達だが、ラガート騎士団もオークの運搬に手を貸してくれている。

泥濘に沈んだオークを引き摺り出したり、俺が粉砕の魔法陣で吹き飛ばした肉片の回収作業にも手を貸してくれている。

血肉の臭いは新たな魔物を引き付ける要因となるので、食べられない状態の物は地中に埋めるなどの作業が必要だ。

無事にオークの襲撃を乗り切ったが、生き残ったから終わりではないのだ。

うちのお袋と姉貴も、オークの解体作業を手伝っているが、親父と上の兄貴はウロウロしているだけで余り役に立っていない。

洗い物ぐらいは手伝えそうだが、二人ともコミュ障だから作業の輪に加われずにいるようだ。

「親父、ちゃんと手伝わないと宴会に参加させてもらえないぞ」

「ニャンゴ、お前こそどこで何してやがった」

「俺は魔力切れでぶっ倒れてたんだから仕方ないだろう。親父も兄貴も昨晩は戦っていないんだから、洗い物でも何でもいいから手伝え」

「手伝えって言われても……そうだ、フォークスはどこ行った？」

「兄貴は畑の修復作業を手伝いに行ってる。ほら、行くぞ」

「にゃっ、待て、心の準備が……」

村の仕事を手伝うのに、何の準備が要るんだよ。

親父と上の兄貴の手を引っ張って、解体作業の輪の中に押し込んだ。

「俺も手伝うよ」

毛並みが汚れないように空属性魔法で体を覆う防護服とナイフを作って手伝おうとしたが、近くにいたオラシオのお袋さんに止められてしまった。

「いいの、いいの、ニャンゴは倒れるまで戦ってくれたんだから休んでいて」

「でも、この量を片付けるのは大変だから手伝わせてよ」

大量のオークは解体するだけでも一苦労だし、腸詰にしたり、塩漬けや燻製にしたり、食べきれない分を保存するための作業もやらねばならない。

「悪いわねぇ、もうイブーロの冒険者なのに」

「所属はイブーロギルドだけど、俺の故郷はアツーカ村だからね」

「ニャンゴは本当に立派になったねぇ、オークを粉々にしちまう魔法なんて初めて見たよ」

「オラシオも凄い魔法を使うようになってたよ。あれだけの魔法を使える冒険者は、イブーロの冒険者ギルドでも少ないと思う」

「そうなのかい。うーん、オラシオがねぇ……自分の息子だから、そう言ってもらえるのは嬉しいけど、あの子が凄い魔法を使っている姿なんて想像できないよ」

「魔法も驚いたけど、別人みたいに体が大きくなってて、そっちの方が驚くよ。もうオジサンと同じか、オラシオの方が大きいかも」

再会した時の様子を話すと、オラシオのお袋さんは目を丸くしていた。

「あの子、そんなことは全然手紙に書いてこないからねぇ」

「オラシオ、自分が大きくなったって自覚してなかったからなぁ」

高い高いされた後に、俺が縮んだと言われたと話すと、周りのオバサン達も笑っていた。

「そんなんで、ちゃんと騎士様になれるのかしら」

「支えてくれる仲間に恵まれているから大丈夫だよ」

「そうだと良いけど、のんびりしてるからねぇ……」

まぁ、村に居た頃のオラシオを知る人からすれば、王国騎士になるなんて想像も出来ないと思うけど、今のオラシオを見たら驚いて納得すると思う。

親父と上の兄貴は、オバサン達の話の輪には加われなかったが、それでも指示された洗い物とかはやっていたので、まぁ良しとしよう。

オークの解体作業は夜まで続けられたが、とても一日で終わる量ではないので、翌日以降に持ち越しとなった。

そして、いったん作業を切り上げて、夜は村民総出の宴会が開かれた。

オークの肉を焼き、大きな鍋では煮込み料理が作られて振る舞われている。

村長宅の蔵からは無事だった葡萄酒が持ち出され、大人たちは祝杯をあげている。

宴会にはラガート騎士団の騎士達も加わり、村民たちと無事を喜び合った。

オークジェネラルやオークキングなどに率いられた群れに襲われると、アツーカ村のような小さな村では全滅することも珍しくないらしい。

今回、死者も出さずに乗り切れたのは、頑丈な避難施設が用意されていた、周囲に泥濘を作るなど防衛態勢を整えた、強力な魔法を使える人が居たなど、複数の要因が合わさったからだ。

どれか一つでも欠けていれば、村民の多くがオークの餌食になっていたはずだ。

学校は昔の砦の一部だが、ちゃんと維持管理を怠らず、ゼオルさんのような人材をスカウトしておいた村長の功績は大きいと思う。

なんで優秀な村長の孫が、ミゲルのようなボンクラに育つのか不思議だ。

子供には厳しいけど、孫には甘いというタイプなのだろう。

「ニャンゴ、ちゃんと食べてるぅ？」

「食べてるよ……って、イネス、酒臭い」

「そんにゃことないわよぉ、ちょっと、ちょーっとしか飲んでないしぃ……」

「いやいや、もう呂律が怪しいから、そのぐらいにしておきなよ」

「えぇえぇ……折角のお祝いだよぉ、食べて、飲んで、騒がないと……」

有言実行ではないが、イネスは俺と話をしている間も料理を食べ、葡萄酒を飲み続けている。

てか、さっきもスカートの紐を緩めてなかったか。

前世の日本で使われていた『美』という漢字は太った大きな羊を指す文字だと言われてたけど、あんまり丸くなると嫁の貰い手が無くなるぞ。

まぁ、祝いの席で水を差すのも野暮ってものだろう。

「ニャンゴ、王都に行って来たんだって？」

「おぅ、オラシオは元気にデカくなってたぞ」

「そうなんだ、騎士様にはなれそうかな？」

「大丈夫だ、約束してきたからな」

「そっか……やっぱりミゲルよりもオラシオかなぁ……」

いやいや、イネス、なんで私が選ぶ立場よ……みたいな話し方をしてるのかな。

ミゲルはオリビエに夢中だし、オラシオも騎士になったら王都の綺麗どころから引っ張りだこだろうから、イネスが入り込む余地は残されていないんじゃないか。

「ニャンゴは……浮気者だってシューレさんが言ってたから駄目ね」

「心配しないで、イネスに結婚を申し込んだりしないから」

「何それ！　昔は、イネス、イネスって、あたしに付いて歩いてたくせに」

「いやいや、そんなことは一度も無いからね、酔っぱらってもいいけど記憶は改竄しないで」

「ひっどーい、ニャンゴが酷いってカリサさんに言いつけてやる」

「おい、ちょっと待て、そこの酔っぱらい！　いい加減な話を婆ちゃんに吹き込むな！」

馬鹿みたいに笑ったり、婆ちゃんにお説教食らったり、なぜだかラガート騎士団に胴上げされたり、家を壊された人達は学校に仮住まいするせいか、宴会は夜遅くまで続いた。

オークの襲撃が学校に集中したおかげで、チャリオットの馬車も壊されずに済んだ。

イブーロから積んできた土産(みやげ)の品も無事だったが、我(わ)が家もカリサ婆ちゃんの家も被害が大きいので、品物は村長に預かってもらうことにした。

うちの家族もカリサ婆ちゃんも、暫(しばら)くは学校で避難生活を送るそうだ。

婆ちゃんの家から、当面の生活に必要な着替(きが)えや布団(ふとん)などの日常品を学校へ運ぶ。

「悪いねぇ、ニャンゴ」

「魔法を使ってるから全然重くないよ」

空属性魔法で作ったカートには、荷物と一緒に婆ちゃんも載(の)せてるけど、重量軽減の魔法陣も使っているから重さは殆ど感じない。

「ニャンゴ、イブーロに戻(もど)らなくていいのかい？」

「明日、一旦(いったん)戻ろうと思ってる。チャリオットの予定次第(しだい)だけど、また手伝いに来るよ」

「無理しなくて良いんだよ。薬屋も面倒(めんどう)になったら閉めちまうし」

「駄目だよ、村の薬屋は婆ちゃんだけなんだから」

「そうは言っても、私も歳(とし)だからねぇ、あと何年生きてられるか分からないからねぇ」

「嫌(いや)だよ、婆ちゃんには長生きしてもらわないと……そうだ、見せたいものがあるんだ」

「見せたいもの？」

「うん、学校に戻ってからね」

学校に婆ちゃんの荷物を運び入れて、村長の家で急いで水浴びをしてから名誉騎士の騎士服に着替えた。

ちゃんと靴も履き、剣を腰に下げてから学校へと向かう。

途中で出会ったラガート家の騎士と敬礼を交わすのを見て、村の人達が目を丸くしていた。

「婆ちゃん、見て、見て！」

「ニャンゴ、どうしたんだい、その格好は」

「これは国王陛下からいただいたシュレンドル王国名誉騎士の騎士服だよ。国王陛下からはエルメールという家名もいただいたんだ。金級の冒険者にもなったんだよ」

ポケットから王家の紋章が入った金級冒険者のギルドカードを出して見せると、カリサ婆ちゃんはポロポロと涙をこぼし、両手で顔を覆って肩を震わせた。

「立派になったよ、ニャンゴ。いいや、エルメール卿とお呼びしなくちゃいけないね」

「嫌だよ！　そんな他人行儀な呼び方しないでよ。名誉騎士に叙任されようと、金級冒険者に昇格しようと、婆ちゃんは俺の婆ちゃんなんだから、今まで通りにニャンゴって呼んでよ」

「うんうん……そうだね、ごめんよ、ニャンゴ」

カリサ婆ちゃんは、しわくちゃな両手で涙を拭うと、俺をギューっと抱きしめてくれた。

「あぁ、大きくなった……本当に立派になった。ニャンゴは、私の自慢の孫だよ」

「婆ちゃん……」

本当に俺が大きくなったのだろうか、カリサ婆ちゃんは昔よりも細く小さくなった気がする。

人は永遠には生きられないし、冒険者として活動するようになってから人の死に遭遇する機会も増えて、あっけなく死んでしまうものだと分かっている。

それでも、カリサ婆ちゃんには長生きしてもらいたいし、死んでしまうなんて考えたくない。

めちゃめちゃにされた薬屋からオークが出て来た時には、本当に怒りに我を忘れた。

カリサ婆ちゃんが殺されたと思ったら、体の中にポッカリと穴が空いたように感じたし、あんな思いは二度としたくない。

でも、俺はイブーロで冒険者として活動しているから、何かあった時でも知らせが届くまで時間が掛かるし、戻って来るまでには更に時間が掛かってしまう。

「婆ちゃん……」

「何だい、ニャンゴ」

「もう弟子を育てないの？」

「今更、弟子なんて要らないよ」

「でも婆ちゃんの後を継いで薬屋をやってくれる人がいないと村が困るんじゃない？」

「薬なんか、街で買って来れば良いのさ」

以前にいたという弟子になろうとした人と、カリサ婆ちゃんの間に何があったのか知らないが、新しい弟子を取るのに乗り気でないのは言葉の感じからも伝わってくる。

「でも、イブーロまでは馬車で往復二日も掛かるし、その間に薬を使えないのは辛いと思うよ」

「まぁ、それもそうだねぇ……」

弟子を取るのにも乗り気でないのに、プローネ茸の栽培の件を切り出したら余計に面倒がるかと思ったが、意外にもカリサ婆ちゃんは興味を示した。

「ほう、山から採ってくるのではなく、村で栽培するとはねぇ……」

「すぐには難しいと思うけど、上手くいけば村の新しい産業にもなるし、そうすれば口減らしに街に出なきゃいけない人も減らせると思うんだ」

兄貴がイブーロで仕事にありつけず貧民街で暮らすようになった顛末を色々とボカシながら話すと、カリサ婆ちゃんも新しい産業の必要性を感じてくれたようだ。

「それで、私は栽培の助言をすれば良いのかい？」

「うん、プローネ茸を栽培するには、生えている場所と同じ環境を整えてやる必要があるんだけど……そうか、婆ちゃんを連れていかないと駄目か」

「ほぉ、その様子ではニャンゴも穴場を知っているようだけど、教えちまっても良いのかい？」

「うん、村で栽培できるようになれば必要なくなるし……って、もしかして婆ちゃんも穴場を知ってるの？」

「私を誰だと思ってるんだい？」

「そうだよね、俺よりもずっと長く山に入って薬草を採ってたんだもんね」

「誰にも言わないのは独り占めしたからじゃないよ。場所を荒らされてしまうと、生えて来なくなっちまうからさ」

やはりプローネ茸が生えるには特有の環境が必要なようで、人が入って踏み荒らしたりすると数年単位で生えなくなってしまうらしい。

「確かにプローネ茸を栽培できるようになれば村の名物になるだろうし、収入も増えるし、働き口にもなるだろうけど簡単じゃないと思うよ」

「うん、俺もそう思うけど、他に名物になりそうな物が思い浮かばなくて」

「分かったよ。名誉騎士様の夢が叶うように、私も協力させてもらうよ」

「ありがとう、婆ちゃん」

この後、カリサ婆ちゃんと一緒に村長に会いに行き、婆ちゃんの弟子としてプローネ茸の栽培計画を進める人を選んでもらうことにした。

村長も将来的に村の薬屋をどうするか考えていたそうなので、この際だからシッカリした者を選ぶと約束してくれた。


オークの群れの襲撃から三日後、俺達は一度イブーロへ戻ることにした。

チャリオットとしての活動もあるし、キダイ村にエギリーを預けたままだ。

村長も村が落ち着いた段階で、ラガート子爵の居城に状況の説明と支援の要請に赴くそうだが、俺も時間を作って子爵様にお願いしに行こう。

まだオークの解体作業は残っているし、村の復旧作業は始まったばかりだ。

忙しいだろうし、また復旧を手伝いに顔を出すから見送りは要らないと言っておいたのだが、カリサ婆ちゃんと一緒にゼオルさんも姿を見せた。

「ニャンゴ、まだ話を聞き足りないから休みには戻って来い。一人なら馬車より早く戻って来られるんだろう？」

「はい、チャリオットの依頼が無い時には戻って来て手伝います」

俺とゼオルさんの会話を横で聞いていた兄貴が、何やら言いたげにしていた。

プローネ茸の栽培の件もあるし、時間を置かずに帰って来る予定なので、今回はカリサ婆ちゃんとの別れもあっさり済ませられた。

イブーロに向けて馬車が走り始めると、村のみんなは作業を中断して大きく手を振り、ラガート家の騎士達は敬礼して見送ってくれた。

街道から眺める村の風景はいつもと同じように見えるけど、よく目を凝らすと家の多くで壁や扉が壊され、中には傾いているものもある。

それでも、村のみんなの表情は明るいし、亡くなった人が居なくて本当に良かった。

「シューレとミリアムも騒動に巻き込んで悪かったね」

「上位個体に率いられたオークの群れとの対決なんて、得難い経験だったから気にしないで……」

「あたしも初めて実戦で魔法を使って、通用する通用しないのレベルが分かったから良かった」

ミリアムの魔力でオークを止めるには、余程正確に急所を抉る必要があるし、それでも狂乱状態のオークでは止まらないと実感したようだ。

襲撃の翌日から、ミリアムは何やら魔法に工夫を重ねていたが、内容は秘密だそうだ。

たった一回の実戦だったけど、ミリアムにとっては得るものが大きかったようだ。

「そういえば兄貴、さっき何か言いたそうじゃなかった？」

「えっ？　あぁ、ニャンゴがアツーカ村に戻る時に、俺も一緒にいって復旧を手伝いたいって思ったんだ。俺でも、ちょっとは役に立つ自信がついたからさ」

「そうだね。村の復旧には土属性魔法を使える人が必要だし、やってみれば」

「そうだな……でもニャンゴと二人で帰るとなると、例のバイクになるんだろう？」

「あぁ、ゆっくり走らせるから大丈夫だよ」

「いいや、騙されないからな。俺は乗り合い馬車で帰る」

「そんなのお金が勿体ないよ。ゆっくり走らせるから大丈夫だよ」

「本当か？　本当だろうな？」

「うん、大丈夫、大丈夫」

次に里帰りする時には空属性魔法で熱気球を作り、風の魔法陣を推進機に使って飛んで帰る予定なのは、まだ兄貴には内緒にしておこう。

あとがき

『黒猫ニャンゴの冒険』をお買い上げいただきありがとうございます。作者の篠浦知螺です。
おかげ様で黒猫ニャンゴの冒険も巻を重ねて五巻となりました、こうしてまた皆様にご挨拶できる幸せを噛みしめております。

この五巻では、WEBで正ヒロイン？　とも呼ばれているオラシオが登場します。

一巻の最初に登場して、その後は手紙でしか出ていないので本当に久しぶりです。

約二年ぶりの再会を果たしたオラシオは、名誉騎士や金級冒険者となったニャンゴの急成長に驚き、喜ぶと同時に複雑な思いを抱きます。

必ず王国騎士になるというニャンゴとの約束を守るために厳しい訓練に耐えてきたのに、そのニャンゴがポーンと自分を飛び越えて名誉騎士になってしまったら、葛藤するのも当然ですよね。

私も小説家としてデビューする以前、小説投稿サイトで後から書き始めた創作仲間が先に書籍化を果たし、嬉しいけれど悔しい思いをしました。

けれど、他人を妬んで足を引っ張ったところで、自分の作品が面白くなるはずもないので、結局は地道に研鑽を積み上げていくしかないんですよね。

オラシオもニャンゴに追い越されはしたものの、騎士訓練所の仲間たちと切磋琢磨していて、入所当時からみれば着実に成長しています。

互いに認め合うニャンゴとオラシオの友情は、これからも続いていきます。

あとがき

この五巻では、もう一人の黒猫人のサイドストーリーが始まります。

貧しさと無知ゆえに反貴族派の一員としてラガート子爵襲撃に加わったカバジェロが、初めて自分の目で世間を見て、知り、考えて、どう変わっていくのか……。

現代の日本とニャンゴ達が暮らすシュレンドル王国では、法律も習慣も人々の感情も違っていますが、道を踏み外してしまった人が立ち直っていく姿を描ければと思っています。

それと、この巻でもWEB版から修正、変更を加えさせていただきました。

ニャンゴの左目や新しい魔法陣など、新しい要素を楽しんでいただけたら幸いです。

今回も素敵なイラストを描いていただきました四志丸先生、ありがとうございます。

毎回、私の想像を遥かに超えるイラストで、本当に楽しませていただいております。

引き続き編集を担当していただいた熊谷様、ありがとうございます。

毎回へなちょこ作家を支えていただき感謝に堪えません。

編集、校正、装丁、印刷、製本、営業、配送、そして全国書店の皆様、『黒猫ニャンゴの冒険』に関わってくださった全ての皆様に感謝申し上げます。

そして、支えてくださった読者の皆様、本当にありがとうございます。

多くの皆様に支えられて五巻まで到達いたしました。

この先も、ニャンゴと仲間たちの楽しい話を紡いでまいります。

どうか、温かいご支援をよろしくお願いいたします。

篠浦 知螺

DRAGON NOVELS
ドラゴンノベルス

黒猫ニャンゴの冒険5

レア属性を引き当てたので、気ままな冒険者を目指します

2024年7月5日　初版発行

著　　者　篠浦知螺（しのうらちら）

発 行 者　山下直久

発　　行　株式会社 KADOKAWA
〒102-8177　東京都千代田区富士見 2-13-3
電話 0570-002-301（ナビダイヤル）

編　　集　ゲーム・企画書籍編集部

装　　丁　AFTERGLOW

D　T　P　株式会社スタジオ２０５ プラス

印 刷 所　大日本印刷株式会社

製 本 所　大日本印刷株式会社

DRAGON NOVELS ロゴデザイン　久留一郎デザイン室+YAZIRI

●お問い合わせ
https://www.kadokawa.co.jp/（「お問い合わせ」へお進みください）
※内容によっては、お答えできない場合があります。
※サポートは日本国内のみとさせていただきます。
※ Japanese text only

定価（または価格）はカバーに表示してあります。

Printed in Japan

ISBN978-4-04-075542-7　C0093